Iman Humaidan

Fünfzig Gramm Paradies

Roman aus dem Libanon

Aus dem Arabischen übersetzt
und mit einem Nachwort versehen
von Regina Karachouli

Lenos Verlag

Die Autorin
Iman Humaidan, geboren 1956 in Ain Anub südlich von Beirut, studierte Soziologie an der Amerikanischen Universität Beirut. Sie hat vier Romane und diverse Kurzgeschichten veröffentlicht sowie Drehbücher verfasst. Zudem unterrichtet sie an europäischen und nordamerikanischen Universitäten Arabisch und Kreatives Schreiben. Sie ist Mitgründerin des libanesischen P.E.N.-Zentrums, dessen Präsidentin sie seit 2015 ist. Iman Humaidan lebt in Beirut und Paris.
Im Lenos Verlag erschienen ausserdem *Wilde Maulbeeren* (2004), *B wie Bleiben wie Beirut* (2007) und *Andere Leben* (2013).

Die Übersetzerin
Regina Karachouli, geboren 1941 in Zwickau. Studium der Arabistik und der Kulturwissenschaften in Leipzig. Promotion über Dramatik und Theater in Syrien. Von 1975 bis 2002 Lehr- und Forschungstätigkeit am Orientalischen Institut der Universität Leipzig. Übersetzerin zahlreicher literarischer Werke aus dem Arabischen, u.a. von Sahar Khalifa, Alia Mamduch, Hanna Mina, Sabri Mussa, Tajjib Salich, Habib Selmi, Nihad Siris und Baha Taher.

LENOS POCKET 192

Titel der arabischen Originalausgabe:
Ḫamsûna ġarâman min al-ǧanna

Erste Auflage 2018

Satz und Gestaltung: Lenos Verlag, Basel
Umschlaggestaltung und -motiv: Hauptmann & Kompanie, Zürich
Printed in Germany

ISBN 978 3 85787 792 6

Zeit ist fliessender Ort,
und Ort ist erstarrte Zeit …
Ibn Arabi (1164–1240)

1

Beirut, August 1978

Die Knie wurden ihr weich, beinahe wäre sie auf den Gehsteig gestürzt. Doch Nûra lief hastig weiter. Ihr Herz schlug laut wie eine Trommel, pochte in ihren Ohren. Nur noch diesen angstvollen Herzschlag vernahm sie, skandiert von ihrem immer heftigeren Keuchen. Sonst hörte sie nichts und niemanden mehr, nicht einmal die Stimme des Mannes, der sie verfolgte, seit sie die Botschaft nach dem Bescheid des Angestellten, sie möge anderntags wiederkommen, verlassen hatte.

Autos rasten mit irrer Geschwindigkeit an ihr vorbei. Die glühende Sonne spiegelte sich in ihren heissen Karosserien und heizte die Luft weiter auf, als wollte die Hölle den lichten Tag mit allem, was darin war, verschlingen. Irgendwo knallten Schüsse, bald näher, bald ferner, wie eine Schaukel aus Geräuschen, die in stetem Rhythmus Furchen über den Himmel zog. Feuerstösse, Militärjeeps, Alarmsirenen. Nûra schwankte, ob sie hier in der Nähe warten oder rasch nach Hause zurückkehren sollte. Aber schliesslich fand sie, dass Warten keinen Zweck hätte, es gab keinen festen Termin für Anfang oder Ende der Gewaltausbrüche. Irgendwann begannen sie, dehnten ihre Kreise aus, dann hörten sie wieder auf. Die Menschen hatten sich, so gut es ging, in ihrem Schatten eingerichtet.

Sie musste ein Taxi finden, das sie zu Sabahs Wohnung brachte, dort war ihr Baby. Unweit der Botschaft hatte sie plötzlich bemerkt, dass dieser Mann im Auto neben ihr herfuhr. Vielleicht würde er sogar anhalten, dachte sie, er könnte aussteigen und auf sie zukommen, doch es schien ihm Spass zu machen, ihr Angst einzujagen. Nûra ging ein wenig langsamer. »Du denkst wohl, du kannst abhauen?«, zischte er und streckte den Kopf aus dem Autofenster. »Ich kriege dich, auch wenn du zu den Sternen auffliegst, du elende Spionin! Den Hunden werfe ich dich vor, du Hure …« Bei all ihrer Angst musste sie fast lächeln. Am liebsten hätte sie ihm gesagt, dass sie dennoch weiterschreiben und nie damit aufhören würde. Dass sie geheiratet und ein Kind geboren habe, was er trotz seiner Schnüffeldienste nicht wissen konnte. Dass sie seinesgleichen schon einmal entkommen sei und auch diesmal wieder entwischen würde. Dass er sie nie kriegen würde! Sie ging weiter zur Hauptstrasse, um ein Taxi anzuhalten. Sie dachte an all die Orte, die sie verlassen hatte, seit sie aus Syrien emigriert war, an ihre langen Spaziergänge um das Dorf Rummâna auf dem Dschebel al-Arab, durch seine Weinberge, seine saftigen Frühlingswiesen. Dachte an die Zusammenkünfte mit ihren Kommilitonen an der Universität Damaskus, von deren Verhaftung sie zwei Jahre zuvor erfahren hatte. An Suhail dachte sie, ihren einstigen Liebsten, der sie in Beirut besucht hatte, dem sie half, sich zu retten und als politischer Flüchtling nach Schweden auszuwandern. An all die Freunde, die auf der Flucht vor dem Tod zur Emigration gezwungen worden waren. Dachte an ihren Vater, der als gebrochener Mann aus dem Gefängnis heimgekommen war, und an ihre Grossmutter, deren Stimme sie auch nach ihrem Hinscheiden vor zwei Jahren noch immer begleitete. Sie erinnerte sich an das

Jahr ihrer Ankunft in Beirut und die darauffolgenden Jahre, und sie rief sich die Ferientage zurück, die sie früher bei der Grossmutter in dem kleinen Dorf verlebt hatte. Sie gedachte ihrer Schwester Hanâ, die in jenem Sommer dort Selbstmord beging. Die Familie hatte damals den Suizid zu vertuschen gesucht und das Gerücht gestreut, sie sei am Biss einer Giftschlange gestorben. In der »Bâke«, dem Schuppen, wo die landwirtschaftlichen Geräte und Schädlingsbekämpfungsmittel aufbewahrt und die Tiere während der Winterszeit untergebracht wurden, habe man ihren Leichnam gefunden. Aber Nûra kannte die Wahrheit, sie wusste, wie ihre Schwester gestorben war. Sie hatte ihren langen Abschiedsbrief im Bett gefunden, wo sie immer gemeinsam geschlafen hatten, im Hause von Grossmutter Schahla oder Teta Schahani, wie Nûra sie am liebsten nannte. Den Brief hatte sie gelesen und ganz unten zwischen ihrer Wäsche in der Schublade versteckt. Als sie nach der Beerdigung vom Friedhof zurückkehrte, glaubte sie zu ersticken. Sie wollte die Wahrheit laut herausschreien, doch sie musste schweigen, als wäre der Grund für den Selbstmord ihrer Schwester etwas Schändliches, das niemals offenbar werden durfte. Eine Affäre mit einem Offizier! Eine Schwangerschaft! »Mach es weg, das ist deine Schande, treib es ab!«, hatte er zu ihr gesagt, dann war er untergetaucht und reagierte nicht mehr auf ihre Anrufe. Was sie am Ende abgetrieben hatte, war ihr eigenes Leben gewesen. In der Nacht vor Hanâs Suizid war Nûra von ihrem unterdrückten Schluchzen wach geworden. Sie lagen zusammen im Bett. Hanâ erklärte, sie habe Bauchschmerzen von ihrer Regel, und sie glaubte ihr. Sie umarmten sich, und Nûra schlief wieder ein. Ihre Hand liess sie auf dem Bauch der Schwester liegen, an der Stelle, wo sie meinte, dass der Schmerz sass. Dieselbe Stelle, deretwegen ihre Schwester am folgenden Tag in den Tod gegangen war.

All das schwirrte Nûra durch den Kopf, während sie ins Taxi schlüpfte. Durch das Fenster sah sie den Mann in seinem Auto sitzen, er parkte am Strassenrand. Als sie sich nach ihm umdrehte, bemerkte sie, dass er losfuhr und ihr folgte.

»Du verdienst nicht zu leben!« Sie dachte an seine Worte, die er mehrmals wiederholt hatte. Zorn erwachte in ihr, so rasend, dass er, wenn sie ihn zur Faust hätte ballen können, glatt ihren Autositz zertrümmert oder sogar diesen Kerl hinter ihr erschlagen hätte. Es war einer dieser Momente, der sie von neuem mit einer überwunden geglaubten Realität konfrontierte, einer Vergangenheit, die sie für abgetan und abgehakt gehalten hatte. O nein, nichts war vorbei, wieder stand sie vor verschlossener Tür, und es gab kein Entrinnen.

Sie stieg aus dem Taxi und huschte in eine Gasse, die von der Corniche al-Masrâa abzweigte. Der Chauffeur sollte sie nicht bis vors Haus bringen, ihr Verfolger durfte die Adresse nicht erfahren. Sie trat in einen Lebensmittelladen und versteckte sich für ein paar Minuten. Inzwischen würde sie Sabah anrufen und nachfragen, ob sie bereits in ihrer Wohnung gewesen war. Heute früh hatte sie Sabah gebeten, alle ihre Sachen, auch die Kleidung und das Essen fürs Baby zu sich zu holen. Sie würde ihr sagen, dass sie Angst habe und nicht nach Hause gehen könne, womöglich habe ihr Verfolger schon alles ausgekundschaftet und wisse, wo sie wohne. Sabahs Telefon klingelte, doch niemand hob ab. Sie legte den Hörer auf und verliess den Laden. Sobald es ihr gelungen wäre, den Mann abzuschütteln, würde sie ein anderes Taxi nehmen. Aber plötzlich ging sie langsamer, sie dachte an den Moment bei Tagesanbruch, als ihr Sabah den Jungen aus den Armen genommen hatte. Er öffnete seine Augen, sekundenlang schaute er zu ihr auf, und dann lächelte er sie an, zum allerersten Mal, bevor er wieder einschlief.

Eine schwere Last drückte sie nieder, sie kam nicht mehr weiter. Jetzt musste sie bezahlen für eine Vergangenheit, die sie einholen würde, bevor sie endgültig mit ihr abgerechnet hatte. Aber ein solches Leben konnte sie doch nicht führen, immer im Davonlaufen, immer auf der Flucht. Sie müsste ein wenig innehalten, um nachzudenken und zu entscheiden, was sie tun sollte. Denn nun war sie Mutter. Die Zukunft ihres Sohnes würde auf irgendeine Weise mit ihrer Vergangenheit verbunden sein, und sie wollte ihm keine schmerzliche Erinnerung hinterlassen. Sie würde ganz einfach stehen bleiben, dachte sie, und sich umdrehen nach dem Auto, das ihr langsam gefolgt war. Sie würde dem Mann fest in die Augen blicken und ihm sagen, dass sie sich nicht mit der Veröffentlichung von Hanâs Geschichte begnügen werde. Auch über ihn werde sie schreiben, und das wieder und wieder. Und alles, was sie geschrieben hatte, würde sie publizieren – über die Gefängnisse, jene dunklen Verliese, die ihre Freunde geschluckt hatten, ihre Kommilitonen, die verschollen waren und deren Eltern nicht wagten, nach ihnen zu fragen.

Vielleicht war sie wirklich stehen geblieben, vielleicht hatte sie sogar ein, zwei Worte gesprochen. Vielleicht hatte sie ihre letzten Worte noch nicht zu Ende gedacht … vielleicht blickten ihre Augen nicht direkt in die seinen … vielleicht hatte sie sich nicht völlig umgedreht, vielleicht glaubte sie, das alles sei nur ein Albtraum und sie werde gleich daraus erwachen oder ein Erdbeben sei geschehen und es habe ihr die Sprache verschlagen …

Sekunden, und alles war vorbei …

Sie wollte Hanâ, die ihr Leben unter Druck beendet hatte, noch sagen, dass sie ihre Geschichte veröffentlicht und sie rehabilitiert habe … wollte ihr sagen, dass sie zum zweiten Mal getötet worden sei, weil man um die Wahrheit wusste und trotzdem schwieg, ja denen zuarbeitete. Sie wollte ihrer verstorbenen Grossmutter Schahani sagen, sie habe ihr Vermächtnis nicht vergessen: »Leben ist ein Recht.« So vieles wollte sie sagen. Aber sie sprach kein einziges Wort. Sie konnte es nicht. Würde es von diesem Tag an nie mehr können.

Aus dem Autofenster zielte er auf sie, er schoss mit einem Schalldämpfer. Die Kugel durchschlug ihren Hals, warf sie zu Boden, liess sie verstummen. Das Couvert, das sie bei sich trug, wurde weggeschleudert, Papiere flogen heraus, segelten noch ein wenig durch die Luft. Ein leichter, warmer Wind spielte mit ihnen, dann verteilten sie sich auf dem schmalen Gehweg, ein Foto von einem Säugling war auch dabei.

Der Geheimdienstmann stieg aus dem Auto, er blieb stehen und musterte die hingestreckte Frau. Er beugte sich über sie, zog sie an den Armen hoch. Schleifte sie dann zum Wagen, richtete ihren Körper auf und stopfte ihn ins Innere. Er packte sie auf den Rücksitz und lehnte ihren Kopf gegen den Rahmen der abgeschlossenen Tür. Sie war noch warm. Ihre Augen standen offen, sie schauten in seine Richtung, in sein Gesicht, und blinzelten matt. Er griff nach ihrer Hand und versuchte, einen Goldring in Form einer gewundenen Schlange von ihrem Finger abzuziehen. Sie fühlte, wie der Schmerz durch ihre Gelenke jagte, während sie, schon sehr schwach, sich mühte, ihre Finger in seiner Faust zu krümmen. Gerade diesen Ring wollte sie nicht verlieren. Sie schloss die Augen und sah wieder jenen Frühlingstag vor sich, als sie sich am Strand im feuchten Sand ausstreckte. So blau war der Himmel gewesen, und sie schlummerte ein unter der feinen Gischt, die über ihr Haar und ihr Gesicht sprühte. Der Mörder warf ihre erkaltete Hand auf die Brust, als wollte er sie weit von sich schleudern. Ein leiser Seufzer drang aus ihrem Mund, während er den Ring in seine Hemdtasche steckte. Die Strasse war menschenleer, jedenfalls schien es ihr so. Niemand zeigte sich. Angst und Schweigen regierten Beirut. Eine Stadt, gedemütigt von einem syrischen Geheimdienstoffizier, so wie sie zuvor israelische Soldaten gedemütigt hatten und noch demütigen würden, so wie sie später die Milizen demütigten, wieder und wieder. Gemächlich lenkte er das Auto in eine Seitenstrasse im Bezirk der Arabischen Universität und parkte es gegenüber einem kleinen Restaurant, wo Arbeiter und Taxifahrer verkehrten. Nachdem er seinen Revolver und seine persönlichen Sachen an sich genommen hatte, stieg er aus und ging davon.

Explosion einer Autobombe im Beiruter Viertel al-Fakihâni. Feuer und Rauchschwaden. Entlang dem brennenden Gebäude eine lange Fahrzeugkolonne, auch sie in Flammen.

Eines der Autos fensterlos, inmitten eines Scherbenhaufens, überschüttet mit Erde und Steinen. Auf dem Rücksitz der ausgestreckte Körper einer Toten. Ihr Hals blutbedeckt, ihre blaue Baumwollbluse fleckig verfärbt. Der Kopf über den Sitz herabhängend, Glassplitter verstreut auf ihrem Haar und ihrem Körper.

Ein Fernsehbericht zeigte den Ort der Explosion und gab die Namen der Toten bekannt. Unter den Opfern sei eine Frau Anfang dreissig gewesen, hiess es, sie sei in einem Taxi von einem Splitter getroffen worden.

Ende des Berichts.

Niemand erfuhr, wieso diese Frau in einem gestohlenen Peugeot ohne Kennzeichen gesessen hatte. Niemand erfuhr, dass sie nach Beirut gekommen war, um in Freiheit leben zu können. Niemand erfuhr, dass sie jenes schreckliche Schweigen, das sie brechen wollte, in den Tod geführt hatte.

2

Juni 1994

»Wohin, Madame?« Der laute Zuruf des Taxichauffeurs, der neben ihr anhielt, riss Maja aus ihren Gedanken. Unschlüssig stand sie auf dem Bürgersteig und überlegte, wie sie weiterkommen sollte.

Zwei Monate waren vergangen, seit sie aus Paris zurückgekehrt war. So vieles war geschehen in dieser Zeit. Sie hatte miterlebt, wie ihr krebskranker Mann dahinsiechte und wie er dann, seinem Wunsch entsprechend, in seinem Dorf im Süden bestattet wurde. Jetzt war sie allein mit Schâdi, ihrem gemeinsamen Sohn, und diese Tatsache musste sie akzeptieren. Es schien ihr länger als ein Jahr, dass sie wieder in Beirut war.

»Nach al-Aschrafîja?«, erwiderte Maja. Es klang zweifelnd, als wüsste sie die Antwort schon vorher. Der Fahrer preschte auch sofort davon, nachdem er, offensichtlich verärgert, den Kopf zurückgeworfen hatte, was hiess: Er lehnte es ab, sie dorthin zu bringen. Die Entfernung zwischen der Hamrastrasse in Westbeirut und al-Aschrafîja im Ostteil der Stadt betrug weniger als fünf Kilometer, allerdings weigerten sich die meisten Chauffeure der Linientaxis, diese Strecke zu nehmen. Lieber waren ihnen Fahrgäste, die in südliche Richtung wollten. Trotz des weiteren Weges und der üblichen Staus bevorzugten sie diese Route. Die Spuren der Grenzlinie zwischen den beiden Beiruts mochten seit Kriegsende weggeräumt sein, in den Köpfen der Menschen aber blieben sie verankert.

Die Wunde durch Sijâds Verlust blutete noch. Zwei Wochen nachdem sie mit Schâdi im Libanon eingetroffen waren, war er in der Klinik gestorben. Seit sie von Sijâds Krankheit erfahren hatte, bekam sie ihr Leben und das ihres Sohnes nicht mehr in den Griff. Sie hatte das Gefühl, der Tod sei zu ihnen unterwegs und sie könnten nichts weiter tun, als auf ihn zu warten. Die Krankheit wurde zu einem neuen Mitglied ihrer dreiköpfigen Familie. Krankheit ist wie ein ungebetener, lästiger Gast, den man berücksichtigen muss und doch zu gern wieder loswerden möchte. Wenn einem bewusst wird, dass man sein Bleiben kaum noch ertragen kann, beginnt man anders mit ihm umzugehen. Anfangs hatte sie wie ein Automat funktioniert. Mechanisch bereitete sie das Frühstück, brachte Schâdi in den Kindergarten, anschliessend Sijâd zur Chemotherapie, kehrte dann zurück und erledigte ihr Tagwerk. Damals arbeitete sie zu Hause, als Rechercheurin und Assistentin für einen französischen Regisseur, der Dokumentarfilme über arabische Städte drehte. Manches Mal stand sie minutenlang mitten in der Küche und starrte ins Leere. Hob sie den Blick zu dem schmalen Fenster, traf er auf hochragende graue Gebäude an der anderen Strassenseite. Sie fühlte sich vollkommen hilflos. Eine Weile war sie wie gelähmt, unfähig, hinauszugehen und die Zutaten fürs Mittagessen einzukaufen.

Endlich hielt doch ein Taxi, das sie mitnehmen wollte. Als Maja die Vordertür öffnete, um sich neben den Chauffeur zu setzen, murrte er verdriesslich. Sollten nachher die drei hinteren Plätze belegt sein, könnte eine Frau neben ihm den Verlust eines fünften Kunden bedeuten. Viele Männer zögerten einzusteigen, weil es ihnen peinlich war, vorn neben einer fremden Frau zu sitzen. Missmutig gab er Gas, bevor sie die Autotür richtig geschlossen hatte – beinahe wäre sie hinausgeschleudert worden. »Mein Gott!«, hörte sie sich rufen. Schon wollte sie sich über sein schroffes Verhalten beschweren, doch ein einziger Blick in sein finsteres Gesicht bewog sie, darauf zu verzichten. Er wirkte wie ein Fass Schiesspulver, das jeden Moment explodieren konnte. Ohne sich weiter um sie zu kümmern oder ein Wort der Entschuldigung vorzubringen, raste er los. Manchmal dachte sie, dass Reden sowieso keinen Sinn mehr hatte. In einer hitzigen, angespannten Atmosphäre wie der in Beirut, das einen langen Tunnel des Krieges hinter sich gelassen hatte, war Schweigen wohl die beste Methode, um seine Nerven zu schonen.

Doch diese Strategie, für die Maja sich entschieden hatte, sollte schliesslich auch nichts nützen. Auf der Brücke, die zum Sodecoplatz führte, blockierte plötzlich der Motor. Der Chauffeur stieg aus, fluchend klappte er die Haube hoch, warf sich dann auf seinen Sitz und probierte ein paarmal, den Motor zu starten – vergeblich.

»So ein verdammter Tag ... aber war ja klar, das musste schiefgehen, was habe ich bloss hier zu suchen!«, schimpfte er und stieg wieder aus. Von neuem überprüfte er den Motor und versuchte, ihn anzulassen. Nach einigen Minuten kam er zu Maja, riss ihre Tür auf und sagte in einem Ton, der keinen Widerspruch duldete: »Schwester, hier steigst du aus. Gott geleite dich. Da hast du deine tausend Pfund zurück ...«

Maja hatte schon geahnt, dass so etwas passieren könnte, bevor sie das Café erreichte, das ihre Freundin Sara eröffnet hatte. So protestierte sie lieber nicht, als sie die strenge Stimme des Chauffeurs vernahm. Ihr angespannter Körper erschlaffte und bewegte sich bereitwillig nach draussen. Sie griff nach ihrer Handtasche, das Geld liess sie auf dem Sitz liegen. Während sie zu Fuss zur Kreuzung zwischen Bischâra-al-Chûri-Strasse und Sodecoplatz weiterging, schweifte ihr Blick verloren über die letzten Wolkenformationen, die der Frühling hier und da am Junihimmel zurückgelassen hatte.

Nasar, der Schuhmacher im Strand Building, hatte gewiss nicht geirrt, als er gestern zu ihr sagte: »Alles steckt hier … hier im Kopf … ja, im Kopf … Beirut ist noch immer geteilt, hier … hier drin …«, und er hatte mit dem rechten Zeigefinger an seine Schläfe getippt. Maja war gekommen, um ihre alten Schuhe abzuholen, repariert und frisch eingefärbt – »ganz wie früher, nigelnagelneu«. Das sagte er gern, und mit seinem sympathischen armenischen Akzent fuhr er fort: »Beirut ist nicht nur zweigeteilt … es gibt hundert Beiruts … Glück gehört dazu, wohin es dich verschlägt …«

»Hier drin, hier im Kopf.« So redete Nasar immer, nicht nur um Beirut zu beschreiben, sondern auch, wenn er von Jerewan sprach, der Hauptstadt von Armenien, dem Land seiner Ahnen, das er kürzlich besucht und mit einem bitteren Gefühl der Ernüchterung wieder verlassen hatte. Sechzig Jahre lang hatte er davon geträumt, fast so lange, wie er schon in Beirut lebte. Ein einziger Besuch genügte, um zu erfahren, dass er sein Sehnsuchtsland für immer verloren hatte. Jenes Jerewan, das er sich ausgemalt hatte, »hier, hier im Kopf«, wie er Maja mit gebrochener Stimme gestand, es war eine Enttäuschung gewesen, die ihn viel Kraft und Zuversicht gekostet hatte.

Nasar war korpulenter geworden, sein Kopf völlig kahl. Er erzählte Maja, nachdem sie in den Libanon zurückgekehrt war, dass seine Mutter vor zwei Jahren gestorben sei. Er hatte mit ihr zusammen in einer Wohnung neben dem Mayflower Hotel gelebt, nicht weit von seinem Arbeitsplatz. Jetzt war er ganz allein. Maja erinnerte sich noch, wie sie das erste Mal ins Strand Building gegangen war, um seinen Laden zu suchen. Sara hatte ihn ihr empfohlen. Sie erkundigte sich beim Portier im Erdgeschoss. »Nasar, der Armenier?«, fragte er. Niemand kannte seinen Nachnamen, es reichte zu erwähnen, dass er Armenier war, um ihn zu identifizieren. Seit siebzig Jahren waren diese Armenier nun Libanesen, doch das änderte für sie nichts an einem Leben wie hinter Mauern, die ihre Kontakte erschwerten und Grenzen zwischen den Menschen zogen.

Vor ihrer Ausreise hatte sie Nasar öfter besucht, sie setzte sich auf den Holzstuhl, den er mit rotem Leder gepolstert hatte, und sah ihm zu, wenn er mit seiner Maschine nähte oder an dem kleinen Tisch Schuhe mit Farbe einstrich. Er bestellte ihr einen Kaffee und lud sie ein, noch ein bisschen zu bleiben. Sie brauchte nur eine belanglose Frage zu stellen, und schon begann er in einem fort zu reden. Da sie wusste, wie schwach ihr Gedächtnis war, notierte sie sich ab und zu eine kurze Bemerkung oder ein, zwei Aussprüche von ihm.

Heute übergab er ihr eine alte Nummer einer libanesischen Zeitschrift in französischer Sprache, die eine Dokumentation über die Armenier enthielt. Das Dossier habe er extra für sie aufgehoben, sagte er, damit sie es sich mal durchlese. Dann bat er sie, in zwei Stunden wiederzukommen und ihre Schuhe abzuholen.

Maja liess ihre Schuhe immer von Nasar reparieren. Nur wenn er fand, dass es nicht mehr lohnte, sie herzurichten, trennte sie sich von ihnen. Sie war der Ansicht, dass sich mit der Zeit eine besondere Beziehung zwischen Schuhen und ihren Trägern entwickle. Eine Verbundenheit, die sich von der gewöhnlichen Verbindung des Menschen zu vertrauten Dingen seiner Umgebung unterschied. Noch immer klang ihr im Ohr, was ihr Freund Bruno, der französische Regisseur, einmal gesagt hatte, als sie, ausser Atem, mit ihren vom matschigen Schnee durchnässten Schuhen in sein Pariser Büro gestolpert war: Wie merkwürdig es doch sei, dass sich die Schuhe der Form ihres Trägerfusses anpassten und seine Geschichte abspeicherten und dabei trotzdem ihr eigenes, von den Menschen unabhängiges Gedächtnis bewahrten, denn schliesslich machten sie ja selbst Erfahrungen und betrachteten die Welt aus einer anderen Perspektive.

Sie stieg die Treppe des Strand Building hinunter, trat auf die Hamra und wandte sich zum Café Wimpy. Ein schöner Tag, obwohl der Frühling schon vorbei war. Seit sie von Beirut weggegangen war, hatte sich die Strasse verändert. Während des Krieges befanden sich hier die Schlupflöcher von Geheimdiensten, Zentren zur Liquidierung der Entführten und Büros einheimischer, auf Raub spezialisierter Milizen. Jahrelang war die Hamra wie tot gewesen, doch jetzt schien sie etwas von ihrer früheren Vitalität, einen Schimmer alten Glanzes zurückzugewinnen.

Als sie durch die Strasse bummelte und die Schaufenster der neuen Geschäfte mit den internationalen Markenartikeln betrachtete, fühlte sie voller Freude, wie das Leben, wenn auch langsam, wieder zu pulsieren begann. An verschiedenen Stellen ringsum bemerkte sie, dass Wiederaufbau und Renovierungen im Gange waren. In diesem Moment ahnte sie nicht, dass sie auf dem Weg zu einem Café war, das all die Jahre über dem Krieg getrotzt hatte und nun vom Frieden besiegt werden würde. Dass es demnächst geschlossen und in eine grosse Boutique für Konfektionskleidung umgewandelt werden sollte. In betörender Eleganz erstrahlten die Auslagen und kaschierten doch nur eine verlustreiche Erinnerung. Beirut war eine gewaltige Reparaturwerkstatt, nicht bloss für Schuhe oder Gebäude. Auch die Menschen traten mit frisch gelifteten Gesichtern und Körpern auf die Strasse. Und dennoch, hinter all der restaurierten, vom Skalpell zurückgeholten Jugendlichkeit verbargen ihre Züge das Gedächtnis eines früheren, schwer zu tilgenden Schmerzes. Beirut, die Stadt der Metamorphosen. Realer wie symbolischer Metamorphosen. Aber aus irgendeinem Grund schimmerte unter diesem neuen Antlitz, das manch einer vor sich hertrug, die brutale Vergangenheit mit ihren verleugneten Spuren. Ja, es war, als würde die Erinnerung gerade durch ihre Verdrängung nur umso präsenter und intensiver, als bahnte sich die Gewalt schon wieder, und noch bösartiger, ihren Weg ins Freie.

In einem Schaufenster mit Kleidermoden erschien die Spiegelung ihres Körpers – ein freundliches Traumbild, das sie seit langem nicht wahrgenommen hatte. Wie viel Zeit war vergangen, ohne dass die Hand eines Mannes ihn berührte? Unterwegs zum Café, befühlte sie ab und zu ihr Gesicht, strich mit den Fingern darüber hin, als wollte sie sich bestätigen, dass es unverändert sei, noch immer der Spiegel ihrer Seele. Doch wie sollte sie wissen, ob es wirklich dasselbe war und ob die Frau, die sie einmal gewesen ist, dieses Gesicht wiedererkennen könnte?

Sie betrat das Wimpy, und nachdem sie am Fenster Platz genommen hatte, bestellte sie sich eine Tasse Kaffee und eine Schachtel Gitanes Lights. Es war noch Zeit, bis Danny kam, ihr alter Freund aus Beiruter Studientagen, mit dem sie momentan an Filmaufnahmen über den Wiederaufbau des Stadtzentrums arbeitete. Sie holte das Heft aus ihrer Handtasche, in dem sie in groben Umrissen ein Szenario notiert hatte. Der vordere Teil des Heftes enthielt ausserdem Eintragungen zu einer Studie über das Leben von Asmahân. Dieses Projekt musste sie vorerst beiseiteschieben und sich ganz auf den Film konzentrieren. Aber jedes Mal, wenn sie etwas dazu formulieren wollte, ertappte sie sich dabei, dass sie über ihr eigenes Leben nachgrübelte, über Sijâds Aversionen gegen sie, gegen ihre Weiblichkeit, seit sie damals schwanger geworden war. Auch jetzt schrieb sie wieder über Sijâds Sterben, über einen Tod, gegen den sie sich nach ihrer Rückkehr innerlich aufgelehnt hatte. Eigentlich war sie ausserstande, ein Szenario über die Rekonstruktion von Gebäuden zu liefern. Unmöglich, eine solche Arbeit auszuführen, dazu war sie noch zu aufgewühlt. Vielleicht müsste sie es Danny einfach sagen, wenn er nachher kam.

Sie fühlte eine Schuld, die sie mehr bedrückte als Sijâds Verlust. Wie sollte sie weiterleben, wenn sie sich mit seinem Tod nicht abfinden konnte? Sechs Wochen waren seither vergangen. Doch ihr Herz war schwer von etwas Unfassbarem, erfüllt von einem tiefen Bedauern. Sie dachte an ihr früheres und ihr gegenwärtiges Leben. An die fast vierjährige Zeit der Dürre, in der sie dahinvegetierte ohne eine zärtliche Berührung des Mannes, mit dem sie das Bett teilte, an die vielen ungesagten Worte, die in ihrer Kehle stecken geblieben waren. An all das dachte sie und daran, was sie tun würde, morgen und übermorgen und den Tag darauf.

»Es ist schwierig, an die Zukunft zu denken und mit dem Leben verbunden zu sein, solange man nicht gelernt hat, mit dem Verlust zu leben«, notierte sie.

Sie hatten beschlossen, aus Frankreich in den Libanon zurückzukehren, weil Sijâd in seinem Dorf sterben wollte. Er wollte neben seiner Mutter bestattet werden. Es war das erste Mal, dass er unnachgiebig auf einem Entschluss beharrte. Maja hatte denn auch keine Einwände gegen diese Reise erhoben. Anfangs hatte er selbst nicht geglaubt, dass seine Krankheit wirklich so gefährlich war. »Ich werde mich schon wieder aufrappeln«, hatte er zu ihr gesagt, obwohl er jeden Tag schwächer wurde. Aber dann, nach einer gewissen Zeit und einer Serie schmerzhafter und doch ergebnisloser chemotherapeutischer Behandlungen, fügte er sich drein. Nie im Leben hatte sie sich so hilflos gefühlt wie in dem Moment, als ihnen die Ärztin den Befund mitteilte. »Höchstens ein Jahr, vielleicht etwas weniger, weiter kann ich dazu nichts sagen«, hatte sie erklärt, ohne Rücksicht, ohne jede Vorrede. Weder Sijâd noch sie waren auf eine solche Wahrheit gefasst gewesen. Sie waren mit der Vorbereitung ihrer Trennung beschäftigt, mit gegenseitigen Vorwürfen, ihre Beziehung zum Scheitern gebracht zu haben, jene Illusion von Glück, die nicht mal sechs Jahre gewährt hatte – bis zu ihrer Schwangerschaft. Schâdis Geburt war das bedeutsamste Ereignis in ihrem Leben, nicht nur deshalb, weil sie Mutter wurde, sondern weil Sijâd plötzlich als ein ganz anderer erschien, der keine Ähnlichkeit mehr mit dem Mann hatte, dem sie vor neun Jahren begegnet war.

Sobald sie von ihrem Kinderwunsch angefangen hatte, vertagte er das Gespräch. Und sie hatte verdrossen geschwiegen, wenn er sie vertröstete: »Wir reden ein andermal darüber.« Sie hatte gelesen, dass sich eine Schwangerschaft im vorgerückten Alter für das Kind nachteilig auswirken könnte. Auch fürchtete sie, sollte Sijâd zu lange bei seiner Ablehnung bleiben, dass sie selbst irgendwann keine Lust mehr hätte, ein Baby zu bekommen. Heute wunderte es sie, warum sie ihn nicht ernsthaft und eindringlich nach den Gründen gefragt und sich mit seinen zahlreichen Vorwänden, die er wieder und wieder anbrachte, zufriedengegeben hatte. So sagte er etwa, ihr Apartment sei mit einer Schlafkammer und einem Wohnzimmer zu klein für drei Personen, und was sie verdienten, reiche nicht aus, um ein Kind aufzuziehen.

Die Vorstellung, Sijâds Verwandte könnten ihr eines Tages den Sohn wegnehmen, entsetzte Maja. Ihr war bewusst, dass die Beziehung zu ihnen so gut wie abgebrochen war. Früher hatte sie das nicht weiter gekümmert, aber jetzt, nach Sijâds Tod, würde sie sich auf direktem Wege, ohne einen Vermittler, mit ihnen arrangieren müssen. Sie hatte Angst, Schâdi zu verlieren. Nach dem islamischen Gesetz fiel beim Tod des Vaters das Sorgerecht für seinen Sohn, wenn dieser sieben geworden war, an die Familie des Ehemannes, sei es die des Grossvaters oder des Onkels. Was hiess, dass

Schâdi bis zum siebenten Lebensjahr bei ihr bleiben durfte, danach würden sie ihn zu sich nehmen. Das war der einzige Grund, der sie zur Rückkehr nach Frankreich bewegen konnte. Und sie würde diesen Entschluss bestimmt rechtzeitig ausführen, ehe Schâdi sieben war, jedenfalls würde sie viel schneller handeln als bei ihrer ersten Ausreise. Damals hatte sie jahrelang über die Emigration nachgedacht, bevor sie tatsächlich ihren Koffer packte und zum Flughafen fuhr. Rasche Entschlüsse scheute sie von jeher. Âida, ihre Mutter, konnte diese Eigenart von Majas Persönlichkeit nur bestätigen. Sie sagte, ihrer Tochter sei die Saumseligkeit angeboren, und das schon in ihrem Bauch. Das Mädchen hatte gezögert, auf die Welt zu kommen, die sich in ihrer ganzen Düsternis zeigen sollte, als sie die Pubertät hinter sich hatte und bald darauf ein nicht enden wollender Krieg ausbrach.

Ihr Leben in Frankreich erschien ihr jetzt fast unwirklich. Zehn Jahre, wie im Traum vergangen. Real wurden sie erst mit der Geburt ihres Kindes. Sieben Tage hatte sie in der Frauenklinik in Paris gelegen, und eine weitere Woche verbrachte sie daheim mit Warten auf ihre Mutter, die wegen der Visumformalitäten von der französischen Botschaft in Beirut aufgehalten wurde. Die Tage hatte sie gezählt, ja die Stunden. Sie wusste nicht, wie man ein Baby versorgt. Zwar hatte sie ein ganzes Wandbrett voller Broschüren über die Pflege von Neugeborenen, doch soviel sie auch las, sie gewann davon kein Selbstvertrauen. Früher hatte sie sich gar nicht für Bücher über Kleinkinder interessiert. Sie sammelte bibliophile Raritäten, vergriffene und aus den Geschäften verschwundene Publikationen. Die Librairie Avicenne hatte sie nach ihnen durchforstet, in unzähligen

Antiquariaten gesucht, auf dem Flohmarkt und an Trödelständen gestöbert. In ihrer Familie war sie immer das Nesthäkchen gewesen, ihre Schwester und ihr Bruder waren älter als sie. Niemals hatte sie zu Hause einen Säugling gesehen, geschweige einen betreut. Nachdem sie mit ihrem Baby aus der Klinik heimgekehrt war, säuberte sie es mit einem Lappen, den sie mit Lotion und Eau de Cologne für Kinder getränkt hatte. Seit er aus ihrem Bauch gerutscht war, kannte der Kleine kein Wasser. Sie hatte Angst, ihn in der Wanne zu baden. Wie leicht könnte er sich zum Beispiel erkälten, dachte sie, oder durch die Nässe gar lungenkrank werden und nie mehr genesen. Aber kaum war Âida aus Beirut eingetroffen, zog sie als Erstes Schâdi nackt aus und übergoss ihn in der Wanne mit warmem Wasser. Vor Freude strampelte er mit seinen Beinchen, und ab und zu stiess er Laute wie kurze Jauchzer aus, während seine Hände in Halbkreisen durch die Luft fuhren.

Maja sass auf einem niedrigen Hocker neben ihrer Mutter, die Schâdis Körper mit Flüssigseife einschäumte und in liebevoller Nachsicht meinte: »Wie soll denn ein Kind auch ein Kind aufziehen!«

»Ich bin doch kein Kind mehr, Mama!«, protestierte Maja. »Vergiss nicht, ich bin Mitte dreissig. In meinem Alter warten die Frauen bei uns daheim im Dorf schon darauf, Grossmutter zu werden!«

Aber solche Worte wollte Âida nicht hören. Für sie wurden die Kinder nie erwachsen, sie blieben ihre Küken, auch wenn sie über dreissig und selbst Eltern waren. Sie war glücklich, dass sie Schâdi, solange sie bei Maja in Paris wohnte, in ihre Obhut nehmen durfte. Genug Zeit, um die Enttäuschung zu verwinden, die sie erlebt hatte, als die erste Tochter ihres Sohnes Nadîm zur Welt gekommen war. Damals hatte sie geglaubt, seine kanadische Ehefrau würde sich freuen über ihre Anwesenheit und die Fürsorge für das Neugeborene, und so war sie nach Montreal geflogen. Stattdessen verbot ihr die Schwiegertochter, das Mädchen auch nur anzufassen. Die junge Mutter fürchtete, ihr Säugling könnte sich mit irgendwelchen »Mikroben« infizieren, die seine Grossmutter in ihrem Atem aus dem Libanon eingeschleppt hatte, denn immerhin tobte dort ein Krieg, der das Gesundheitswesen und die Grundversorgung lahmgelegt hatte.

Maja war sehr froh, ihre Mutter bei sich zu haben. Sie hatte das kleine Apartment umgestaltet, um nicht nur für ihr Baby, sondern auch für Âida Platz zu schaffen, und überliess ihr gleich das ganze Schlafzimmer mit Ehebett und Stubenwagen. Sie selbst zog mit Sijâd ins Wohnzimmer, wo sie auf einer grossen, ausziehbaren Bettcouch schliefen, die sie extra vor Âidas Ankunft gekauft hatten. Diese Anordnung war für Maja eigentlich unpraktisch, da sie Schâdi nachts stillen musste, aber es störte sie nicht. Im Gegenteil, sie fühlte eine tiefe Freude, ihr Kind in sicheren, vertrauenswürdigen Händen zu wissen.

Während des Aufenthaltes der Mutter verwandelte sich das Pariser Apartment in ein richtiges Zuhause. Lautes Lachen erschallte, Lieder von Asmahân und Fairûs klangen durch die enge Wohnung, die auf einmal weiter und geräumiger erschien. In der Küche verbreiteten sich die Düfte orientalischer Gewürze und Aromen, die Âida aus Beirut mitgebracht hatte. Nach kurzer Zeit hatte sie bereits Bekanntschaft mit arabischen Nachbarn aus derselben Strasse geschlossen. Maja wunderte sich, wie verblüffend schnell ihre Mutter Leute kennenlernte und zu einem Kaffee und einem Schüsselchen Mughli* einlud. Als Sijâd von der Arbeit heimkam, fand er das Wohnzimmer voller Gäste, die er höchstens am Fahrstuhl oder in der Umgebung des Hauses in der Rue Jeanne-d'Arc 10 irgendwann einmal flüchtig gesehen hatte. Er grüsste sie von der Tür aus, ohne näher zu treten. Leise verdrückte er sich zum Schlafzimmer, das jedoch verschlossen war, denn Schâdi sollte nicht vom Stimmengewirr geweckt werden. Darauf kehrte er um und verschwand in der Küche, um sich dort niederzulassen und am einzigen ruhigen Plätzchen einen Tee zu trinken. Sijâd wirkte damals wie ein Fremder neben den Gratulanten zur Geburt seines Kindes, gegen das er sich jahrelang gesträubt hatte. Er war stolz, dass sein Antrag auf zusätzliche Seminarstunden in Arabisch von der Universität bewilligt worden war. Bisher hatte er nur noch keine Gelegenheit gefunden, Maja, die ganz in ihrem Mutterglück aufging, von diesem Erfolg zu berichten.

* Reispudding mit Anis, Zimt und Nüssen, der zur Feier einer Geburt gegessen wird. *(alle Anmerkungen von der Übersetzerin)*

3

Juli 1994

Maja parkte das Auto an der Seeseite der Corniche al-Manâra. Schâdi bockte, widerstrebend stieg er aus. Allmählich verlor sie die Geduld mit ihm. Weder wollte er weiterlaufen noch neben ihr stehen, er hörte gar nicht zu, wenn sie etwas sagte. Sie stellte sich zu ihm an das Eisengitter und zeigte mit der Hand hinaus auf das ferne Schiff, das wie angeklebt auf der Horizontlinie verharrte. Dieses Schiff bleibe noch eine Weile dort, erklärte sie. Es warte ab, dass sich das Meer beruhige. Sie sei genauso wie dieses Schiff, fuhr sie fort, auch sie werde hier warten, bis er sich beruhigt habe und auf sie höre. Die Wellen schlugen hoch und klatschten gegen die grüne, rostbraun verfärbte Mauer. Sie traten ein Stück zurück, um der Gischt auszuweichen. Trotzig, den Tränen nahe, stiess er hervor, dieses Meer sei zu klein und ausserdem schmutzig und hier gefalle es ihm überhaupt nicht und das Wasser schmecke nach Salz.

»Aber Meerwasser ist immer salzig«, unterbrach sie ihn.

Er antwortete nicht. Plötzlich riss er seine Hand los und rannte in die entgegengesetzte Richtung davon. *»Je n'aime pas ici«,* schrie er zornig, *»je veux retourner chez nous …* – Ich mag es hier nicht, ich will wieder nach Hause …« Er blieb stehen und drehte sich nach ihr um, wütend starrte er sie an. Und sie könne er auch nicht leiden, rief er verzweifelt. Danach brach er in heftiges Weinen aus. »Ich will meine Teta Âida!«

Schâdi wollte heim, zu seiner Grossmutter. Er weigerte sich, mit ihr weiterzugehen. Maja überlegte kurz, dann beschloss sie, zum Auto umzukehren und ihn nach Hause zu bringen.

»Wir werden zurückfahren«, sagte sie ernst, als sie den Sicherheitsgurt am Kindersitz einklickte. Es war nicht das erste Mal, dass Schâdi seinem Ärger und Frust auf diese Weise Luft machte. Maja verstand das alles. Sie wusste, dass Kinder, selbst in diesem zarten Alter, unter Verlust leiden und dass sie Enttäuschungen und Lieblosigkeit zwischen ihren Eltern spüren.

Sie erinnerte sich wieder, wie Sijâd gegen seine lähmende Müdigkeit ankämpfte, nachdem ihm die Krankenschwester in der Pariser Klinik ein starkes Schmerzmittel gegeben hatte, und wie er zu ihr sagte: »Ich begreife gar nicht, warum du noch hier bist. Du wolltest dich doch scheiden lassen!« Sie hatte nicht geantwortet, sie musste über seine Worte nachdenken. Er erkannte damals nicht, dass die Trennung in dieser kritischen Phase seiner Krankheit ihr nichts mehr bedeutete, dass sie nicht mehr zornig auf ihn war. Sie wünschte sich nur noch, er möge ihr verzeihen, wenn sie ihm Leid zugefügt hatte, und auch er möge sich ihr gegenüber nicht schuldig fühlen. Er verstand nicht, dass sie nur mit ihm brechen und Schluss machen konnte, solange er eine Zukunft hatte. Als er kerngesund und nicht vom Tod bedroht gewesen war, hätte sie ihn ohne Mitleid verlassen können. Aber wie bringt man es fertig, sich von jemandem abzuwenden, der keine Perspektive mehr hat?

In jener Nacht konnte sie ihn nicht so ganz allein in der Klinik zurücklassen und einfach nach Hause gehen. Wie erstarrt blieb sie auf dem Plastikstuhl bei ihm sitzen. Wenige

Meter lagen zwischen ihnen, die Distanz, die sein Bett und die medizinischen Geräte vorgaben. Sie betrachtete ihn, als hätte sie ihn nie zuvor gesehen. Die Form seiner Augen, die Rundung seines Gesichts, die Farbe seiner Haare. Sie musterte die Apparaturen um ihn herum, den transparenten Beutel mit der Infusionslösung. Sie dachte bei sich, dass sie seine Hände noch nie so genau angesehen hatte. Sie hatte nicht darauf geachtet. All die Jahre vor Schâdis Geburt hatte er sie im Bett damit umarmt. Trotzdem bemerkte sie erst jetzt, da er auf dem Krankenbett lag, wie schlank und zart seine Finger waren. Da leben wir Jahre mit einem Menschen zusammen, und erst im Augenblick der Trennung fällt uns auf, welche Form seine Hände haben, sinnierte Maja, während sie verfolgte, wie das Serum aus dem Behälter rann, an dessen Rändern das Licht in changierenden Farben unter einer Lasur in Grau spielte. Durch den langen Plastikschlauch sickerte die Flüssigkeit über eine feine Nadel im Handrücken in seine Adern, die Einstichstelle war bräunlich blau verfärbt.

Sie wechselte den Beutel über seinem Kopf, wie es ihr die Krankenschwester beigebracht hatte. Nachdem sie fertig war, drückte sie trotzdem den Klingelknopf. Sie war unsicher, ob sie die Menge, die in seine linke Hand tropfte, richtig eingestellt hatte. Unsicher, ob sie ausreichte. Unsicher, ob die Nadel richtig sass. Ich habe das nicht gelernt, sagte sie sich, warum muss ich so etwas tun, das ist nicht mein Job. »Ich bin doch keine Krankenschwester!«, wiederholte sie mit lauter Stimme. Plötzlich wurde ihr bewusst, dass sie Sijâd mit dieser Bemerkung gekränkt haben könnte.

Für einige stumme Momente begegneten sich ihre Blicke, dann schieden sie voneinander.

4

Die Pariser Jahre

Am Anfang ihrer Schwangerschaft bemerkte Maja eines frühen Morgens, wie Sijâd zu ihr rückte und sich zärtlich an sie schmiegte. Sie waren beide im Halbschlaf. Deutlich sah sie ihren letzten Traum vor sich: Sie entstaubte alte Bücher, die sie unter gewaltigen Haufen Müll und Schutt gefunden hatte, sortierte herausgerissene Seiten und versuchte, sie wieder in ein Buch einzuordnen. Plötzlich stand sie auf dem Flachdach ihres Elternhauses im Libanongebirge und nahm Kindersachen von der Leine ab. Als sie damit fertig war, konnte sie die Treppe nicht mehr finden. Während sie ihm zu erzählen begann, was sie geträumt hatte, registrierte sie, dass sein Begehren allmählich erschlaffte. Etwas später beugte er sich über sie, gab ihr einen Kuss auf die Stirn und flüsterte, er werde sie immer und ewig lieben. Sie ahnte, welche Mühe es ihn kostete, dieses Bekenntnis auszusprechen. Es klang, als wollte er sich selbst überzeugen, dass seine Liebe zu ihr beständig sei, trotz ihrer Schwangerschaft oder noch anderer Probleme, die ihr unbekannt waren. All das spürte sie genau, ohne zu wissen, wie sie es hätte ausdrücken sollen.

»Aber über unsere Gefühle können wir nicht bestimmen«, murmelte sie abwesend, wie von weit her.

Prüfend schaute er sie an, befremdet über ihre Erwiderung. Ihre Worte erschreckten ihn, vielleicht spiegelten sie Empfindungen, die er sich selbst nicht eingestehen mochte.

Auf diese oder jene Weise hatten sie ihn getroffen, denn im tiefsten Innern wusste er, dass sie *seine* veränderten Gefühle meinte.

Lange sprachen sie nichts. Nach einer Weile brach sie das Schweigen. Sie begreife gar nicht, wie sie dazu komme, so etwas zu äussern, sagte sie, und es gehe ihr gerade nicht besonders gut.

»Vermutlich war's bloss ein Schnuller für meine Angst«, fügte sie hinzu, *»une tétine pour mon angoisse.«* Und sie dachte: Angst ist das Ende der Liebe.

Seine Finger strichen über ihre Brust, während er ihr ins Gesicht sah. Es war, als starrte er ins Leere. Sie drehte ihm den Rücken zu, versuchte wieder einzuschlafen. Sie war den Tränen nahe, verletzt durch etwas, was sie nicht benennen konnte. Es war das letzte Mal, dass sie sich nackt umarmten.

Sie erinnerte sich noch genau an jene Morgendämmerung, denn danach hatte er sich ihr nie mehr genähert. Trotzdem hatte sie geglaubt, alles sei in Ordnung. Sie redete sich ein, dass sie doch rundum glücklich sei mit dem kleinen Wesen, das sie in ihrem Bauch trug, und gar kein Bedürfnis verspüre, diese heranwachsende Liebe mit jemandem zu teilen. Sijâd liebt mich, dachte Maja, das hat er mir oft genug ins Ohr geflüstert, wenn wir miteinander schliefen und er ganz bei mir war. Erst wenn ich zu müde wurde und ihn darum bat, liess er von mir ab. Nach Schâdis Geburt gab es dieses einzigartige Wonnegefühl freilich nicht mehr. Sijâd entfernte sich von ihr, weiter und weiter, und schliesslich zog er zum Schlafen ins Wohnzimmer um. Langsam wie eine Korrosion frass sich die Entfremdung in ihre Beziehung, bis nur noch rostige Erinnerung übrig blieb. Eines Abends war sie in die Wohnung ihres gemeinsamen Freundes Bruno gerannt. Verzweifelt riss sie sich die Kleider vom Leib, dann brach sie in Tränen aus. »Bin ich etwa keine Frau?«, fragte sie eindringlich. »Fehlt mir was? Wie ist es gekommen, dass die Sehnsucht jede Nacht zwischen uns zu Asche zerfällt und dass wir jeden Morgen die Liebe erschlagen? Müssen wir sie töten, um ihre Existenz zu bestätigen?« Bruno stand bestürzt vor ihrer Nacktheit, vor dieser absonderlichen Situation, während sie schluchzend wie ein Kind immer weiterfragte: »Bin ich eine Frau? Antworte mir!«

Sijâd schien eingeschlafen zu sein. Maja stand auf und ging hinaus in den langen Klinikkorridor. Sie erinnerte sich an ihre erste Begegnung mit Sijâd – nein, das war bereits ihr erstes Rendezvous gewesen. Zum ersten Mal zusammengeführt hatte sie Bruno, für den sie seit kurzem arbeitete, er war ein Freund von Sijâd. Sie wollten sich den in Mexiko gedrehten Film *Unter dem Vulkan* ansehen und hatten sich am Kinoeingang verabredet. Als Sijâd die Hand in die Tasche steckte, stellte er fest, dass er beim Umziehen das Portemonnaie in der Jeanshose vergessen hatte. Ganz verlegen war er, richtig hilflos. In diesem Moment verliebte sie sich in seine Unsicherheit, sie spürte, wie weich und schwach er war. Sie nahm das Geld aus ihrer Handtasche und bezahlte bei der jungen Frau am Schalter die Eintrittskarten. Sie tat es spontan und verstand überhaupt nicht, warum er sich entschuldigte. Nach einer Weile vergassen sie den Zwischenfall, und Sijâd beruhigte sich wieder. Sie verliessen das Kino und liefen über eine Stunde zu Fuss vom Quartier Latin bis zum

Universitätsgelände, wo Maja ein Zimmer gemietet hatte. Unterwegs diskutierten sie über den Film und über Mexiko, wohin Sijâd sogar schon einmal gereist war, um seinen emigrierten Onkel und seine dort geborenen Cousins kennenzulernen. Sie sprachen über den Tag der Toten und andere Festlichkeiten der Mexikaner, aber auch von den tiefen Verletzungen, die sich in die Seele eines Menschen eingraben und sein Leben verändern können.

Nach jedem chemotherapeutischen Zyklus musste Sijâd eine Nacht in der Pariser Klinik verbringen. Sein Körper verkraftete die Nebenwirkungen nicht, allein der massive Brechreiz bedurfte der Behandlung. Seine Haut hatte sich dunkel verfärbt, seine Miene verdüstert. Tiefe Ringe lagen um seine Augen, ihr fester, klarer Blick war ermattet. Maja umarmte ihn. Sie spürte, dass sie nach einer Vergangenheit suchte, von der nur noch eine winzige Spur übrig war.

Sie zog ihren Mantel an und bereitete sich vor, nach Hause zu gehen. Aber Schâdi wollte bei seinem Vater bleiben, der sich über die Diskussion zwischen den beiden in seinem Zimmer aufzuregen begann. Seit Sijâds Erkrankung verhielt sich Schâdi immer bockiger und feindseliger. Einmal war er plötzlich in Tränen ausgebrochen und hatte zu ihr gesagt: »Du hast den Papa gar nicht lieb ...«

Sie liess ihn mit seinem kleinen Auto neben Sijâds Bett weiterspielen und trat auf den schmalen Balkon des Krankenzimmers. Wassertropfen hingen am Eisengeländer. Es kümmerte sie nicht, dass ihr Haar und ihre Schultern vom Sprühregen nass wurden. Heisse Tränen liefen über ihr Gesicht, während sie den Zigarettenrauch in die schwere Abendluft paffte. Dicker Nebel hing zwischen dem Balkon und den hohen Bäumen des Klinikparks. Ein sonnenloser Winter, trotz milder Temperaturen, wie sie Paris seit Jahren nicht gekannt hatte. Sie wischte ihre Tränen ab, und für einen Moment dachte sie an die Lilienzwiebeln, die sie Ende Oktober in Blumentöpfe auf dem Fensterbrett gesteckt hatte. Heute Morgen hatte sie gesehen, dass die ersten Knospen dem Licht zustrebten. Aber noch war kein Frühling in Sicht. Die Natur spielte verrückt und trieb Blüten mitten im Winter. Sie drückte ihre Zigarette aus und ging wieder hinein. Im Zimmer war es still. Schâdi wollte nicht nach Hause, obwohl es schon sieben Uhr abends war. Manchmal war sie einfach nicht imstande, sich gegen ihn durchzusetzen. Unaufhörlich tröpfelte das Serum, rann durch den Schlauch, strömte in Sijâds Venen und vermischte sich mit seinem Blut. Mittlerweile war er auf das Serum angewiesen, es war seine Nahrung. Er konnte nicht mehr regelmässig essen.

Sie hörte ein Klingeln, es kam aus ihrer Handtasche. Hektisch begann sie nach dem Handy zu kramen, ohne es zu finden. Das Telefon verstummte, erleichtert atmete sie auf. Aber die Stille währte nicht länger als eine Minute, bevor es erneut läutete. Wer rief da so penetrant an? Endlich fand sie ihr Handy, fischte es heraus und schaute auf die Nummer: ihre Schwester Nada, aus Beirut. Sie trat wieder auf den Balkon, um Sijâd nicht zu stören, und rief zurück. Sie sei gerade in der Klinik, sagte sie. Nein, mit Sijâd sei alles unverändert. Jedes Mal musste man mit Nada bei null anfangen und ihr alles haarklein über Sijâds Zustand berichten.

»... und du auch, gib Mama einen Kuss von mir.« Sie beendete das Gespräch, zu gross war ihr Frust. Immer wenn

Nada anrief, beschlich sie ein verstörendes Gefühl von Enttäuschung und Reue, mit dem sie nicht umzugehen wusste. Seit letztem Herbst hatte sich ihre Beziehung zu Nada verschlechtert. Damals war sie mit ihrem Mann zu Besuch nach Paris gekommen, und Maja hatte ihr mitgeteilt, dass sie die Scheidung wolle. Das war noch, bevor Sijâds Krankheit diagnostiziert wurde.

Sie hatte sich mit ihr in einem Café getroffen, und sofort bestürmte sie Nada mit Fragen.

»Hat er dich vielleicht geschlagen?«

»Aber nein, natürlich nicht!«, antwortete Maja schnell, erstaunt über diese Vorstellung.

»Ist er knauserig mit dir?«

Sie zögerte, dann sagte sie: »Nein.«

»Nimmt er Haschisch? Drogen? Betrügt er dich? Ist er ein Spieler?«

»Darum geht's doch gar nicht, Nada … Du verstehst meine Lage nicht.«

Nada schien nicht zugehört zu haben, beharrlich fuhr sie fort zu fragen. Sie dämpfte die Stimme, als handele es sich um ein ungeheures Geheimnis. »Kriegt er ihn nicht mehr hoch? Oder womöglich umgekehrt: Verlangt er im Bett so Sachen von dir, die du nicht mitmachen willst?«

Bei aller Anspannung und Beklemmung war Maja von diesen letzten Fragen so überrascht, dass sie ihre Verlegenheit mit einem lauten, anhaltenden Gelächter überspielte. Nie hätte sie erwartet, dass Nada auf Bettgeschichten und Sex kommen würde. Zwar waren sie Schwestern, aber der Altersunterschied zwischen ihnen erlaubte es Maja nicht, in Nada eine Freundin zu sehen. Ausserdem war sie schon zu lange von daheim ausgezogen und lebte fern von ihrer Familie.

Als sie gar nicht mit ihrem nervösen Lachen aufhörte, sagte Nada befremdet: »Jetzt sei mal offen zu mir, wir sind doch Schwestern!«

Maja verstummte. Sie hatte keine Lust, das Gespräch mit Nada fortzusetzen. Die Hände hinter dem Kopf verschränkt, schaute sie in den Himmel.

Die Sonne strahlte hell am Firmament über Paris, für Maja ein geradezu historisches Ereignis. Einen Monat lang hatte sie keine Sonne gesehen, alles war düster gewesen, Grau in Grau. Tief und schwer lastete der Himmel, bedrückte Herz und Auge, fast streifte er die Dächer. An diesem Tag wollte sie einmal aufatmen und sich freuen, wenigstens ein kleines bisschen – wie ein zutrauliches Kätzchen, das einen warmen Platz gefunden hat und die trostlose Nässe von sich abschüttelt. Nada aber fragte hartnäckig weiter, bis es Maja vorkam, als tauchte sie ihren Kopf unter Wasser. Sie hob das Gesicht und lehnte sich zurück, in der Hoffnung, Nada möge Ruhe geben und es gut sein lassen mit dieser Unterhaltung, die nur ihre Einsamkeit verstärkte, das Gefühl, auf eine Mauer zuzurasen und unausweichlich dagegenzuprallen. Letztendlich musste sie ganz allein mit ihren Problemen fertig werden.

Unterdessen fuhr Nada fort mit ihrer Fragerei, die nach Majas Empfinden gar nicht zu ihr passte. Das Bild, das sie sich von der Schwester bewahrt hatte, als sie Beirut verliess, begann zu verschwimmen. Was sie jetzt von ihr sah und hörte, hatte mit dieser Erinnerung nichts gemein.

»Besser, wir machen hier einen Punkt. Es reicht!«, unterbrach sie Nada ungeduldig. »Geniessen wir lieber die

Sonne … Ich komme mir schon vor wie in einem Verhör, als würdest du mich bezichtigen, die Schuldige zu sein. Du behandelst mich genau wie ein Polizist, wenn er die Anzeige einer Frau gegen ihren gewalttätigen Ehemann aufnimmt. Dabei will ich ihn nicht mal anklagen. Ich habe lediglich beschlossen, mich scheiden zu lassen.«

Nada war nicht zu überzeugen, sie bohrte weiter, nun mit erhobener Stimme: »Also was jetzt? Bestimmt gibt es etwas, was du mir verheimlichst. Hast du etwa ein Verhältnis? Sag's mir! Seinerzeit hättest du dich bald umgebracht, um ihn heiraten zu können … Seit vier Jahren redet die Familie unseres Onkels nicht mit Mutter, weil du dir einen Mann genommen hast, der nicht unserer Glaubensgemeinschaft angehört … Und jetzt willst du dich scheiden lassen, einfach so … Das Geringste, was man sagen wird, ist: ›Wer sich die Suppe eingebrockt hat, muss sie auch auslöffeln‹ … Niemand von der Familie wird auf deiner Seite stehen und …«

Maja schnitt ihr scharf das Wort ab, als sei sie gezwungen, sich gegen Nadas versteckten Vorwurf des Ehebruchs zu verteidigen: »Sijâd liebt mich nicht mehr … und …« Sie konnte ihren Satz nicht beenden, sie glaubte ersticken zu müssen. Sie hielt kurz inne, dann schüttelte sie den Kopf und fuhr fort: »Wie soll ich denn bitte schön bei einem Mann bleiben, der es nicht mal über sich bringt, mich anzufassen … der seit drei Jahren nicht bei mir gelegen hat … seit ich mit Schâdi schwanger war … Ach, Schluss damit!«

Maja schien erschöpft. Wie einem luftleeren Raum entronnen, atmete sie tief ein. Sie schaute in Nadas Gesicht und stellte fest, dass ihre Schwester sie ungerührt, ja befremdet anstarrte.

»Er liebt dich nicht mehr! Aber er hat jedenfalls keine Scheidung verlangt. Du warst es, die sie verlangt hat. Und warum? Wo ist dein Problem? Leb weiter, als wäre er gar nicht vorhanden, als wäre er tot. Du sagst, er liebt dich nicht. Was hat denn die Liebe mit der Ehe zu tun? Ist die Ehe etwa ein Zuckerschlecken?«

In diesem Moment verschwand Nadas Stimme. Maja hörte sie nicht mehr, vernahm überhaupt nichts mehr um sich herum. Gott sei Dank kann ich meine Ohren vor Verletzungen und Kränkungen verschliessen, sagte sie sich insgeheim.

Eine Schutzwand schob sich zwischen ihr Gehör und die Stimme ihrer Schwester. Trotzdem hatten sie Nadas Worte unversehens zum Anfang ihrer Beziehung mit Sijâd zurückgeführt. Sie erinnerte sich kaum noch an Einzelheiten ihrer ersten gemeinsamen Jahre, nicht einmal an die Kriegsjahre im Libanon, bevor sie nach Frankreich ausgereist und ihm begegnet war. Das Gedächtnis ist kurz wie ein Augenblick der Freude, dachte Maja. Wir erinnern uns an alles Mögliche, was wir falsch gemacht haben, ob nun Krieg war oder nicht, und dabei hat uns das Leben doch auch mit zahllosen Momenten des Glücks überschüttet.

»Nach der Scheidung gehe ich mit Schâdi zurück in den Libanon. Sijâd wird in Paris bleiben. Wir haben beschlossen, uns hier scheiden zu lassen, damit ich das Sorgerecht für Schâdi behalte. So haben wir es abgemacht.«

»Na, so was!«, kommentierte Nada spöttisch. »Sogar Beschlüsse wegen Schâdi habt ihr schon gefasst … Da wäre es wohl zwecklos, weiter über das Thema zu diskutieren. Deine Entscheidung steht ja bereits fest! Nur, wovon willst du leben mit deinem Sohn? Das erklär mir mal. Hast du überhaupt darüber nachgedacht? Vater ist tot, und er hat uns so gut wie nichts hinterlassen. Was er besessen hatte, ist für die Krankenhausrechnungen draufgegangen. Na, du kennst die Geschichte, ich brauche sie nicht wieder aufzuwärmen. Mutter musste Grund und Boden verkaufen, um dein Studium und das von Nadîm zu finanzieren. Und wie du auch weisst, reicht ihre Rente hinten und vorne nicht. Ich zahle ihrer Haushälterin den Lohn. Nadîm steuert nichts bei, seit seiner Heirat in Kanada schert er sich einen Dreck um uns. Hast du all diese Dinge bedacht, bevor du zu deinem Entschluss gekommen bist? Oder spekulierst du auf die 400 000 Pfund Unterhalt für Schâdi, die sein Vater gemäss dem islamischen Recht zu zahlen hat?«

Wieso muss mir Nada jetzt einen Vortrag über Gesetze halten?, grübelte Maja. Gut, sie hat früher mal Jura studiert, doch seit ihrer Heirat mit einem zwanzig Jahre älteren Mann praktiziert sie nicht mehr als Rechtsanwältin … Maja war frustriert, erwiderte aber nichts.

Es gibt Momente, in denen wir aufhören zu denken wie andere Leute. Kalkulationen, die manch einem existentiell scheinen, werden für uns plötzlich nebensächlich und bedeutungslos. Alles steht und fällt mit dem, was wir fühlen, wie und wo wir unserem Anspruch als Mensch gerecht werden und ob wir die Kraft aufbringen, den Verlust dieses Anspruchs zu kompensieren.

All das ging Maja durch den Kopf. »Versteh mich doch, Nada!«, sagte sie mit zitternder Stimme, den Tränen nahe. »Mir ist klargeworden, dass ich den Mann, mit dem ich seit acht Jahren lebe, überhaupt nicht kenne … nicht begreife.

Könntest du mit einem Mann in so einer Situation zusammen sein?«

»Was soll das heissen – du kennst ihn nicht?«, fragte Nada. »Ist er etwa schwul?«

»Keine Ahnung … könnte sein!«, schrie Maja sie an, und wütend fuhr sie fort: »Wenn es das ist, was du hören willst: Jawohl, er ist schwul.«

Nada hatte gewusst, dass Maja ausrasten würde. Immer machte sie ihrem Ärger mit schwarzem Humor Luft, das kannte man von ihr in der Familie. Sie blickte ihre Schwester eine Weile an, dann langte sie nach der Handtasche auf dem Stuhl neben sich, nahm ein paar Francs heraus und warf sie auf den Tisch. »Ach, mach, was du willst«, sagte sie. Mit einem angedeuteten Kopfnicken verliess sie ohne ein weiteres Wort das Café.

Maja war mit Schâdi aus der Klinik nach Hause zurückgekehrt. Als sie ihn zu Bett brachte und in die Arme nahm, sagte er, sie tue ihm weh, sie drücke ihn zu fest. Er sagte das plötzlich, unvermittelt, während sie bei ihm sass, um ihm wie jeden Abend eine kurze Geschichte zu erzählen. Er sei zu müde, erklärte er, und wolle jetzt schlafen. Sie löste ihre Arme von ihm, küsste ihn, dann stand sie auf, löschte das Licht und ging hinüber ins Wohnzimmer, wo sie schlief. Sie wusste, dass Schâdi wütend war, und sie wusste auch, dass die Gründe für seinen Zorn schwierig und heikel waren. Er gab ihr die Schuld an den Problemen, die er zwischen seinen Eltern beobachtete, sogar für die Krankheit seines Vaters machte er sie verantwortlich. Sie war unsicher, was sie Schâdi sagen und wie sie mit ihm umgehen sollte. Meistens schwieg sie zu seinen Ausbrüchen. Stumm resignierte sie und fügte sich. Vor seiner Zimmertür hockte Nûssa, ihre kleine Katze, die sie vor ein paar Monaten mitgebracht hatte. Erwartungsvoll hob sie den Kopf. Als sie zu Maja aufschaute, schimmerte der einzige weisse Fleck am Hals auf ihrem glänzenden tiefschwarzen Pelz wie eine Oase aus Licht. Sie wollte hochgenommen werden, Maja sollte ihr weiches Fell kraulen. In diesem Moment hatte Maja ganz ähnliche Wünsche. Wie gern würde sie ihren Kopf jetzt an eine Schulter lehnen, die Augen schliessen und einschlafen. Nûssa miaute, einmal nur, leise und klagend, es hörte sich an wie der gedehnte Seufzer einer Frau, bedrückt und wehmütig. Auch sie war müde, erschöpft vom langen Warten, von diesem verstörenden Schweigen, das sie nicht zur Ruhe kommen liess, von Majas Abwesenheit tagsüber.

Maja beendete gerade ihr erstes Studienjahr in Paris, als sie Sijâd begegnete. Sie hatte sich noch nicht eingewöhnt und fremdelte mit dem unbekannten Milieu und der Universität. Niemals hätte sie gedacht, dass sie in Paris weiterstudieren würde, nachdem sie in Beirut bereits ihr Diplom in Literaturwissenschaft abgelegt hatte. Eines Tages hatte sie dann doch ihren Koffer gepackt und war mit ihrer Freundin Sara abgereist. Sara kehrte schon bald darauf wieder nach Beirut zurück, Maja aber blieb, für sie begann ein neues Leben in Frankreich. Im Mai 1985 lernte sie Sijâd kennen. Er schrieb damals an seiner Dissertation und unterrichtete nebenbei Arabisch. Nie würde sie den Morgen vergessen, als Sara sie aus Beirut anrief und ihr mitteilte, der französische Soziologe Michel Seurat* sei am Vortag auf dem Weg zum Flughafen gekidnappt worden. Sara hatte ihn einmal getroffen, in einem Meeting bei palästinensischen Freunden, mit denen sie zusammenarbeitete. Zur Stunde wisse niemand etwas über seinen Verbleib, sagte sie, der Islamische Dschihâd habe sich zu der Entführung bekannt. Viel Zeit sollte noch vergehen, und viele Ausländer würden noch spurlos verschwinden, bis durch die internationale Berichterstattung publik wurde, dass die meisten dieser Geiselnahmen im Libanon von einheimischen Gruppierungen unter dem Schutz des syrischen Geheimdienstes ausgeführt worden waren.

An jenem Tag war Maja mit Bruno mittags zum Arbeitsessen verabredet. Er hatte sie mit einer Studie über Kairo in der ersten Hälfte des zwanzigsten Jahrhunderts – bevor Nasser an die Macht kam – beauftragt: über das soziale und kulturelle Leben in der Stadt, insbesondere die Theater und Künstler. Diese Recherchen boten ihr zugleich die Gelegenheit, Bücher und Artikel über das Leben und den Tod ihrer geliebten Legende Asmahân aufzutreiben.

Trotz häufiger Regenschauer blinzelte immer wieder die Sonne hervor und kündigte schüchtern die Wärme des Frühlings an. Unterwegs im Bus zum Boulevard Saint-Germain, schaute Maja aus dem Fenster und sah einen Regenbogen, der minutenlang am Himmel stand, bevor er verblasste und schliesslich hinter aufquellenden Wolken verschwand. Mehrmals dachte sie daran, auszusteigen und wieder nach Hause zu gehen. Das Gespräch mit Sara, die beinahe ihre

* Michel Seurat (1947–1986) wurde am 22. Mai 1985 in Beirut vom Islamischen Dschihâd entführt und starb in Gefangenschaft.

einzige Verbindung zu den Ereignissen in Beirut war, hatte sie traurig gestimmt. Sie stellte sich vor, was Sara jetzt fühlen mochte. Es war nicht das erste Mal, dass sie jemanden durch den Krieg verloren. Vielleicht waren es keine engen Freunde gewesen, vielleicht schmerzte der Verlust nicht zu sehr. Und doch genügte es, diesen Menschen gekannt, in seine von Leben sprühenden Augen geblickt, seine Stimme, die von Träumen sprach, vernommen zu haben, um zu spüren, dass man mit ihm einen Freund verloren hatte.

In diesem Moment wollte sie überhaupt niemanden sehen. Am liebsten wäre sie wirklich umgekehrt und hätte ihre Mutter angerufen. Schon über zwei Wochen hatte sie nicht mehr mit ihr gesprochen. Meistens telefonierte sie aus einer Zelle, nicht weit von ihrem Zimmer auf dem Universitätsgelände. Sie wusste, wie sie diesen öffentlichen Apparat benutzen konnte, ohne viel Geld zu bezahlen. Ein kleiner Trick, den sie von ihren Kommilitonen gelernt hatte.

Langsam, mit schweren Gliedern stieg sie aus dem Bus aus. Eine reichliche Viertelstunde verspätet, traf sie im Café Danton ein. Sie entdeckte Bruno an dem breiten Fenster, ihm gegenüber sass ein junger Mann mit dem Rücken zum Eingang. Dieser junge Mann war Sijâd. Zögerlich ging sie auf die beiden zu. Als sie näher kam, erhoben sie sich. Bruno machte sie miteinander bekannt, dann trat er einen Schritt zurück und bot Maja seinen Stuhl an. »Du musst doch das kriegerische Leben im Libanon vermissen«, raunte er ihr mit einem breiten, verschwörerischen Grinsen zu. »Sicher möchtest du gleich mal die Passanten hier vom Fenster aus ins Visier nehmen. Bitte sehr, setz dich auf meinen Platz! Na hol schon deinen Revolver aus der Handtasche! Ganz wie in Beirut … wie die Heckenschützen auf dem Dach des Murr-Turms*!«

Seine Witzelei machte sie nervös, ihre Anspannung wuchs. »Anscheinend fieberst du danach, einen Film über unseren Krieg zu drehen«, entgegnete sie mit einer Schärfe, die Bruno nicht von ihr gewöhnt war, die er auch nicht verstand. »Da brauchst du mich ja gar nicht erst zu fragen, was ich bei meiner Recherche über Kairo herausgefunden habe.«

Auf diese Art Scherze war sie nicht vorbereitet gewesen. Eigentlich hatte sie nicht so patzig reagieren wollen, aber nun war es ihr eben herausgerutscht. Sie wusste, dass es nicht in Brunos Absicht lag, sie zu verletzen, trotzdem fühlte sie sich mit Michel Seurats Entführern in einen Topf geworfen, und die waren in ihren Augen nichts weiter als eine Bande von Mördern. Noch mehr ärgerte sie sich über diesen jungen Libanesen, den sie gerade kennengelernt hatte, denn er brach über Brunos Anspielungen in schallendes Lachen aus, vielleicht hatte er ihre Erwiderung gar nicht richtig mitbekommen. Sie hätte erwartet, dass dieses Thema zumindest eine Art Unruhe bei ihm auslösen würde. Doch nach einiger Zeit sollte sie feststellen, dass Sijâd die Vorgänge im Libanon ziemlich gleichgültig waren. Meistens verfolgte er nicht einmal, was dort passierte. Er bewarb sich um die französische Staatsbürgerschaft und wollte sich in Paris niederlassen. Es war ihre erste Begegnung, aber sie fand nichts Besonderes an ihm. Mit seinen

* Benannt nach seinem Erbauer, dem ehemaligen libanesischen Innenminister Michel Murr. Der vierzigstöckige Bau wurde während des Bürgerkrieges als strategischer Punkt in den Kämpfen genutzt.

Bemerkungen, die er während des Mittagessens einstreute, konnte er sie jedenfalls nicht beeindrucken. Er erschien ihr als ein Langweiler.

5

Beirut, August 1994

Sie musste sich beeilen. Die Zeit war zu knapp, um mit ihrer Mutter Mate zu trinken. Maja staunte, wie schnell morgens die Minuten verflogen. Sie hetzte durch die Wohnung, von einer Ecke zur anderen, und konnte ihre Sachen nicht finden. Ihre Bluse, die plötzlich aus dem Schrank verschwunden war, der schwarze Ledergürtel, der am Vortag noch auf der Couch gelegen und sich nun davongestohlen hatte, die Einleitung des zweiten Kapitels über Asmahân, ihr Notizbuch, das Heft, in dem das Filmszenario skizziert war, die Autoschlüssel und das Handy, diese allerneueste Erfindung. Manchmal hatte sie das Gefühl, sie würde ihre verlorenen Sachen nie wiedersehen. Schâdi erklärte in schmerzlicher Unschuld, die Dinge seien böse auf sie, weil sie keine Zeit habe, mit ihm zu spielen, da seien sie eben weggegangen und suchten sich ein anderes Zuhause. Maja wusste, dass Schâdi mit diesen Worten seine eigene Stimmung ausdrückte und gar nicht die Dinge selbst meinte. Sara hatte ja recht, wenn sie sagte, so könne sie nicht weitermachen. Sijâd sei gestorben, sie müsse seinen Tod akzeptieren und endlich zur Ruhe kommen. Schâdi brauche sie, gerade jetzt. Seit ihrer Ankunft in Beirut hatte Maja noch keinen ganzen Tag zusammen mit Schâdi verbracht oder sich wenigstens ein bisschen Zeit zum Spielen mit ihm genommen. Ohne es geplant zu haben, hatte sie ihre Mutter, die Kindergärtnerin und Mala mit dieser Aufgabe betraut: ihre Hausangestellte aus Sri Lanka, die in den Libanon gekommen war, um den Lebensunterhalt für sich und ihre Familie zu verdienen, für ihre Kinder, die sich nach ihr sehnten. Nach drei Jahren entdeckte sie, dass ihr Mann von dem überwiesenen Geld ein Haus gebaut und eine andere geheiratet hatte, die Kinder hatte er zu ihren Eltern geschickt. Mala beschloss, noch einige Jahre im Libanon zu bleiben, jedenfalls so lange, bis sie ihren Verlust wettgemacht hätte, und dann würde sie zu ihren Kindern zurückkehren. Doch die waren in ihrer Abwesenheit herangewachsen, und sie hatte die schönste Zeit mit ihnen verpasst. Mala wachte immer sehr früh auf. Sie trank einen Tee und wartete, bis alle munter waren. An diesem Morgen hatte Maja plötzlich ein schlechtes Gewissen, als Mala lächelnd den Kaffee für sie brühte und das Tablett mit Mate für Âida vorbereitete. Sobald sie damit fertig war, half sie ihr in fliegender Eile bei der Suche nach ihren Sachen.

Maja lieferte ihren Sohn im Kindergarten ab, danach fuhr sie weiter zum Café Chase in al-Aschrafîja. Sie war mit Danny verabredet, um neue Aufnahmen für den Dokumentarfilm über den Wiederaufbau des Beiruter Zentrums zu machen. Schon früher waren sie als Kollegen miteinander verbunden gewesen, und obwohl sie in Paris jahrelang nichts von ihm gehört hatte, lebte ihre Freundschaft seit Majas Rückkehr wieder auf. Heute würde auch Ernest dabei sein, Dannys Partner in der Arbeit und in der Liebe. Die beiden hatten eine gemeinsame Wohnung in Sinn al-Fîl. Maja parkte das Auto vor dem Postamt und überquerte die Strasse zum Café. Sie bestellte sich ein Croissant und einen Kaffee und nahm draussen Platz. Es war ein schöner Morgen, trotz der Augusthitze. Sie wartete. Eine Viertelstunde, eine halbe Stunde. Niemand kam. Sie fischte das Handy aus ihrer Tasche und rief Danny an … keine Reaktion. Vielleicht ist er noch zu Hause, überlegte sie. Aber sie hatte seine Festnetznummer nicht gespeichert. Eventuell stand sie ja im Adressbüchlein. Sie blätterte es durch, bis sie Dannys Nummer fand. Normalerweise verspätete er sich bei einem Arbeitstreffen nicht.

Sie wählte die Nummer. Sofort nahm jemand ab.

»Hallo«, sagte sie.

»Hallo«, sagte ein Mann am anderen Ende.

»Bist du das, Danny?«

»Wer?«, wunderte sich die Stimme.

»Bitte, ich möchte mit Danny oder Ernest sprechen.«

»Moment«, sagte er zögernd, offenbar gab er den Hörer weiter. – »Hallo?«, hörte sie. Eine andere Männerstimme.

»Hallo … Gestatten Sie, ich möchte mit Danny sprechen … oder mit Ernest, wenn Danny nicht da ist.«

»Wer ist dort?«

»Ich möchte Danny …«

»Welche Nummer wollten Sie denn?«

»Ich habe … 480 994 … ja … richtig, und wie ist Ihre?«

»Hier ist die Vorstadt, Schwester … die Südvorstadt … unsere Nummern fangen mit 840 an … bei uns gibt's weder einen Ernest noch einen Danny.«

»Verzeihung, ich wollte … entschuldigen Sie, ich habe mich verwählt …«

Sie steckte das Handy wieder in die Tasche. Verwünscht sollen sie sein, Danny und Ernest mitsamt dem Telefon!, dachte sie und holte ihre Notizen heraus, um weiterzuarbeiten. Dann würde sie eben warten, ihr blieb auch gar nichts anderes übrig. Eine Firma für Gebäuderekonstruktion hatte einen Film in Auftrag gegeben, und den musste sie fertigstellen. Seit Beginn der Arbeit suchte Maja nach Geschichten von Menschen, die im Zentrum oder in angrenzenden Stadtteilen gelebt hatten. Ihre Erinnerungen und ihre Biographien faszinierten sie. Man könnte Interviews mit ihnen führen, überlegte sie, und einige davon in den Film einbauen. Es war ihr unbegreiflich, wieso die Firma das Gedächtnis der Orte dokumentieren wollte, während sie doch gerade dabei war, dieses Gedächtnis zu eliminieren. Beim letzten Treffen mit Danny hatte es deswegen schon eine lange Diskussion zwischen ihnen gegeben, als er sagte, es wäre ganz leicht, Interviews so zu verwenden, dass sie dem jeweiligen Ziel eines Films dienten. Das Filmgeschäft sei halt eine heikle und knifflige Angelegenheit, der Regisseur könne die Aussage bei der Montage jederzeit verändern. Also sei es überflüssig, seine Zeit zu verplempern und endlose Interviews mit irgendwelchen Anwohnern zu führen.

»Na gut, das ist eine technische Frage«, hatte ihn Maja unterbrochen. »Aber es geht doch auch darüber hinaus, denn das Gedächtnis der Orte kann man nicht von dem der Menschen trennen. Du weisst genau, was meine Hauptanliegen sind: den Leuten zuhören und dokumentieren, was sie sagen.«

Minute um Minute verstrich. Endlich hörte sie Danny hinter sich rufen. Er begrüsste sie mit verlegener Fröhlichkeit. Ein kaputter Lkw mitten auf der Schnellstrasse. Verkehrsbehinderung. Ein Stau. Ernest stand daneben, schweigend, die Hände in den Taschen seiner Shorts vergraben, als wollte er sich wegen eines Vergehens entschuldigen, für das er nicht verantwortlich war. Sie sahen aus wie zwei kleine Jungen, die zu spät zur Schule kommen und sich vor der Strafe fürchten.

Maja funkelte Danny an, sie war aufgebracht, beinahe wütend. »Vor einer Stunde waren wir verabredet!«, sagte sie streng, aber nicht ganz unfreundlich. Als sie sah, wie er sie bei seinen Entschuldigungen immer wieder anlächelte, verrauchte ihr Zorn. Sie setzten sich zu ihr, tranken Kaffee. Maja erzählte ihnen, dass sie mit wildfremden Leuten telefoniert und sich nach ihnen erkundigt hatte. Die Anspannung löste sich, und alle drei brachen sie in Lachen aus.

Ihr Drehort waren die Häuser am Riâdh-al-Sulch-Platz, hoch nach Sukâk al-Balât hin, von da weiter gen Osten, in Richtung al-Basta und die Gegend um die Bischâra-al-Chûri-Strasse. Der Stadtplan, den sie zur Verfügung hatten, schien einigermassen zuverlässig. Der Wiederaufbau hatte begonnen, die Bulldozer waren Tag und Nacht in Betrieb, und die Abrissarbeiten liefen auf Hochtouren. Am Märtyrerplatz wimmelte es von Kunden und Händlern. Jungen spielten lärmend Fussball. Einer antwortete auf Majas Frage, was das von Gewehrkugeln durchlöcherte Bronzedenkmal bedeute, es sei den Märtyrern der Amal-Bewegung gewidmet, und Danny filmte die Aussage des Jungen. Sie setzten ihren Weg zum Stadtzentrum fort. Manche Bereiche waren allerdings Sperrgebiet, denn dort steckten noch Blindgänger, scharfe Minen und Bomben, mit denen die Kämpfer der Milizen einst ihre Grenzen markiert hatten. Die Einwohner hatten bei der Flucht persönliche Sachen,

Gerümpel und kaputte Möbel zurückgelassen, alles lag chaotisch auf den Gehsteigen, den Schutthaufen, die sich hier und da türmten, in den Wohnungen, die zumeist von den Kämpfern okkupiert worden waren. Danny begann mit den Aufnahmen in einer Strasse, die den Riâdh-al-Sulch-Platz bergan mit den umliegenden Vierteln verband. Lauter zerstörte, verödete Gebäude, die sich mühsam aufrecht hielten und dem Verfall trotzten. Gegenüber eine Wohnung im Erdgeschoss eines Hauses, dessen Fassade eingestürzt war und den Zugang verschüttet hatte. Ein alter, zweistöckiger Bau, der Dachboden dem völligen Ruin preisgegeben, nur seine Wände standen noch, gebrechlich und nackt ragten sie ins Leere. Das Parterre war erhalten geblieben.

Heute hatten die Bulldozer mit ihrer Arbeit rings um das Haus angefangen. Die Trümmer vor der Tür waren bereits weggeräumt, so dass Maja in Begleitung der beiden Männer ohne Schwierigkeiten hineinkam. Danny filmte weiter, als sie eintraten und die untere Wohnung erreichten. Maja ging voraus, die Kamera folgte ihr. Es war nicht geplant gewesen, dass sie vor der Kamera herlief. Aber Danny hatte eine Idee, mit der er sie überraschen wollte: Maja sollte während der Aufnahmen im Bild sein. Ein Teil der Wohnungstür war herausgebrochen, der Rest wurde von ein paar Nägeln und grossen Steinen notdürftig in den Angeln gehalten. Der Eingangsbereich war mit Staub bedeckt, Sandsäcke und Überbleibsel von Hausrat lagen verstreut auf dem Boden, nur mit Mühe konnten sie in die Wohnung vordringen. Die Küchentür am Ende des feuchten Korridors war unversehrt. Eine schmale Steintreppe in der Küche führte bis unter die Decke. Sämtliche Einrichtungsgegenstände waren verschwunden, abgesehen von einem kleinen Stück des marmornen Spülbeckens, das einem surrealistischen Kunstobjekt gleich noch an der Wand hing. »Wie grosszügig das ist, so weiträumig!«, staunte Danny. »Schaut mal, die Decke, diese Malereien und Ornamente ... na ja, die Farben sind ausgeblichen. Du lieber Gott, da brauchte man eine Leiter mit hundert Sprossen, um dort hinaufzukommen!« Er schlenderte ein wenig herum, dann meinte er, der Ort sei schon zu lange unbewohnt, sie sollten lieber woanders im Zentrum weiterfilmen. Er drehte sich um und ging zur Tür, während Maja noch grübelte, wohin diese Treppe führen mochte. »Da ist doch ein Zwischenboden!«, rief sie laut. Danny hörte sie nicht mehr, er war schon draussen. Als sie die wackeligen Treppenstufen, die in der Luft zu hängen schienen, weiter hinaufstieg, schlug ihr das Herz bis zum Hals. Ernest liess Danny allein die Aussenaufnahmen machen und folgte ihr.

Die Kammer war von Staub und Müll bedeckt, überall zerrissene Bücher und Zeitungen, die vor sich hin moderten. In der Mitte Aschereste, Häufchen menschlicher Ausscheidungen, tote Ratten. In der Ecke ein Paar ramponierte, verbeulte Turnschuhe. Die Wände bekritzelt mit Kohlezeichnungen und Losungen in Schwarz und Rot. Die Skizze einer nackten Frau, zwischen ihren Schenkeln in ungelenker Schrift die Warnung »Hier ist der Tod«, daneben ein Gelübde, »Abu al-Dschamâdschim* bleibt in uns«, und an der Wand gegenüber »Es gibt keine Gottheit ausser Gott«. Viele Inschriften, religiöse und politische Parolen, Namen

* Ein im libanesischen Bürgerkrieg verbreiteter Kampfname verschiedener Milizionäre, wörtlich »Vater der Totenschädel«.

von Milizen. Maja versuchte, einige verblasste Buchstaben zu entziffern, es gelang ihr nicht. Ganz hinten schliesslich ein schmutzstarrendes Kanapee. An seinem Fussende ein Stoss zerschlissener, zusammengeknüllter Decken in schwärzlichem Braun, ihre ursprüngliche Farbe nicht mehr zu erkennen. Bestimmt hat hier jemand gehaust, dachte Maja bei sich. Ernest war ihr nachgekommen. Er packte den zerfransten, löchrigen Lumpenhaufen und warf ihn zu Boden. Eine Staubwolke wirbelte auf, sie begannen zu husten.

»Mach bloss langsam!«, sagte Maja und hielt sich die Nase zu. Im Kanapee war ein hölzerner Bettkasten eingebaut. Maja gab Ernest ein Zeichen, und er klappte die Sitzfläche hoch. Sofort verbreitete sich ein Geruch von Schimmel und Fäulnis. Das Innere war mit Dreck, Abfällen und mumifizierten Kadavern kleiner Tiere gefüllt. In der Ecke lag ein ausgeblichener brauner Lederkoffer, schmaler als das Handgepäck im Flieger, auch er mit Staub bedeckt und an einer Seite aufgeschlitzt. Unten haftete ein wirres Stoffknäuel, und ringsum waren vergilbte Zettel verstreut. Maja begann den Unrat vom Koffer abzustreifen, sie fragte sich, was wohl darin sein mochte. Danny rief von draussen, sie sollten jetzt endlich kommen. Ernest richtete sich auf und sah Maja an, die ganz fasziniert von ihrem Fund schien. Er war unschlüssig: Sollte er bei ihr bleiben oder zu Danny gehen? Als sein Freund wieder rief, verliess er sie. »Schon unterwegs!«, antwortete er und machte sich vorsichtig an den Abstieg.

Maja hob den Koffer heraus und stellte ihn auf den Boden. Es war schwierig, ihn zu öffnen, die Metallschlösser auf beiden Seiten waren verrostet und rührten sich nicht. Erst nach einer Weile gelang es ihr mit einiger Mühe doch, sie aufzubrechen. Vor ihr lagen Bündel verklebter Schriftstücke, die Ränder grösstenteils von der Feuchtigkeit zersetzt. Um sie lesen zu können, brauchte es mehr Helligkeit als diesen trüben Schimmer des Tages, der durch das kleine, verschmutzte Fenster hereindrang. Es war ein Moment, in dem sich Bangigkeit, Aufregung und Entdeckerfreude die Waage hielten. Den Koffer lasse ich nicht hier, sagte sich Maja, o nein! Vielleicht birgt er all das, wonach ich suche, vielleicht finde ich hier die Geschichten dahingegangener Menschen, und es ist ihre einzige Spur, das Zeugnis ihres Lebens. Wer weiss, womöglich wartet dieser Koffer seit Jahren darauf, dass ich seinen Inhalt ans Licht und an die Öffentlichkeit bringe.

Trotz des schwachen Dämmerscheins erkannte Maja zwischen den Papierbündeln Couverts mit Briefen und Fotos, von Nässe verfärbt und verklumpt. Ganz unten lag allerlei Krimskrams, mit dem sie nichts anfangen konnte: ein halb zerfallenes Baumwoll-T-Shirt, kleine Stoffteile, anscheinend Kindersachen, ein Schlüsselbund, Zeitungsausschnitte, Heftchen mit ausgeblichenen Deckeln. Sie legte alles zurück in den Koffer und verschloss ihn wieder, wischte nochmals den Staub ab und trug ihn zur Treppe, die in die weitläufige Küche hinabführte. Wie ein vom Himmel herabgestiegener Geist sah sie aus, als sie herunterkam, Gesicht und Haar wolkig umflort, die Kleider wie mit fahlem Lehmgelb gepudert.

Es war spät geworden, schon nach drei, und sie hatten noch nichts zu Mittag gegessen. Ernest und Danny machten sich auf zur Bischâra-al-Chûri-Strasse, wo es gleich in der Nähe einen gutbesuchten Falafelimbiss gab. Maja ging nicht mit, es war höchste Zeit, Schâdi vom Kindergarten abzuholen. Den Koffer unterm Arm, lief sie zu ihrem Auto, das sie ein ganzes Stück entfernt geparkt hatte. Sie folgte dem Weg bergan, zwischen Erdhügeln und Steinhalden, um zur Hauptstrasse zu gelangen. Glücklich über ihre Beute, wollte sie möglichst rasch nach Hause, um mit der Lektüre zu beginnen. »Ein echter Schatz!«, berichtete sie Sara am Handy, während sie zum Auto eilte. »In dem Koffer sind Papiere mit Stockflecken und verblasster Tinte, vergilbte Fotos, verfärbte Zeitungsausschnitte, und alles voll Staub und Schmutz!«

Schnell verstaute sie den Koffer, setzte sich ins Auto und startete. Sie musste jetzt sofort zum Kindergarten fahren. Die Uhr zeigte bereits halb vier, und Schâdi wartete. Nur, wie sollte sie das schaffen bei dieser täglichen Beiruter Plage, die man Verkehrsstau nannte? Sie liess sämtliche Autofenster herunter, um die stickige Hitze zu vertreiben. Im August wurde es unerträglich in dieser Stadt. Maja dachte an ihre Kleidung, die fast durchweg schmuddelig war, aber Waschen ging nicht: Der Strom kam erst spät in der Nacht, wenn sie schon schlief, und der Generator, der unterdessen die Wohnung versorgte, war nicht stark genug, um eine Waschmaschine zu betreiben. Wehmütig erinnerte sie sich an ihr Apartment in Frankreich, an Dinge, bei denen sie so gern geblieben wäre, die antiquarischen Werke, die sie während ihrer Zeit in Paris aufgetrieben und teilweise restauriert, die Presseartikel und Bücher über Asmahâns Leben und Tod, die sie nach und nach gesammelt hatte. Sie überlegte, wie sie das alles nach Beirut holen könnte und was der Transport kosten würde – Unsummen, die sie nicht besass. Sie musste sich um anderes kümmern, Schâdi in der Vorschule anmelden, eine kleine Wohnung für sie beide mieten und, und, und … eine endlos lange Liste. Vorerst wohnten sie noch bei ihrer Mutter im Familienhaus, bis sich eine Lösung fand. Aber war es denn unbedingt nötig, über all das nachzugrübeln? Ausgerechnet jetzt, da sie in diesem nervtötenden Stau steckte?

Schâdi hüpfte auf den Rücksitz. Heute habe er den Himmel und die Sonne gemalt, erzählte er, und die Erzieherin habe ihm einen goldenen Stern auf die Hand gedruckt und das Bild sogar an die Wand gehängt! Stolz streckte er seine Hand nach vorn, um ihr den Stern zu zeigen. Maja warf einen kurzen Blick darauf und staunte: »Oh!«, dann schaute sie schnell wieder geradeaus, auf der Hut vor den Autos, die zu beiden Seiten an ihnen vorbeirasten. Autofahren in Beirut ist keine Kunst, dachte sie, es ist der helle Wahnsinn.

An einem Platz, nicht weit von zu Hause, parkte sie das Auto. Verführerisch wehte der Duft von frittiertem Falafel aus einem kleinen Restaurant herüber. Lohnt es nicht schon allein wegen dieser Gerüche, in Beirut zu bleiben?, fragte sie sich schmunzelnd. Der Mann an der Kasse erwiderte ihr Lächeln, als er mit lauter Stimme ihre Bestellung wiederholte: »Zwei Sandwiches mit viel Salat, einmal Taratûr* für die Dame …«

Am Abend liess sie Schâdi mit seinen bunten Legosteinen auf dem Boden spielen. Er baute ein grosses Haus und zeigte es seiner Grossmutter: »Das ist unser Haus in Paris.«

* Dip zu Gegrilltem und Gebratenem, aus Sesampaste, Knoblauch, Zitrone und Petersilie.

Schâdis Kindheitsgedächtnis wohnt anderswo, überlegte Maja, an einem Ort, der keine Erinnerungen an ihre eigene Kindheit in sich barg. Sein Haus war dort, nicht hier. Sie setzte sich auf den Balkon an der Küche, den Koffer aus der zerstörten Wohnung nahm sie mit. Sie klappte ihn auf und begann ihn auszuräumen. Die unversehrten Papiere sortierte sie in einen Pappkarton. Hin und wieder wischte sie mit einem kleinen Tuch den Staub ab, und jedes Blatt, auf dem die Wörter noch lesbar waren, überflog sie rasch einmal. Sie entdeckte Namen unbekannter Personen, private Briefe, Fotografien, das Notizheft einer gewissen Nûra Abu Sawwân, ein Adressbuch, ein umfangreiches Tagebuch, Schlüssel an einem verrosteten Eisenring, einen Personalausweis, einen abgelaufenen Reisepass, arabische und ausländische Zeitungsartikel über den russischen Kosmonauten Juri Gagarin und noch viele andere Dinge.

Eigentlich hätte sie jetzt den Plan für den Dreh am nächsten Tag entwerfen müssen. Aber Maja dachte nicht mehr an den Film und ihre Arbeit, sie hatte das ganze Projekt vergessen. Dieser Koffer und sein Inhalt faszinierten sie, ja, ihr schien, als sei all ihr bisheriges Tun und Trachten nur auf das eine Ziel ausgerichtet gewesen: diesen Koffer zu finden. Und nun hatte sie ihn gefunden! Wie gebannt entzifferte sie die Namen auf den Fotos und jene, die in den Briefen und dem Tagebuch erwähnt wurden: Nûra Abu Sawwân, Hanâ Abu Sawwân, Huda, Schauki, Schahani, Kemal Firat, Sabah Karabuz, Fevziye Karabuz, Ahmet Karabuz, Atâ, Timur, Suhail … Es war, als hätten sie allesamt darauf gewartet, von Maja aus Dunkelheit und Schweigen erlöst zu werden. Als habe ihre Geschichte in ihr eine Erzählerin gefunden. Doch wer war diese Sabah? Wer war Kemal? Und Nûra? Timur? Wer war dieser Ahmet, der seltener als die anderen genannt wurde? Sie legte die Briefe beiseite, betrachtete wieder die zahlreichen Fotos, Schwarzweissaufnahmen, nur ganz wenige waren in Farbe. Las die in ungelenken Buchstaben vermerkten Namen auf der Rückseite. Wandte sich danach einem grossen Umschlag zu, auf dem von Hand »Briefe aus Istanbul« geschrieben stand, und blätterte abermals in Nûra Abu Sawwâns Tagebuch, zwei dicken Heften mit festen Pappdeckeln. Eintragungen, die ein bewegtes Leben erahnen liessen. Zuletzt kehrte sie zurück zu den Briefen – Liebesbriefe, geschrieben von Kemal Firat an Nûra Abu Sawwân, abgefasst in Englisch, mit einigen Ausdrücken in Arabisch oder Türkisch, die meisten aufgegeben in Istanbul.

Die Briefe waren überwiegend datiert, im Unterschied zum Tagebuch, das kaum einmal den genauen Tag oder Monat verzeichnete. Fast alles war ab Mitte der siebziger Jahre geschrieben worden. Der Absender der Briefe tauchte öfter im Tagebuch der Empfängerin auf. Maja kam wieder ins Grübeln: Wer könnte diese Frau bloss sein? Sie hatte ihre frühe Jugend geschildert, danach ihre Ankunft im Libanon, die Begegnung mit Kemal und ein unruhiges, ereignisreiches Leben davor in Damaskus und in Beirut. Und dann gab es ihre Dokumentation zur Biographie des Weltraumpioniers Juri Gagarin, über den sie ein Buch vorbereitete. Bestimmt eine Schriftstellerin, dachte Maja. Allerdings hatte sie noch nie etwas von ihr gehört, keine Publikation über Gagarin von einer Autorin dieses Namens gelesen. Und überhaupt – warum ausgerechnet Gagarin? Seltsam, dass sich Maja diese

Frage stellte, immerhin hatte sie selbst in Paris eine Menge Zeit investiert, um vergriffene Bücher und Materialien über Asmahân zu sammeln. Asmahân, die unter ungeklärten Umständen zu Tode kam. Genauso wie Gagarin.

Auf einem der alten, vergilbten Couverts entdeckte Maja unter dem Namen Sabah Karabuz eine Beiruter Adresse: al-Hâ...i-Gebäude, al-Chandak al-Ghamîk. Das erste Wort war unleserlich. Es begann mit einem H oder Ch, vielleicht war es auch ein Dsch ... Zudem hatten Zeit und Verfall einige Buchstaben in der Mitte gänzlich ausgelöscht. Wieder und wieder versuchte Maja, diesen oder jenen Buchstaben aus dem Alphabet einzusetzen und die fehlende Angabe zu erraten. Aber jedes Mal erschien ihr das Ergebnis mysteriös, wie einem Roman von Agatha Christie entsprungen.

Es wurde eine lange Nacht. Sie wusste nicht, wie oft sie zwischen dem Balkon an der Küche und der Couch im Wohnzimmer hin- und hergewandert war. Wusste nicht, wie spät es war, als sie nach Anbruch der Morgendämmerung wie betrunken ins Schlafzimmer taumelte. Sie erinnerte sich nur, dass sie zuletzt im Bett gesessen und Kemals Briefe an Nûra gelesen hatte.

An der Wand gegenüber ihrem Bett hing, wie eh und je seit ihrer Studienzeit, ein grosses Poster von Asmahân. Ihre Freundin aus der Kindheit, Sara, hatte es ihr zum achtzehnten Geburtstag geschenkt. Sara wusste, wie sehr sie für Asmahân schwärmte und dass sie unentwegt deren Lieder hörte. Nach dem Beginn des Krieges im Libanon und vor ihrer Abreise nach Frankreich war Asmahâns Porträt eines der wenigen Dinge gewesen, die Majas Einsamkeit und Trauer zerstreuen konnten.

Die ganze Nacht hatte sie kaum ein Auge zugetan. Diesmal lag es nicht nur an der Sommerhitze, der feuchten Beiruter Luft und der Stromsperre, sondern auch an den Briefen und Tagebuchheften aus dem gefundenen Koffer, denn nach dem Ausfall des Generators um Mitternacht hatte sie noch bei Kerzenlicht weiter darin geschmökert. Eine um die andere Seite hatte Maja umgeblättert und sich festgelesen, bis sie nicht mehr konnte. Dann war sie von ihrem Stuhl aufgestanden und hatte sich, sehnsüchtig nach einem frischen Lufthauch, über das Balkongeländer gelehnt. Am meisten frustrierte sie, dass sie die Briefe wegen der verblichenen Tinte und der stellenweise löchrigen Stockflecken nicht vollständig entziffern konnte. Einen Teil hatte sie retten können, andere waren ihr einfach in den Händen zerfallen. Trotzdem hörte sie nicht auf zu lesen. Immer wieder wechselte sie von Kemal Firats Briefen zu Nûra Abu Sawwâns Tagebuch, um die Ereignisse und Zeiten miteinander zu verknüpfen. Um eine Geschichte entstehen zu lassen. Beim ersten Sonnenstrahl kochte sie sich ein Kännchen Kaffee. Sie hatte das Gefühl, ihr Körper sei eine Maschine, die sich mechanisch zwischen Balkon und Küche hin- und herbewegte.

Gleich diese Woche würde sie mit der Suche beginnen, überlegte Maja, während sie sich die erste Morgenzigarette anzündete. Sie würde sich durchfragen nach der rätselhaften Adresse in al-Chandak al-Ghamîk, nach jener Frau namens Sabah. Aber vielleicht sollte sie vorher noch Danny anrufen und den Dreh auf einen anderen Tag verschieben.

Und dann machte sie sich von neuem an die Lektüre der Briefe aus Istanbul …

6

Briefe aus Istanbul

Istanbul, den 7. Dezember 1975

Liebe Nûra,
während Deines Besuches in Istanbul, gleich bei unserem ersten Treffen, hattest Du mich gebeten, Dir etwas über meine Lebensgeschichte zu schreiben. Ich versprach es, obwohl ich nicht wusste – und bis jetzt nicht weiss –, wieso ich das tat. Lieber wäre mir, ich könnte die Unterhaltung mit Dir persönlich fortsetzen. Aber ich bin ganz sicher, dass Du mit Deiner Tätigkeit unseren Interessen in der Türkei dienst und dass unsere Berichte an Dich viele Leute hier und anderswo in der Welt erreichen werden. So will ich denn mein Versprechen nun einlösen. Entschuldige, wenn ich in diesem ersten Brief nicht auf die chronologische Abfolge achte. Ich werde schreiben, was mir spontan einfällt, auch wenn die Episoden und Ereignisse wie in kindlicher Unbefangenheit durch die Zeiträume zu springen scheinen.

Eines Nachmittags, ich war gerade acht Jahre alt, liess sich mein Vater beim Barbier unseres Viertels in Izmir die Haare schneiden, als ein Militärjeep vor dem Geschäft hielt. Zwei Soldaten stiegen aus, stürmten in den Laden und führten ihn ab. Erst vier Tage später erfuhren wir, wohin man ihn gebracht hatte. Er sass in Isolationshaft, weil er der verbotenen Kommunistischen Partei angehörte. In der militarisierten Türkei eskalierte die Situation unter Ministerpräsident Adnan Menderes*, nachdem er verschiedene unter Atatürk beschlossene Verordnungen, etwa den Gebetsruf in türkischer Sprache auszuführen, wieder aufgehoben hatte. Mein Vater und viele andere fielen den politischen Konflikten in der Türkei der fünfziger Jahre zum Opfer. Zehn Jahre blieb er eingesperrt. Währenddessen wurde ich erwachsen. Ich bekam ein Stipendium vom Französischen Gymnasium und ging zum Studium nach Frankreich. Seine Gefangenschaft prägte mein Leben, und nie hätte ich damals gedacht, dass ich mich irgendwann politisch ähnlich wie mein Vater orientieren würde. Nachdem ich das Studium in Paris abgeschlossen hatte, fuhr ich in die Türkei zurück und wurde Leiter des Ressorts Politik bei der französischen Nachrichtenagentur AFP. Mein Vater hatte inzwischen das Gefängnis verlassen, aber er war nur noch ein Wrack, hinfällig und alkoholkrank.

In meiner frühen Jugend habe ich viel geträumt. Ich malte mir aus, wie ich eines Tages nach Antakya ins Haus meines Grossvaters heimkehren würde. Aha, siehst Du? Schon springe ich von einer Zeit in die andere! Meine Eltern stammten nämlich beide aus Antakya, und Grossvaters sämtliche Verwandtschaft lebte dort. Nach dem Ersten Weltkrieg waren sie über Nacht auf einmal Türken geworden. Aber es gab für sie sonst keinen Ort, wo sie hätten hingehen können. Grossvater überlegte, ob sie nach Syrien übersiedeln sollten, doch die Familie beschloss zu bleiben wie alle anderen. Grossvater hatte stets darauf bestanden, dass seine Söhne Arabisch lernten. Ebenso meine Grossmut-

* Ali Adnan Menderes (1899–1961) wurde 1950 zum Ministerpräsidenten gewählt, 1960 durch das Militär gestürzt und 1961 hingerichtet.

ter, die neben Kurdisch fliessend Arabisch sprach. Mein Vater war von Geburt Türke, seine Mutter der Herkunft nach eine syrische Kurdin. So wuchs ich mit drei Sprachen auf, und ich beherrschte sie alle, obwohl in der Schule nur Türkisch erlaubt war. Meine Familie ist dann viel in der Türkei herumgezogen, was mit Vaters Arbeitsverhältnissen zusammenhing, besser gesagt mit seiner Arbeitslosigkeit. Geboren wurde ich in Izmir, meine Kindheit und Jugend habe ich am Meer verbracht. Auch in Izmir wechselten wir öfter die Wohnung. Als mein Vater inhaftiert wurde, gingen wir nach Istanbul, wo der Bruder meiner Mutter lebte.

Mein Vater hatte sich immer eine Heimat für uns alle erträumt. Eine Heimat, die alle türkischen Staatsbürger vereinte, ganz gleich, ob sie Kurden oder Armenier waren oder welcher Nationalität sie sonst angehörten und aus welchem Land sie stammen mochten. Ein Vaterland, ausgezeichnet durch kulturellen Reichtum, der unser Leben menschlicher machen würde. Die Türkei blickt auf eine uralte Kultur zurück, aber auch auf eine lange Historie blutiger Kämpfe. Es genügt, meine eigene Familiengeschichte mütterlicher- und väterlicherseits zu erzählen, um zu verdeutlichen, wie schwierig es ist, alle Menschen hier unter dem Dach einer gemeinsamen kulturellen Identität zusammenzuführen. Was ich Dir von der Türkei schreibe, trifft sicher in ähnlicher Weise auf andere Länder der Region zu. Atatürk wollte eine Nation schaffen, doch sie entstand auf Kosten der Freiheiten der Menschen und auf Kosten vieler Ethnien und Minderheiten, deren Identitäten und Schicksale mit Gewalt und Brutalität jeglicher Form verändert wurden. Glaubst Du etwa, der Völkermord an den Armeniern am Anfang dieses Jahrhunderts wäre das Ende der Verbrechen in unserer modernen Geschichte gewesen? Mitnichten! Die Verbrechen haben nie aufgehört. Wenn eine Staatsmacht schon mit solchen blutigen Entscheidungen antritt, wird es schwer, ja unmöglich, darauf zu verzichten. Das Regime ist an hartes Durchgreifen gewöhnt und hält es für die einfachste Lösung. Das lehrt uns die Geschichte. Die Gewalt zeigt sich nur weniger massiv und spielt hinter den Kulissen. Kannst Du Dir vorstellen, wie es ist, wenn einem mit noch nicht einmal zehn Jahren die eigene Sprache verboten wird? Mein Vater hat es erlebt. 1934 wurde ein Gesetz erlassen, das die Leute zwang, ausschliesslich türkisch zu sprechen und ihren Familiennamen abzuändern, damit er zu Atatürks neuem Nationalismus passte. Mein Grossvater durfte nicht mehr kurdisch reden, wie er es zu Hause bei seiner Mutter gelernt hatte. Ebenso wenig Arabisch, das ihm seine Grossmutter beigebracht hatte. Es ist, als könnten Nationen nur auf dem Unglück vieler Menschen gegründet werden. Auch so eine Wahrheit, die nicht in den Geschichtsbüchern steht! Unsere Generation wurde mit Hymnen auf das Vaterland erzogen. Dasselbe Vaterland, das unsereins auslöschte in seinem Namen, das von Siegern errichtet wurde und keinen Platz für die Besiegten hat. Ich erkannte, liebe Nûra, dass diese »Heimat« nur durch Gewalt existiert, durch die Verweigerung von Vielfalt. Das macht sie mir verhasst.

Anscheinend schlage ich meinem Vater nach, obwohl ich ihn sonst nicht mag. Ich träume von einer Heimat, in der ich unbehelligt meine Kinder grossziehe, meine Bäume pflanze und meine Fische fange, in der ich freundlich mit meinem Nachbarn verkehre, der mir weder gleicht noch meine Sprache spricht, durch den ich aber eine neue Kultur kennenlerne. Ich träume von einem Ort, an dem es keine Kriege gibt und keine Waffen. Doch inzwischen weiss ich, dass mein Traum unerfüllbar ist. Irgendwann, wenn ich selbst einmal Vater bin, werde auch ich meinen Sohn lehren müssen, Waffen zur Verteidigung seines Lebens und seines Andersseins zu tragen, denn er wird sich niemandem zugehörig fühlen, weder den Militärs noch jenen, die den Ruhm des unseligen Osmanischen Reiches durch die Verwandlung der Türkei in ein religiöses Projekt heraufbeschwören wollen. Dabei möchte ich meinem Sohn dieses Schicksal ersparen. Ich will nicht, dass er zur Gewalt gezwungen ist, um bleiben zu dürfen. Also werde ich ihm trotzdem die Geschichte meines Grossvaters erzählen und die seines Grossvaters und die Geschichten aller Friedfertigen und Tapferen, denen man übel mitgespielt hat, die von ihrem Boden vertrieben und ins Gefängnis geworfen wurden.

Mein Grossvater konnte mehrere Sprachen, und eine jede nannte er seine »Muttersprache«. Arabisch beherrschte er fliessend. Bis heute erinnere ich mich an ein Liedchen, das er uns sang, wenn er für ein paar Tage bei uns wohnte: »Huhu, ist mir eisig / hab nicht Holz noch Reisig / hab ein schmuckes Mägdelein / spielt für mich Tanbur daheim.« Ich hörte auch, wie unsere Mutter meiner Schwester, die drei Jahre nach mir geboren wurde, auf Kurdisch und manchmal auf Türkisch etwas vorsang.

Alle Knaben, die meine Mutter zur Welt brachte, starben wenige Wochen danach. Man munkelte, die väterliche Verwandtschaft sei schuld, der Fluch von Antakya verfolge sie. Der Fluch jener Familie, deren Sohn von einem Onkel meines Vaters ohne Vorsatz getötet wurde. Er hatte fliehen müssen, bevor es zur Aussöhnung der beiden Sippen oder zur Zahlung eines Sühnegeldes kam. Als ich geboren wurde, griff meine Mutter zur Notlüge. Sie erklärte jedermann, ich sei ihre Tochter. Bis ich vier war, behandelte sie mich wie ein Mädchen, zog mir Kleider an, flocht meine Haare und schmückte mich mit Ohrringen. Das musste sie tun, denn sie glaubte fest daran, was ihr eine Romni prophezeit hatte: Sie werde keine Söhne aufziehen. Kaum geboren, würden sie sterben.

Vielleicht lag es daran oder weil ich ohne Vater aufwuchs, dass ich keinen Männlichkeitswahn entwickelte, der einem eingebildeten jungen Burschen einflüstert, er habe über eine Frau zu bestimmen. Tatsächlich wäre ich ganz gern eine Frau gewesen, wobei ich allerdings zugleich ein starkes sexuelles Verlangen nach dem weiblichen Geschlecht verspürte. Aber das wolltest Du vermutlich gar nicht von mir wissen, wenigstens nicht zu diesem Zeitpunkt!

Ich war vier, als wir in Izmir von Grossvaters Haus in eine eigene Wohnung umzogen. Ich erinnere mich, dass mein Vater einen grossen bunten Koffer schleppte und mich an der Hand hielt, während Mutter meine kleine Schwester auf den Arm nahm. Da hatte ich noch das Mädchenkleid an. Sofort nach unserer Ankunft zog sie mich um, und seitdem trug ich einen Sirwal und ein weites Hemd wie alle Jungen in der Gasse. Wir wohnten in einem Arbeiterviertel mit ausgewanderten Dörflern. Die meisten waren Bauern aus weit entfernten Gegenden, Kurden aus der Türkei oder aus Syrien. Unsere Wohnung bestand aus zwei miteinander verbundenen Zimmern. In dem einen schliefen wir, hier hielten wir uns tagsüber auf, und hier assen wir auch. Das andere war reserviert für Vaters Männerrunden. Mir gefiel unsere Wohnung. Wenn ich aus der Tür trat und ein Stück weiterging, gelangte ich zum Haus meines Onkels, es lag direkt am Meer. Dort war mein kleines Boot vertäut, das mir Vater zum sechsten Geburtstag geschenkt hatte. In diesem Boot sind wir zusammen mit dem Onkel zum Fischen hinausgefahren. Ich liebte das Meer, und ich liebte Izmir. Nach unserem Umzug fand meine Mutter Arbeit im Französischen Gymnasium Saint Joseph, wo ich später auch zur Schule ging. Jeden Tag betreute sie die Kinder auf dem Spielplatz, danach kehrte sie heim, um zu kochen und sauberzumachen.

Als das Jahr zu Ende war, versammelten sich Vaters Genossen bei uns. Mit ihnen kamen Trubel und Radau, dicker Qualm und Alkohol ins Haus. Mein Vater trank Raki, bis er in seinem Suff kein deutliches Wort mehr herausbringen konnte und nur noch lallte. Was ihn freilich nicht daran hinderte, Mutter jedes Mal, wenn sie etwas zum Essen hereinbrachte, vor seinen Freunden zu verspotten.

Ich vergrub den Kopf unter der Bettdecke, um sein Grölen zu dämpfen und nicht hören zu müssen, was er von sich gab. Irgendwann fühlte ich dann Mutters Hand auf meinem Haar, sie küsste mich und flüsterte: »Lass das Glück nie von dir weichen.« Ich schloss die Augen und träumte von einem guten neuen Jahr. Das Glück ist im Rockzipfel des alten Jahres versteckt, sagte ich mir, und in ein paar Stunden geht es zu Ende. Diesmal muss ich bloss richtig danach suchen, damit es mir nicht wieder entwischt. So begann ich nach dem Glück zu jagen, ohne es je zu fangen. Meine

Mutter hat mich lesen und schreiben gelehrt, bevor ich zur Schule kam, ich konnte meinen Namen sogar in mehreren Sprachen schreiben. Früher war sie einmal Genossin in der Partei gewesen, gemeinsam mit Vater. Aber nach der Heirat durfte sie nur noch Ehefrau und Mutter sein.

Mein Onkel war besser als sein Bruder. Er besuchte uns regelmässig, und stets hatte er seine Kamera dabei. Alle Kinderbilder von mir hat mein Onkel gemacht. Besonders gern knipste er Mutter. Sie sei fotogen, sagte er, die Linse liebe ihr Gesicht. Zweifellos hegte der Onkel eine tiefe Zuneigung für meine Mutter. Manchmal kam er, wenn Vater nicht daheim war, und wollte sie aufnehmen. Sie gefiel sich nicht auf Fotos. Ich glaube, sie mochte sie deshalb nicht, weil sie meistens mit meiner Schwester und mir neben dem Vater posierte. Diese Arrangements verabscheute sie immer. Auf allen Porträts, die mir von ihr geblieben sind, schimmert ein leiser Anflug von Traurigkeit in ihren Augen. Ein Schatten dauernder Ratlosigkeit, der ihre Züge verdüstert. Es war, als steckten zwei Frauen in ihr: eine Rebellin, die von Eigenständigkeit träumte und nur noch Flügel brauchte, um auf und davon zu fliegen, und eine Realistin, die sich in ihre Misere als ein unabänderliches Schicksal ergeben hatte. Keines dieser Familienbilder wollte sie an die Wand hängen oder auf die Anrichte stellen. Ich erinnere mich, was sie eines Tages sagte, als sie eines der Fotos betrachtete: »Selbst hier muss ich ihn neben mir ertragen!« Sie meinte unseren Vater.

Nachdem Mutter eine Arbeit mit annehmbarem Einkommen gefunden hatte, engagierte sich mein Vater verstärkt in der Partei. Als Erstes verteilte er auf der Strasse

Flugblätter. Sofort schnappte ihn das türkische Militär, wie ich Dir am Anfang meines Briefes schrieb. Ich war gerade aus der Schule gekommen, als sie vorfuhren, um ihn zu verhaften. Da sie ihn draussen nicht erwischt hatten, drangen sie ins Haus ein und durchwühlten alles, die Betten und Schränke und die Regale, in denen meine Schulbücher und Vaters politische Schriften standen. Sie zerfetzten sämtliche Bücher und fragten meine Mutter, wo die Waffen versteckt seien.

»Waffen!?«, erwiderte sie zornig. »Reicht es nicht, was ihr uns antut? Wer hätte da noch Mut, Waffen in seiner Wohnung zu lagern?«

Sie töteten Barûd, meinen Hund, der zu bellen angefangen hatte, als sie mit ihren Gewehren und ihren klobigen Stiefeln auf die Wohnungstür zumarschiert waren. Einer legte auf ihn an, dann schoss er. Diese eine Kugel war genug, ihn hinzustrecken. Barûds Knurren wurde zum Jaulen, während er zu Boden fiel.

Schreiben ist schwer. Das geht nicht leichthin. Es kommt nicht einfach so! Der Schmerz ist immer gegenwärtig, allein durch die Erinnerung, und erst recht wenn er in Worten und Bildern Ausdruck findet. Ich kann meine Wunden nicht ignorieren. Sie sind da, und ich fühle sie jeden Augenblick. Wie oft dachte ich schon: Vergessen ist Gnade.

Nachdem sie ihr Werk verrichtet hatten, zogen sie ab. Mutter schlug die Hände über dem Kopf zusammen und sortierte, was vom ruinierten Hausrat noch zu retten war. Meine Schwester konnte vor Angst nicht mehr sprechen, schluchzend verkroch sie sich in ihrem Bett. Ich streichelte Barûds Kopf, der vor der Tür im Sterben lag. Ich redete mit ihm, am liebsten hätte ich laut geschrien, aber ich verkniff es mir. Nicht einmal weinen konnte ich.

Unten am Ufer zertrümmerten sie das kleine Boot, die Stücke blieben verstreut im Sand liegen. Nichts liessen sie heil, alles haben sie zerstört. Das war ihr Auftrag als Militär in dieser Region. Sicher weisst Du, wovon ich rede, auch Du kommst aus einem Land, in dem jetzt ein Clan mittels Unterdrückung und Geheimdiensten herrscht.

Von jenem Tage an war ich kein kleiner Junge mehr. Auf einen Schlag war ich erwachsen geworden. Der Zorn verwandelte mich in einen Mann, der abrechnen und Rache üben wollte. Der Verachtung, Scham und Hilflosigkeit gegenüber einer tyrannischen Macht fühlte, die weder Gerechtigkeit noch Erbarmen kannte. Dieser Zorn vernichtete den Kemal, der ich früher gewesen war.

Ich gestehe, dass es nur eines gab, was mich an diesem Tag tröstete: Sie hatten meinen Vater verhaftet, und er würde am Abend nicht heimkehren. Mutter und ich würden mit meiner kleinen Schwester vielleicht in Ruhe und Frieden leben. Mein kommunistischer Vater war zu Versammlungen gegangen, er hatte diskutiert und protestiert, die Rechte der Frau eingefordert und dazu aufgerufen, die Lage der Arbeiter und der armen Klasse zu verbessern. Sobald er aber nach Hause kam, begann er herumzunörgeln und verlangte, wie ein König behandelt zu werden – nicht allein von meiner Mutter, sondern auch von uns, seinen kleinen Kindern. Dieser Widerspruch machte mir Angst und verunsicherte mich. In Wahrheit fürchtete er sich vor Mutter, denn sie war grösser und kräftiger als er. Wenn keine Gäste da waren, murrte er nur leise vor sich hin, damit sie es nicht hörte, und dann zwinkerte er mir verschwörerisch zu. Er war feige, aber dabei sehr schlau, ja, schlau wie ein verwundeter Fuchs. Er wusste genau, mit welchen Mitteln er ihr etwas heimzahlen konnte, meistens attackierte er sie vor anderen. Und so musste sie schweigen, um dem unerschöpflichen Klatsch und Tratsch in der Nachbarschaft und im Viertel keine Nahrung zu geben. Ich konnte meinen Vater nicht leiden. Doch vielleicht sollte ich jetzt, da ich von ihm schreibe, milder über ihn urteilen, denn trotz alledem blieb er sich selbst treu. Weder denunzierte er seine Genossen, noch wurde er nach der Entlassung aus dem Gefängnis zu einem Spitzel für den türkischen Geheimdienst.

Ich wollte kein Kommunist werden wie mein Vater. Ich glaubte, alle Kommunisten wären so: Nach aussen spielen sie sich als Kämpfer auf, sie diskutieren und debattieren, und in ihren vier Wänden verfallen sie wieder in die alten Muster von Rücksichtslosigkeit und Machtanspruch. Aber das Leben stösst uns an Orte, auf die wir nicht gefasst waren, in Schicksale, die wir nicht geplant hatten. Wenn ich zurückblicke in die Vergangenheit, wird mir bewusst, dass ich mich heute von dem kleinen Jungen, der ich einmal war, endgültig getrennt habe. Dass die Wärme, die ich einst beim Warten aufs neue Jahr in meinem Herzen fühlte, nur ein schöner Traum war. Ehe ich mich's versah, war er ausgeträumt.

Hier schliesse ich.

In aufrichtiger Freundschaft
Kemal Firat

Istanbul, den 18. Februar 1976

Meine liebe Nûra,
Du wirst Dich fragen, warum es so lange gedauert hat, bis ich Dir den zweiten Brief schreibe, zumal Du mir über die Nachrichtenagentur eine kurze Antwort geschickt hattest. Ich wollte nur warten, bis Timur nach Beirut fährt, um ihm diesen Brief mitzugeben. Du erinnerst Dich sicher an ihn. Als wir ihn in Istanbul trafen, sagte ich Dir vielleicht nicht, dass er mein Kollege bei der Agentur ist und zudem ein guter Freund, dem ich vertraue und auf den ich mich in vielen Dingen verlassen kann. Bestimmt wirst Du Timur noch öfter sehen.

Es freut mich, dass Du im Frühling nach Istanbul kommen willst. Dann haben wir herrliches Wetter hier, und es wäre eine wunderbare Gelegenheit, Dich wiederzusehen. Nun zu Deiner Anfrage: Leider wirst Du keinen einzigen meiner Artikel für die Presseagentur auf Englisch übersetzt finden, natürlich erst recht nicht in arabischer Sprache. Da leben wir nun in nächster Nähe, aber keiner von uns liest, was der andere schreibt. Diese Aufgabe übernehmen die Geheimdienste unserer Länder, freilich zu Spionagezwecken, nicht zur Pflege einer guten Nachbarschaft. Wenigstens kann ich hin und wieder einen Deiner Beiträge, die ins Englische übersetzt wurden, in der BBC hören. Ich bitte Dich, in der Sendung, die Du über die türkische Opposition vorbereitest, weder mich noch meine Freunde namentlich zu erwähnen. Es wäre zu riskant. Du weisst, welche Strafen hierzulande darauf stehen, und Tag für Tag wird die Opposition schlimmer schikaniert. Seit dem Militärputsch von

1971 wurden viele Kameraden an den Universitäten und in den Betrieben ins Gefängnis geworfen. Manchmal habe ich das Gefühl, als steckten wir in der Klemme, ja in einer Falle mit drei Raffzähnen: die Pro-Moskau-Strömungen, das amerikanisch gestützte Militär und der erschreckende religiöse Aufschwung. Für mich sind diese Kräfte letzten Endes alle gleich, denn sie halten die Türkei im Zustand der Unterdrückung und Unfreiheit. Die türkische Geschichte ist im Umbruch begriffen, ebenso wie die Geschichte der Region. Ich sehe gewaltige Umstürze auf uns zukommen. Wir sind uns der Gefahren bewusst, die uns von allen Seiten bedrohen, und wir kennen den Preis, den wir bezahlen werden. Trotzdem müssen wir fern von diesen tödlichen Fallgruben unsere eigene Stimme finden.

Die Ereignisse im Libanon, von denen wir über unsere Agentur erfahren, sind besorgniserregend. Es beunruhigt mich, was sich da zusammenbraut. Pass gut auf Dich auf, und teile Timur bitte mit, wann Du nach Istanbul reisen willst. Ich möchte Dich gern abholen.

Ich küsse Deine Stirn.

In der Hoffnung, Dich bald zu wiederzusehen
Kemal

Istanbul, den 20. April 1976

Nûra,
zwei Wochen mit Dir in Istanbul haben mein Leben verändert. Was kann das sein? Das Glück? Die Liebe? So etwas habe ich nie gekannt, und ich bin schon über dreissig. Mir ist, als hätte ich all die Zeit gewartet, auf Dich, die Du zeitlos bist wie die Erde.

(...)

Nachdem Du abgefahren warst, kam ich mir sehr einsam vor. Es war das gleiche Gefühl wie an meinem ersten Schultag, ein Gefühl von Verlassenheit und Verlorensein, mit dem ich fertig werden musste. Dass ich mich jetzt, nach Deiner Abreise, an all das erinnere, zeigt mir, wie fest ich durch Deinen kurzen Besuch mit Dir verbunden bin.

(...)

Das nächste Mal werde ich Dir von meinen Träumen erzählen, sogar den verrücktesten. Aber vielleicht werden sie einmal wahr, wenn Du einverstanden bist. Ich warte auf Dich, allezeit, in Zuversicht und Geduld.

Lass mich Deine Augen küssen

Istanbul, den 2. Mai 1976

Nûra,

(...)

Ich glaube an Dich und an das Fernweh Deiner Seele. Es gibt Seefahrer, die den Hafen mit allen Bindungen hinter sich lassen und aufbrechen zu den Archipelen ihrer Träume. Sie gleichen uns, meine Liebste. Ich denke an Dich, immer, und immer werde ich Dich lieben. Der Sinn von Telefonen besteht darin, Deine Stimme zu mir zu tragen, sonst nichts. Deine Worte zu lesen ist mir Balsam für den Schmerz der Trennung.

Ich kann Dir nur diese kurzen Zeilen schicken, Timur wartet. Während ich schreibe, ist Dein Schal, den Du bei Deiner Abreise auf dem Bett vergessen hast, um meinen Hals geschlungen. Ich schmiege mein Gesicht hinein, tief atme ich Deinen Duft, und ich weiss, wie sehr ich Dich liebe.

(...)

Kemal

Istanbul, den 21. Mai 1976

Nûra,

(...)

Wie sehne ich die nächste Woche herbei, ich kann es kaum erwarten. Mein Flugticket trage ich seit Tagen ständig bei mir. Ich träume von unserem Wiedersehen. Ich habe Dir so viel zu sagen in Beirut.

(...)

Istanbul, den 14. Juni 1976

Nûra,

(...)

... Dein Körper überflutete mich mit Licht. Der Schimmer Deiner Haut umhüllte uns und unser Bett wie eine zarte Aureole. Ist es nicht ganz unglaublich, dass wir uns gefunden haben? Du in einem Land, ich in einem anderen, trotz aller geographischen und gesellschaftlichen Entfernungen. Das vermag allein die Liebe. Mir ist, als hätte ich seit Hunderten von Jahren auf Dich gewartet. Auf Dich, die Du zeitlos bist wie die Ozeane.

Genau das ist es, das Glück. Etwas Unsagbares, das viele erst in Worte fassen können, wenn es dahin ist. Ich aber erkenne es, in der Gegenwart, in der Zukunft.

Du meintest, Glück könntest Du nicht beschreiben. Ich weiss, wann es da ist, wann die Liebe da ist, bei allen Zweifeln, aller Angst und Unsicherheit, die sie immer in sich birgt. Liebe ist, wenn du dem anderen entgegeneilst, ohne dass dich jemand dazu zwingt. Wenn du dich sehnst, bei ihm zu sein, in dieser innigen Zuneigung. Zusammenzubleiben mit dem Geliebten.

Es ist dieser Wunsch, ein heisses Begehren, miteinander vereint zu sein, hier und jetzt, in diesem Augenblick.

Ich schreibe Dir noch einmal den Vers unseres Meisters Dschalâl al-Dîn al-Rûmi, den ich Dir in Beirut zitierte:

So möcht ich sterben in Liebe, die ich hege für dich,
Wie Wolkenballen, vergehend im Glanz der Sonne.

(...)

Ich erwarte Dich in Istanbul.

Istanbul, den 25. Juli 1976

Meine Liebste,
Deine Abwesenheit ist schmerzlich. Heute Morgen sagte ich mir, selbst diese Wohnung, deren Schwelle vor Dir keine Frau betreten hatte, sehnt sich nach Dir. Jedes Zimmer bewahrt Deinen Fingerabdruck, hat noch Deinen Duft behalten. Ich tröste mich, indem ich mir einrede, Deine Abwesenheit sei ja keine endgültige Leere. Zwar bist Du nicht hier, aber da hängt Deine Bluse zwischen meinen Sachen im Schrank, da steht Dein Bild neben meinem Bett: jenes Foto, das ich vor unserem alten Haus in Istanbul knipste. Ich hatte Dich genau an dieser Stelle fotografieren wollen,

damit Du nicht nur zu meiner Gegenwart und Zukunft gehörst, sondern auch zu meiner Vergangenheit.

(...)

Jetzt werde ich mich schlafen legen, ich suche Deinen Blick und finde ihn in meinen Träumen.

Mein Herz ist erfüllt von Deiner Anwesenheit
Kemal

Istanbul, den 8. September 1976

(...)

Ich höre die Nachrichten aus dem Libanon. Ich frage mich, ob das Regime in Syrien etwa einen Beschluss gefasst hat, das letzte bisschen libanesischer Souveränität mit arabischem, vielleicht internationalem Segen zu schlucken. Ich sehe finstere Zeiten kommen ...

Ich sorge mich um Dich, ich wünschte, wir wären zusammen.

(...)

Gleich werde ich nach Izmir aufbrechen. Immer wenn ich mit mir allein sein will, verlasse ich Istanbul und gehe nach Izmir, an den Ort, wo ich geboren wurde. Ich brauche den Anblick des Meeres. Du wirst sagen, in Istanbul gibt es doch auch eins. Aber das Meer von Izmir ist das einzige, das mich wieder zu mir bringt, das mich mit meinem tiefsten Innern verbindet. Wir müssen einmal gemeinsam hinfahren, Liebste. Ich bin am Meer aufgewachsen, ihm fühle ich mich zugehörig, es ist mein Tor zum Leben. Ich schicke Dir ein Foto mit, da siehst Du den Strand vor unserem Haus. Das Meer ist ein Abbild des Lebens. Immer bleibt es Herr und Meister. Wenn ich mich verloren fühle, kehre ich dorthin zurück, wo mir das Meer wieder und wieder sagt, was es mich so oft schon lehrte. Leben ist wie übers Meer fahren, du musst nur lernen, das Steuer zu führen. Beachte den Wind, und vertrau auf keine dumme Gottheit, keinen grausamen, falschen Propheten. Such nach dem echten menschlichen Urstoff, in dem Geist und Materie einander ebenbürtig sind. Während ich das niederschreibe, denke ich an uns beide. Denkst Du auch an mich? Dieses uralte Gleichgewicht, Kompass der Liebe – mein Begehren, Dein Begehren, zusammen, vereint. Dann sehe ich uns, wie wir lernen, in schwerer See zu segeln und unser Gleichgewicht zu halten. Wie wir lernen, das Steuerruder richtig zu führen, allezeit, bei Winden und Stürmen, manchmal auch bei Flaute …

Ich werde versuchen, Dich heute anzurufen, wie gewohnt. Ich liebe diesen Ausdruck: »wie gewohnt«. Genauso wünsche ich mir mein Leben mit Dir. Wie gewohnt. Jeden Tag.

(…)

Ich küsse Deine Augen und Deinen Mund

Istanbul, den 13. November 1976

Nûra,
(...)

An unserem letzten Tag, in dem Moment, als Du Dich von mir abwandtest, um vom Bett aufzustehen, begehrte ich Dich von neuem. Ach, diese schmerzliche Sehnsucht. Beim Anblick Deiner Nacktheit spürte ich eine Mischung aus Melancholie und Lust. Stiche im Herzen. Es war, als hättest Du mit Deiner Drehung meinem Herzen einen Tritt versetzt, als stampftest Du mit blossen Füssen über meinen Körper hinweg. Ich hatte irgendwie das Gefühl, Du würdest mich verlassen.

Ich wollte nicht, dass Du so rasch nach Beirut zurückkehrst. Ich wünschte, Du hättest länger bleiben können. Begegnung, dann Trennung, dann wieder Begegnung: Mir ist zumute, als hätte ich mich selbst verloren. Verweilen möchte ich in Deinem Duft, der meine Wohnung erfüllt. Auf irgendeine Weise bist Du noch hier.

Ich küsse Deine süssen Zehen

Istanbul, den 5. Dezember 1976

Nûra,
hier ist es Mitternacht, und Du bist dort. Unser Telefonat hat meine Sehnsucht nicht gestillt. Alle Wonnen der Welt möchte ich Dir jetzt schenken. Nimm sie an in Liebe und

Güte. So fern Du auch bist, ich spüre Deine Güte hier, und ich empfange Deine Liebe, in ebendiesem Augenblick. Die Liebe ist es, die uns in Götter verwandelt.

(...)

Istanbul, den 2. April 1977

Du meine Liebe,

(...)

... und in Kairo ging ich durch den Chân al-Chalîli. Ich kam bei einem Parfumhändler vorbei, der Duftwässer in zauberhaften filigranen Flakons verkaufte. Wunderschön und verlockend schimmerten sie in den Regalen. Ich schnupperte an einer kleinen Flasche in spiegelnden Regenbogenfarben und zeigte ihm mit einer Geste an, dass ich sie nehmen wollte.

Zu meiner Überraschung fragte der Händler mit einem netten ägyptischen Akzent: *»How much you want, sir? Is fifty grams of paradise enough?«*

»Fünfzig Gramm Paradies!«, wiederholte ich lachend, verblüfft über die Vorstellung ... »Fünfzig Gramm vom Paradies!«

Er hatte wirklich Gramm gesagt, nicht Milliliter ... Na und?, dachte ich für mich. Er bietet mir das Paradies, was will ich mehr. Und dieses Angebot, meine Liebste, bedeutete mir viel ... sehr viel. Schon ein einziges Gramm gemeinsames Paradies mit Dir wäre genug ...

(...)

Istanbul, den 12. September 1977

(...)

Oft habe ich die Grenzen passiert, zwischen der Türkei und Syrien, der Türkei und dem Irak ... Es ist seltsam, wie die zerklüfteten Landschaften auf der einen Seite von den weiten Wüstenebenen auf der anderen abstechen. Einmal durchquerte ich die Wüste. Ringsum herrschte Stille, ein Schweigen, wie man es sonst nicht kennt. Du sagtest mir einmal, meine Liebste, ich könnte selbst im Schweigen die Stimme Deiner Wünsche vernehmen ...

Dein Verlangen, das tief in Deinem Inneren tönt, wenn Du Dich nach mir sehnst, wenn Du mich willst. Ich erinnerte mich, wie Du das sagtest, ich spürte genau, dass es wirklich das Flüstern Deiner Wünsche war. Die Stimme Deines Begehrens. Sie bringt mich Gott näher, ja, sie ist Gottes Stimme.

(...)

Istanbul, den 24. Oktober 1977

(...)

Nach meiner Rückkehr aus Beirut fühle ich mich wie verloren. Nur die Tage zählen, an denen wir zusammen sind ... Ich frage mich, warum Du noch immer nicht von Beirut weggehen willst. Warum kommst Du nicht her und bleibst bei mir? Sollen wir denn ewig so weitermachen?

Gerade fällt mir ein, was Du einmal sagtest: »Ein jeder hat seine schwarze Grube …«

Seit wir uns begegneten, Liebste, ist meine schwarze Grube zu einem bunten Garten erblüht …

(…)

Istanbul, den 23. November 1977

Du meine Liebe,
wenn wir uns wiedersehen, gibt es eine Menge zu besprechen: Deinen Umzug von Beirut hierher, dann Deine Arbeit in Istanbul. Vergiss nicht, worüber wir gestern am Telefon gesprochen haben. Wir müssen uns entscheiden: entweder Kurs oder Tempo. Beides zusammen geht nicht. Und keine Sorge wegen der Sprachbarriere, Liebste, die haben wir schon überwunden, als wir uns fanden.

Immerhin stammen wir aus ein und derselben Region. Die Logik unserer Militärs und Geheimdienste ist die gleiche, die Despotie die gleiche, die Unterdrückung die gleiche – nur eben in einer anderen Sprache. Wir haben unsere eigene Sprache, und darüber bestimmt nicht der Ort, sondern unsere Liebe.

(…)

Der Tod rückt vor im Nahen Osten, die Gewalt wird sich ausbreiten. Aber wir werden zusammen sein.

Ich erwarte Dich in Sehnsucht

Istanbul, den 1. März 1978

Liebe verlangsamt die Zeit, oder sie raubt uns das Zeitgefühl ... oder ist es die Zeit, die uns der Liebe beraubt ...

Ich habe Deinen Brief wieder und wieder gelesen. Ja, Liebste, dieser Krieg wird sich hinziehen und so bald kein Ende nehmen. Optimismus heisst Mut, den viele Menschen um uns herum verloren haben. Wie Du in der Geschichte über Deine Schwester Hanâ geschrieben hast: »Zur Hoffnung braucht es Mut.«

Ich möchte Dich nicht weiter bedrängen, obwohl ich Dich lieber heute als morgen Beirut verlassen sähe. Aber das sollst Du allein nach Deinem Willen entscheiden, mit möglichst wenig Bedauern und Verlustgefühl.

(...)

Istanbul, den 15. März 1978

Meine Liebste,

(...)

... ich verfolge die Vorgänge im Südlibanon. Bisher erreichte uns keine Nachricht über irgendeinen Versuch der syrischen Streitkräfte, auf die israelische Operation Litani zu reagieren, dabei steht die syrische Armee auf libanesischem Territorium! Ich frage mich, was sie eigentlich dort macht!

Ich weiss, was Du von Deinem Büroleiter hältst. Doch diesmal stimme ich mit ihm überein: Es wäre Wahnsinn, wenn Du in den Süden fährst.

Ich habe Angst um Dich. Du darfst Dich und das Baby in Deinem Bauch nicht in Gefahr bringen. Ihr zwei seid mein Leben.

(...)

Istanbul (undatiert)

... ich weiss, dass mein Brief vielleicht nie ankommt, trotzdem schreibe ich Dir. Wenn auch Dein Telefon in Beirut nicht funktioniert und wenn der Flughafen geschlossen ist und wenn ich unmöglich zu Dir gelangen kann ... dann schreibe ich Dir eben.

Allen abgeschnittenen Wegen zum Trotz, meine Liebste: In meiner Vorstellung sind wir vereint. Zusammen hören wir dem Regen zu, der gerade an mein Fenster klopft, lauschen ihm gemeinsam, während wir beieinander in unserem Bett liegen. Ich stelle mir vor, wie Du lächelst, wenn Du das liest – »unser Bett« –, und wie Du mir entgegnest: »Von wegen unser Bett, bisher ist es immer noch deins!« Aber, Liebste, nichts besitze ich für mich allein. Alles, was ich habe, ist auch Dein. Und wenn ich mich in Istanbul nach Möbeln umschaue, habe ich stets im Hinterkopf, dass sie für uns beide sind.

Ich küsse Dich, jedes Fleckchen an Deinem Körper. Und Du, küss mir unser Kind – unsere Liebe, die in Dir heranwächst.

(...)

Istanbul, den 5. Mai 1978

(...)

... ich hatte begonnen, einen Artikel zum zehnten Jahrestag der Maiereignisse von 1968 zu schreiben ... es kam mir vor wie gestern. Aber dann brach ich ab. Damals studierte ich in Paris und bereitete mich auf die Rückkehr nach Istanbul vor. Zu diesem Zeitpunkt ahnten wir nicht, dass die Bewegung, von der wir glaubten, sie werde die Welt verändern, so bald ersticken würde. Wie hat sich doch die Situation seither gewandelt! Nichts ist von diesem Jahrestag geblieben als 69 ...!

(...)

Istanbul, den 15. Juni 1978

(...)

Wer hätte gedacht, dass Du schwanger warst, als wir uns liebten!

Jetzt bist Du so weit weg, Liebste, und trotzdem sind wir vereint. Zum ersten Mal sagtest Du mir, Du seiest fest entschlossen, Beirut zu verlassen. Wie habe ich auf diese Worte von Dir gewartet. Bald werden wir uns wiedersehen. Ich verspreche es Dir.

(...)

Istanbul, den 10. Juli 1978

Heute im Morgengrauen haben sie einige Genossen verhaftet. Es wird eng hier, Liebste. Ich habe sogar Bedenken, meine Agentur aufzusuchen. Sie verfolgen uns. Ich hatte meine Hoffnung auf Istanbul gesetzt, doch nun bin ich gezwungen, die Stadt zu verlassen. Morgen oder übermorgen gehe ich nach Izmir. Eine Rückkehr wird unter diesen Umständen unmöglich sein. Es bleibt dabei, wie wir es bei unserem letzten Telefonat besprochen haben: Du musst weg aus dem Libanon. Aber hier fühle ich mich auch nicht mehr sicher. Wir werden schon einen anderen Ort als die Türkei finden. Wenn Timur diese Woche fahren kann, wird er Dich über alles informieren. Bei erstbester Gelegenheit versuche ich, von Izmir nach Beirut durchzuschlüpfen, um Dich endlich wiederzusehen und mit Dir gemeinsam unsere Ausreise zu planen. Bis dahin bemühe ich mich hier bei der französischen Botschaft um die Papiere. Ich weiss, was Du mir jetzt sagen willst: Du würdest Dich fremd fühlen, wenn wir in ein drittes, unbekanntes Land emigrieren. Doch nirgendwo ist Fremdsein erniedrigender als im eigenen Land (...)

Ich werde bei Dir liegen und ausruhen, mit meinem Kopf ganz nah dem Leben, das in Dir wächst. Werde Deine Hände spüren in meinem Haar und mein Gesicht an Deine wärmste, zärtlichste Stelle schmiegen.

Ich brauche Dich so sehr.

(...)

7

al-Chandak al-Ghamîk, August 1994

Ich kann gar nicht einschlafen … Was sollte dieser Besuch?

Sabah grübelte noch immer, warum Maja tags zuvor gegen Mittag zu ihr gekommen war. Ruhelos wälzte sie sich auf dem Bett in ihrer Erdgeschosswohnung in al-Chandak al-Ghamîk. Diesmal war nicht die Hitze schuld, dass sie wach lag. Es waren Sorgen, die in alle Winkel ihres Kopfes krochen, bis er weh tat. Zahlenkolonnen, die über ihre Netzhaut huschten wie in einem schrecklichen Albtraum. Stimmengewirr, Gemurmel. Nûras Worte, die längst vergessen geglaubten. Alles war wieder da und dröhnte ihr in den Ohren. Männer in Flecktarn, die vorübergingen, vor ihrem Bett anhielten, dann weiterzogen. Grobe Militärstiefel, üble Gerüche, gedämpftes Grunzen. Sie rappelte sich hoch und stöberte zwischen verstreuten Pappschachteln auf dem Nachtschränkchen nach ihrem Beruhigungsmittel. Endlich fand sie die Packung Xanax neben dem Bett auf dem Boden. Sie nahm eine Tablette und schluckte sie ohne Wasser. Vielleicht würden die Kopfschmerzen jetzt ein bisschen nachlassen, und auch ihre Anspannung würde sich lösen. Bestimmt kam das alles von den Wechseljahren. Seit ihre monatliche Regel, viel zu früh, ausgeblieben war, verfolgte sie diese Migräne.

»Wenn ich zum Doktor gehe, sagt er mir jedes Mal, ich hätte eine Depression«, brummte Sabah vor sich hin. »Was ist denn das für eine Krankheit, die nie heilen will?« Sie stand auf und kramte in den Sachen, die rings um ihr Bett und in den Zimmerecken herumlagen. Lauter altes Zeug, dies und das. Ein Haufen Kleider, Plastiktüten, vollgestopft mit Dingen, die sie gemeint hatte eines Tages noch verwenden zu können. Nun stapelte sich der Krempel hier schon seit Jahren. Ein Stuhl, der repariert werden müsste, ein zerbrochener Spiegel, Bilderrahmen, die sie irgendwann am Strassenrand gefunden hatte, ein zusammengefalteter, in der Mitte zerschlissener Vorhang, kleine Plastikdosen. Dazwischen leere Blumentöpfe, ein ausgedientes Telefon, stapelweise Journale und Zeitungen, einige sogar mit Fotos von ihr, auf denen sie die verblasste Schwarzweissaufnahme eines Mannes vor ihrer Brust hielt. An der Wand neben dem Bett hatte Sabah das Porträt ihres gekidnappten Ehemannes aufgehängt und den Rahmen mit Kunststoffnelken beklebt.

Wie oft hatte sie sich vorgenommen, ihre Wohnung zu entrümpeln und diesen ganzen Plunder, den sie doch nicht mehr brauchte, einfach wegzuwerfen. Sobald sie aber damit anfangen wollte, bekam sie wieder ihre Rückenschmerzen, und am Ende tat sie gar nichts. Sie setzte sich hin und wartete. Wartete, wer zuerst zurückkehren würde: Ahmet, der Ehemann, oder Ahmet, der Liebste von einst. Sie dachte an das Blut, das aus seinem und ihrem Handgelenk getropft war, an ihren Schwur, dass sie ein Leben lang zusammenbleiben würden. Was mag wohl aus ihm geworden sein?, sinnierte sie. Ist es möglich, dass die Liebe binnen weniger Tage verdirbt und nichts mehr taugt wie eine Damaszener Maulbeere?

Im Gärtchen miaute eine Katze, dann scharrten ihre Krallen am Eingang zur Küche. Die Katze war die Einzige, die sie noch besuchen kam. Sabah warf sich die weite, luftige Abâja über, bei dieser Hitze war sie halbnackt. Während sie taumelnd aus der engen Kammer tappte, steckte sie ihr blondiertes Haar mit einer Spange hoch. Im Wohnzimmer hatte sie vergessen, was sie hier wollte. Unverständliche Worte murmelnd, machte sie ihrem Ärger Luft, kehrte um und ging zur Küche. In dem schmalen Korridor hielt sie kurz an und betrachtete ein grosses Schwarzweissposter an der Wand. Das Porträt Juri Gagarins, der ihr lächelnd aus dem Cockpit zuwinkte. Die Ränder waren vergilbt und stellenweise eingerissen. Versunken starrte Sabah auf Gagarins Gesicht, und genau wie dieses Bild schien sie aus Zeit und Raum gefallen zu sein. Schliesslich betrat sie ihre Küche und öffnete die hölzerne Pforte, die in den kleinen Garten führte. Dahinter sass die Katze, die seit Jahren hier lebte, aber keinen Namen hatte. Sie schaute zu ihr hoch und miaute. Sabah war jeden Tag darauf gefasst, dass sie sich auf Nimmerwiedersehen trollte. So wie ihr Liebster Ahmet und Ahmet, ihr Ehemann. Wie alle Menschen, die sie in ihrem Leben geliebt hatte – Nûra und deren Baby, Kemal und Timur und Chawâdscha Ibrahîm und Meryem, ihre einzige Freundin. Meryem, die sie als Letzte verlassen hatte, die von Sabah während ihrer Krankheit versorgt worden war, die ihr Geld gegeben hatte, damit sie etwas zum Essen für sie holte. Sie selbst konnte ja kaum noch laufen. Wenn Sabah zu ihr gekommen war, lag sie ausgestreckt im Bett, auf dem niedrigen Tisch daneben stand das Transistorradio. Meryem hatte ihre Möbel verkaufen müssen, ein Stück nach dem anderen. Von ihrem gesamten Besitz blieb ihr nur ein einzelnes Gemälde, und zum Schluss hatte sie überhaupt nichts mehr besessen. Sabah rief sich die Namen all derer ins Gedächtnis zurück, die von ihr gegangen waren, sei es durch Tod oder Emigration. Zwischen beidem bestand ohnehin kein grosser Unterschied. Bisweilen konnte sie sich nicht einmal genau erinnern, warum der eine oder andere verschwunden war.

Alle waren sie fort, und Sabah wollte ihr Herz nicht an diese Katze binden, die in ihrem Garten miaute. Sie mochte ihr keinen Namen geben. Sollte sie doch auch weggehen, ehe es zu spät war – bevor sie die Katze auf den Schoss nahm und ihr weiches Fell kraulte, bevor sie mit ihr schmuste und sie liebgewann. Nie liess sie die Katze in ihre Küche oder gar in die Schlafkammer. Sie stellte ihr etwas Futter und Wasser neben die Gartenpforte. »Die Wohnung gehört mir, und dir der Garten«, murmelte sie, »damit gib dich zufrieden.« Seit ihr Ehemann verschollen war, hatte sie sich angewöhnt, Selbstgespräche zu führen. Als sie in den Garten trat, war es bereits nach ein Uhr nachts. Aber der Vollmond schien so hell, dass sein Licht bis in die dunkelsten Fleckchen unter den alten Bäumen drang und ihre verästelten Schatten auf den Boden warf, als wäre es bei Sonnenuntergang. Sie setzte sich auf einen Stuhl unter dem Mispelbaum, der seine Zweige nach dem fernen Meer hinstreckte, und zündete sich eine Zigarette an. Die Fältchen in ihrem von dichtem, gefärbtem Haar umrahmten Gesicht zeichneten sich auf der porzellanweissen Haut wie feine, dunkle Linien auf einer angestrahlten Fläche ab. Wer sie so sitzen sah, hätte sie trotz ihrer deutlich über den modernen

Idealmassen liegenden Körperfülle ohne weiteres für eine Schönheit gehalten. Eine Schönheit freilich, die weder faszinierte noch einen bleibenden Eindruck beim Betrachter hinterliess. Ihre weiblichen Rundungen hatte sie übrigens von jeher, seit der Pubertät, als sie noch daheim war, im türkischen Mardin.

Sabah warf den Kopf zurück, die Schmerzen waren ein wenig abgeflaut. Sie bereute zutiefst, dieser Frau, Maja, erlaubt zu haben, ihre alten, längst vernarbt geglaubten Wunden wieder aufzureissen. Wieso hatte sie ihr das alles erzählt? Was war bloss über sie gekommen? Der reinste Vulkanausbruch! Kaum hatte die Besucherin neben ihr Platz genommen, fing sie an zu plaudern, und sie hörte erst damit auf, als die Frau aufstand, um zu gehen. Sie müsse ihren kleinen Sohn vom Kindergarten abholen, hatte sie gesagt.

Hier und da klang das Bellen herrenloser Hunde durch die Nacht, während Sabah in ihrem Garten auf dem Stuhl sass und vor sich hin redete. Sie tadelte, ja sie beschimpfte sich und beteuerte immer wieder, was für ein dummes Weib sie doch sei! Schliesslich erhob sie sich und ging zu einer Ecke des Gartens, wo sie freie Sicht auf das Beiruter Zentrum hatte. Sie beugte sich über das rostige Geländer und schaute hinunter zum Baschûrafriedhof, der höchstens ein paar Dutzend Meter entfernt lag. »Gerade mal einen Steinwurf«, sagten die Leute in der Nachbarschaft, und sie fügten hinzu: »Einen Steinwurf von hier ist der Tod.« Sabah stand oft an dieser Stelle und spähte nach dem günstigsten Ort auf dem weitläufigen Gelände voller marmorner Grabsteine. Jedes Mal suchte sie von neuem einen Platz, der sich am besten für Ahmet, ihren Cousin und Ehemann, eignen würde. Einen Platz, den sie von diesem Winkel aus sehen könnte, wenn sie sich ganz langmachte und dicht ans Geländer drückte. Brächte man ihn doch zurück zu ihr, dachte sie, egal wie, und wäre es auf Schultern getragen. Dann würde sie ihn dort bestatten lassen, auf dieser Seite, nach Osten zu, wo die Strahlen der Morgensonne zuerst hinfielen. Freitags würde sie zusammen mit ihrer Tante Fevziye an sein Grab kommen, sie würde Blumen darauflegen und zu ihm sprechen. Aber selbst das wurde ihr verwehrt. Sie wusste ja nicht einmal, ob ihr Mann lebendig oder tot war. In südlicher Richtung konnte sie ein Zipfelchen vom Meer erkennen. Es war gar nicht so weit weg, trotzdem hatte sie es nur selten mit einigen Frauen aus dem Viertel aufgesucht, bevor auch diese während des Krieges auswanderten und in alle Winde zerstreut wurden. Jedes Jahr am Hiobsmittwoch* waren sie hinunter ans Meer gepilgert. Sie hatten ihre Strümpfe ausgezogen und waren übers Wasser gegangen wie Prophetinnen.

Sabah blickte hinab auf das zerstörte Zentrum der Stadt. All die Kriegsjahre hatte es im Finstern gelegen, wenn nicht gerade Granaten über den Himmel zischten. Jetzt sah sie es grell erleuchtet von gewaltigen Scheinwerfern, unter denen die Bulldozer ratterten. Was sie zusammenschaufelten, kippten sie in jenes Meer, das bereits die Toten verschlungen hatte und nun auch die Geschichten und Erinnerungen

* Am letzten Mittwoch im April versammeln sich viele Beiruter zu Waschungen am Strand. Dieser Brauch beruht auf der Überlieferung, dass der Prophet Hiob durch ein Bad im Meer von seinen Leiden geheilt wurde.

der Lebenden verschlang. Zwischen dem Viertel unterhalb ihrer Strasse und dem Stadtkern hatte man begonnen, die letzten Überreste des Krieges abzureissen und zu entsorgen. Die verbliebene Bevölkerung war aufgefordert worden, die Häuser zu verlassen. Wegen Wiederaufbau des Beiruter Zentrums, hiess es.

Sabah kehrte zu ihrem Gartenstuhl zurück und steckte sich eine weitere Zigarette an. Sie wunderte sich noch immer, wie es möglich gewesen war, dass diese Frau ihre Wohnung betreten und sie zum Reden bewegen konnte. Seit sie zwölf war, hatte sie keiner Menschenseele jemals ihre Geheimnisse anvertraut, nie über ihr Leben gesprochen. Weder über jenes in Mardin noch ihr Leben hier in Beirut. Doch durch Majas Besuch war alles, was sie mühsam verdrängt hatte, wieder mit voller Wucht über sie hereingebrochen.

Es hatte an ihre Tür geklopft. Sabah spähte durch die Luke in der Küche, draussen stand eine Frau um die vierzig. Schlank, eher klein. Braunes Haar, das ihr Gesicht halb bedeckte. Beim Aufschliessen lag ihr der stereotype Satz, den sie in solchen Fällen herzusagen pflegte, schon auf der Zunge: »Sie haben sich in der Adresse geirrt!« Aber kaum hatte sie die Tür geöffnet, kam ihr die Frau zuvor: »Ich suche nach einer Dame, sie heisst Sabah ...« Ihre Stimme klang bittend, müde.

Hat sich also nicht in der Adresse geirrt, dachte Sabah, sie will tatsächlich zu mir. Im ersten Moment hätte sie am liebsten erwidert, hier gebe es niemanden mit diesem Namen. Doch die Vorstellung, dass eine fremde, unbekannte Frau sie besuchte, erfreute ihr Herz. Sie meint mich, überlegte sie, mich und niemandem sonst! Ob sie neue Nachrichten von Ahmet bringt? Oder ist sie vom Roten Kreuz? Oder eine Journalistin, die ihre Leser mal wieder an uns hier erinnern möchte, eh sie uns erneut vergessen? Kommt sie wegen irgendwas im Zusammenhang mit den Massengräbern von Entführten und Ermordeten, die in einigen Bezirken Beiruts entdeckt wurden? Aber warum gerade jetzt? Und warum ausgerechnet zu mir? Wie hat sie überhaupt hergefunden? Das Viertel sieht inzwischen durch den Krieg ganz anders aus, nicht mal die eigene Adresse könnte man angeben.

Fragen über Fragen schossen Sabah durch den Kopf, bevor sie antwortete: »Ja, das bin ich, ich bin Sabah, das stimmt. Und wer sind Sie?«

»Maja Âmir. Wir drehen einen Film über das Stadtzentrum. Ich möchte Leute interviewen, die während des Krieges und davor in dieser Gegend ansässig waren. Man sagte mir, Sie wären nicht geflüchtet und lebten hier seit über fünfundzwanzig Jahren.«

»Bitte sehr«, sagte Sabah. Maja hatte die Einladung nicht abgewartet und war schon hereingekommen. Sie ging vor Sabah her ins Wohnzimmer, eine zarte, schmale Gestalt, durch ihre enganliegende schwarze Bluse über einem weiten dunkelfarbigen Rock zeichneten sich die Rückenwirbel ab. Sie wankte unter der Last einer schwarzen Ledertasche, die über ihrer Schulter hing. Eine zweite Tasche aus robustem Bast trug sie in der Hand, darin waren eine Kamera und andere Dinge verstaut.

Die beiden Frauen setzten sich nebeneinander auf das alte, zerschlissene Sofa, das Sabah mit einem bunten Überwurf aus Mardin abgedeckt hatte.

Maja klappte die schwarze Tasche auf und holte einen Packen Papier heraus – Zeitungsausschnitte, Dokumente, Fotografien, kleine Hefte, kreuz und quer in verschiedenen Sprachen beschriftet. Eine Weile hielt sie den Stapel andächtig wie ein Kind auf ihren Knien.

»Wir waren zum Filmen bei den zerstörten, verlassenen Häusern. In einer Wohnung fand ich einen Koffer mit Briefen und Fotos, Tagebüchern, alten Zeitungen und noch anderen Sachen. Dadurch erfuhr ich Ihren Namen und Ihre Adresse, sie standen auf einem grossen Couvert, das ich zwischen all den Papieren entdeckte. Ein ganzer Wust von Papier! Darunter auch ein Telefonbuch von Geschäften im Stadtzentrum, die gar nicht mehr existieren. Und viele alte Fotografien. Bei einigen war Ihr Name auf der Rückseite vermerkt, sicherlich gehören sie Ihnen. So bin ich jedenfalls auf Sie gekommen. Der Muchtâr oben an der Strasse hat mir den Weg erklärt.«

Als Maja das Milchgeschäft des Muchtârs betreten hatte, um ihn nach Sabah Karabuz und einer nur vermuteten Adresse zu fragen, hätte sie nicht erwartet, so problemlos fündig zu werden. Der Muchtâr, ein Mann um die siebzig, erhob sich von seinem Holzstuhl. Als Maja ihre Hand ausstreckte, legte er seine auf die Brust, um anzudeuten, dass er sie ihr nicht reichen würde. Eine Frau, die bei ihm im Laden stand, sagte lächelnd zu Maja: »Der Hâddsch gibt keiner Frau die Hand.«

Der Muchtâr ging mit Maja vor die Tür und zeigte auf eine gesperrte Gasse unterhalb der Strasse. Er schien sich über Majas Erkundigung nach Sabah zu wundern. »Sehen Sie sich vor mit ihr. Sie ist ein bisschen verdreht, und manchmal hat sie Anfälle. Jedermann kennt sie hier. Die ist wie altbackenes Brot … hahaha!« Er lachte boshaft.

Maja hob zum Abschied die Hand, als wollte sie sagen: Bemühen Sie sich nicht, ich komme schon zurecht. Rasch bog sie in die Gasse ein, die er ihr gewiesen hatte.

Sabah zündete sich die dritte Zigarette an und begann zu überlegen: Bestimmt hat Maja den Koffer mit den Fotos und Papieren in Ibrahîms Haus entdeckt, bei dem Juden, der Beirut während des Krieges verlassen hatte und emigriert war. Zuvor war sie ja mit Sack und Pack bei ihm eingezogen. Sie führte ihm den Haushalt und hörte ihm zu, wenn er um seine verstorbene Frau klagte. Später, als sie den kleinen Kiosk gepachtet hatte, fand sie keine Zeit mehr für ihn. Sie beauftragte ihre Freundin Meryem, sich um Chawâdscha Ibrahîm und seine Wohnung zu kümmern, schaute aber regelmässig bei ihm vorbei. Und auf einmal war er mir nichts, dir nichts, ohne ein Sterbenswörtchen zu verraten, nach Israel ausgewandert. Er wolle seinen Sohn in Amerika besuchen, hatte er zu ihr gesagt, in einem Monat sei er wieder hier. Alle hatte er angeschwindelt, auch sie, der er vertraute, die ihm vertraute. Nach und nach waren sämtliche noch verbliebenen Beiruter Juden emigriert. In der Anfangsphase des Krieges hatten sie unter dem Schutz Jâssir Arafâts gestanden, der sehr wohl zwischen einem Israeli und einem Juden zu unterscheiden wusste. Durch den israelischen Einmarsch in den Libanon, sogar bis nach Beirut, sah sich Arafât jedoch gezwungen, das Land auf dem Seeweg zu verlassen, an Bord eines griechischen Schiffes fuhr er nach Tunesien. Dann waren auch die letzten Juden gegangen.

Jâssir Arafât liess ein zerstörtes, zerschlagenes Beirut zurück. Dennoch lautete sein letzter Ausspruch am Quai: »Fall auf die Knie, Ruhm, vor Beirut!« Die meisten der Beiruter Juden waren nach Israel, Europa und Amerika gezogen. Seither hat der Ruhm kein einziges Mal vor Beirut niedergekniet. Im Gegenteil, Beirut war es, das in die Knie ging, gedemütigt, beleidigt, nicht nur durch die israelische Armee, sondern auch durch die syrischen Geheimdienste und Streitkräfte und zahllose libanesische Milizen.

Etwas später hätte Sabah ihre häufigen Besuche bei Ibrahîm ohnehin einstellen müssen. Es wurde zu gefährlich, sich unterhalb von Sukâk al-Balât aufzuhalten, wo es auf den Riâdh-al-Sulch-Platz hinausging. Aber obgleich die Gegend höchst unsicher war, wurde sein Haus ebenso wie andere in der Nachbarschaft im Handumdrehen von Flüchtlingsfamilien besetzt, die sich aus den Hoheitsbezirken christlicher Milizen oder noch riskanteren Gebieten im Süden gerettet hatten. Einige Männer aus diesen Familien gehörten selbst einer Miliz an und trugen Waffen.

Auch zu dem Haus in al-Chandak al-Ghamîk kamen viele Leute aus al-Nabâa, al-Karantîna und Burdsch Hammûd. Die erste Familie zog bei dem armenischen Arzt ein, die nächste gegenüber. Das Antlitz des Viertels veränderte sich mit den Gesichtern seiner Bewohner. Sabah kannte niemanden mehr. Ständig trafen neue Familien ein, beladen mit Habseligkeiten, Möbeln und Geschichten. Ihre Geschichten vermischten sich mit denen der Weggegangenen, und mit der Zeit konnte Sabah sie kaum noch auseinanderhalten.

All die Kriegsjahre hindurch war Sabah in dem alten Gebäude geblieben, obwohl die Arena der immer wieder aufflammenden Kämpfe gleich nebenan lag. Wie auf einem anderen Stern hatte sie gelebt, denn ihre Behausung war sicher. Der Baschûrafriedhof, steter Zeuge der Kriege im Beiruter Zentrum, wirkte mit seinen Mauern von weitem wie eine Pufferzone. Fast schien es, als vermöchte allein der Tod die Gegner zu scheiden. Der Tod und seine Phantome, die über diesen Ort wachten. »Totenhäuser haben uns vor dem Tod bewahrt«, sagte Sabah. Auch die Barrieren am Anfang der engen Strasse, die wie hohe Wände in den Himmel ragten, gewährten den Anwohnern einige Sicherheit. Ägyptische, später syrische und asiatische Arbeiter hatten die Sandsäcke unter Aufsicht der örtlichen Milizen und ihrer Gewehrmündungen abgefüllt und übereinandergestapelt. An der Ostseite des Viertels war ein mächtiger Erdwall aufgeschüttet worden. Dort mussten die Leute auf Umgehungspfade ausweichen, und fortan bewegte sich ihr Leben nicht mehr in vier, sondern nur noch in zwei Richtungen.

Bei ihrem Auszug aus Ibrahîms Haus hatte Sabah viele Sachen liegengelassen: Fotografien und persönliche Papiere, einen alten Ausweis und den abgelaufenen Reisepass von Ahmet Karabuz. Alles Mögliche hatte sie vergessen, sogar Nûras Briefe und Dokumente, die Sachen von ihrem Kind und ihre Tagebuchhefte.

Während des Krieges war keine einzige Granate direkt in das Gebäude in al-Chandak al-Ghamîk eingeschlagen. Sabah und ein paar andere Bewohner hatten in der Strasse am Baschûrafriedhof ausgeharrt. Sie vernahmen das Dröhnen des Krieges aus nächster Nähe, sie spürten, wie der dreistöckige Bau erbebte und über ihren Köpfen zusammenzustürzen drohte. Im Garten des Hauses, der zu Sabahs Wohnung gehörte, lauschten auch die Bäume – Bitterorangen, Mispeln, Granatäpfel, Feigen – auf das grausige Brüllen der Gewalt in der Nachbarschaft. Zuletzt hatten die restlichen Mieter das Haus doch geräumt und sich in alle Winde zerstreut. Manche zogen aufs Land und liessen sich dort nieder, einige fanden Unterschlupf in anderen Beiruter Vierteln. Alle suchten sie Sicherheit und Distanz zur tödlichen Gefahr. Es gab viele, die dem Libanon auf Nimmerwiedersehen den Rücken kehrten. Wer Immobilien besass, bemühte sich, sie möglichst noch zu verkaufen, bevor er nach Amerika auswanderte. Das Flair des Viertels erlosch, als sei es mit einem Mal vergreist. Erdwälle türmten sich auf, Strassen verstopften, und wenn es regnete, verwandelten sich die tiefer gelegenen Sackgassen in kleine Seen, in denen die Kinder des Viertels herumplanschten, während die Wohnungen ringsum kein Wasser hatten.

Zu Kriegsbeginn hatte sich Sabah an die kleine Hauswartstube eine Schlafkammer und eine Küche anbauen lassen. Sie steckte die Masse auf dem Boden des Gartens ab und markierte mit weisser Kreide die Stellen, wo die Türen und Fenster, das Waschbecken und die Gartenpforte hinkommen sollten. All das projektierte sie mit Hilfe eines sudanesischen Arbeiters, der ihr auch die Ziegel herankarrte und aufstapelte. Nachdem er den Zement mit Wasser und Sand angerührt hatte, stieg er auf die Leiter und zog die Mauern hoch. Vom Garten aus gesehen, erschienen die neuen Wände zunächst etwas seltsam, allzu krass stachen sie von dem alten, bröckeligen Hausverputz ab. Doch im Laufe der Zeit hatten sie sich durch Einwirkungen der Witterung und des Krieges mehr und mehr den verfallenden Gebäuden des Viertels angeglichen.

In dieser engen Strasse hatte Sabah ihr Leben selbst in die Hand genommen. Bei Kerzenlicht sass sie über den Abrechnungen für den kleinen Verkaufskiosk, den sie 1979 gepachtet hatte. Es schmerzte sie, das ständige Getöse des Todes zu hören, die täglichen Nachrichten vom Verschwinden junger Männer aus dem hiesigen und benachbarten Vierteln erfahren zu müssen. Sie gingen aus dem Haus und kehrten nicht zurück, keiner wusste etwas über ihr Schicksal. Aber dieser Schmerz machte sie auch stärker. Begonnen hatte es mit der Entführung ihres jungen Ehemannes Anfang 1976, zwei Tage nach Silvester. Er wollte unbedingt in den Osten des geteilten Beirut, um seine Arbeit im Restaurant, das dorthin umgezogen war, wiederaufzunehmen. Er war niemals angekommen. Doch gerade der Verlust war es gewesen, der Sabahs Lebenswillen ankurbelte – trotz allem. Als wäre er ein Talisman, der ihr durchzuhalten half. Erst hatte sie ihren Liebsten verloren, Ahmet, der sie sitzengelassen hatte und allein ausgewandert war, und nun verlor sie auch noch den anderen Ahmet, ihren Ehemann. Nur den Namen hatten die beiden Ahmets in ihrem Herzen gemeinsam. Sie begrub die Trauer in sich wie ein totes Kind. Schluckte sie hinunter, wie das Meer die Leichname der Vermissten verschlungen hatte. »So ist halt das Leben«, seufzte Sabah. Sie sagte es Nûra Abu Sawwân, der syrischen Journalistin, die nach Beirut gekommen und geblieben war, sagte es den Damen, deren Wohnungen sie putzte. »Ach ja, so ist das Leben«, und sie setzte hinzu: »… nichts als Trennung und Verlust.«

8

Mardin – Beirut

Maja breitete die Fotos auf dem Tisch aus und begann sie, eins nach dem anderen, mit Sabah zu betrachten.

»Ja, das sind Fotos von mir ... Hier stehe ich allein vor unserem Haus in Mardin, meiner türkischen Heimatstadt, seit Jahren war ich nicht mehr dort. Und da bin ich zusammen mit Ahmet, meinem Mann. Er hatte eine Menge bezahlt, um sich vom Wehrdienst in der Türkei freizukaufen. Aber wie traurig, nachher wurde er in Beirut entführt, er ist spurlos verschwunden ...«

Ab und zu stockte Sabah in ihrem Redefluss, sie zögerte weiterzusprechen. Immer wenn Maja ein neues Foto herausfischte, verstummte sie. Ahmet Karabuz war seit Kriegsbeginn verschollen, sieben Jahre nachdem ein Scheich sie getraut hatte – 1969 waren sie von Mardin nach Beirut gezogen. So oft hatte sie sich vorgenommen, die Bilder in ein Familienalbum einzukleben. Tatsächlich kaufte sie nicht mal eins, sie verschob es von einem Tag auf den nächsten. Und nachdem ihr Mann verschleppt worden war, sagte sie sich, ein Album wäre nun sowieso sinnlos. An dem Tag, als sie aus Chawâdscha Ibrahîms Haus auszog, liess sie alle Familienfotos zurück. Nur zwei Fotografien des Entführten hatte sie mitgenommen, die anderen Sachen von ihr und von Nûra blieben in dem Koffer auf dem Zwischenboden, wo Maja ihn gefunden hatte. Dann verging ein Jahr und noch eins und wieder eins. Sabah traf sich mit Frauen, deren

Männer ebenfalls gekidnappt worden waren. Wenn sie zu den Versammlungen der Familien mit verschleppten Angehörigen ging, steckte sie eins der beiden Fotos von Ahmet ein. Inmitten des Klagens und Weinens hielt sie es vor ihre Brust. Lange stand sie dort, doch irgendwann kehrte sie nach Hause zurück. Es fröstelte sie im Blitzlichtgewitter, das losbrach, wenn einige der Organisatorinnen des Meetings vor die Kameras traten und redeten. Sie hörte nicht, was sie sagten. Sie stand nur da und schaute sich um, als suchte sie jemanden. In solchen Momenten fühlte sie sich fehl am Platze. Sie nahm das Foto herunter und verstaute es wieder in ihrer Handtasche. Ich werde doch immer fremd bleiben, und meinen Mann vermisse nur ich allein, dachte sie auf dem Heimweg.

Die zweite Fotografie von Ahmet hatte Sabah in ihrer Schlafkammer aufgehängt. Nachts, wenn sie im Bett lag, redete sie mit ihm, um die schreckliche Einsamkeit zu vertreiben. In sieben Ehejahren hatte sie sich an ihn gewöhnt. Nicht dass sie ihn liebte, aber sie hatte ihn gemocht und ihm vertraut. Jede Nacht, wenn er von seiner Arbeit im Restaurant heimgekommen war, hatte er die Jackentaschen ausgeleert und ihr seinen Lohn gegeben. Er versprach, ihr eine Wohnung zu kaufen, noch schöner als jene, von der sie auf ihrer Reise mit dem anderen Ahmet geträumt hatte. Nur eines könne er nicht, sagte er – sie zur Mutter machen. Als Kind habe er an einer schlimmen Krankheit gelitten, und dadurch sei er unfruchtbar geworden. Sie versteckte die Scheine zwischen den weissen Baumwollkügelchen in ihrem Kopfkissen, Geldanlagen waren ihr zu unsicher. Nachdem die Beiruter Intra Bank pleitegegangen war und ihre

Tante Fevziye alles Ersparte eingebüsst hatte, vertraute sie keiner Bank mehr. Den Lebensunterhalt für sie beide bestritt sie mit dem kleinen Entgelt für ihre Putzarbeiten und dem Lohn, den ihr Mann als Hausmeister verdiente. Sabahs Hilfe im Haushalt liess die Mieter darüber hinwegsehen, dass Ahmet abends nicht verfügbar war, weil er nebenbei im Restaurant arbeitete, wo er Geschirr spülte und vor dem Absperren aufräumte. Als der Krieg ausbrach, wurde das Restaurant geschlossen. Der Besitzer zog nach Ostbeirut und eröffnete dort ein anderes.

Nach Ahmets Entführung holte Sabah Woche für Woche ein Bündel Geldscheine aus dem Kopfkissen, um es den »anständigen Jungs« auszuhändigen. Sie klopften an ihre Tür, traten ein und gelobten, ihren Ehemann gesund zurückzubringen. Sie hätten ihn gesehen, mit ihm gesprochen. Er sei am Leben und sende ihr die Botschaft, ihnen zu geben, was sie verlangten. Dann gingen sie, doch bald kamen sie wieder mit neuen Nachrichten von Ahmet und neuen Forderungen der Kidnapper. Es war ihr unbegreiflich, wie die vielen Pfund, die sie für den Wohnungskauf gespart hatte, so schnell hatten verschwinden können. Aber auch nachdem alles Geld aufgebraucht war, verlor sie nicht die Hoffnung. Neben ihrer täglichen Arbeit im Kiosk bemühte sie sich weiter um Haushaltsjobs. Die Leute im Viertel waren freilich anders als früher, diese Zugewanderten benötigten niemanden, der bei ihnen putzte. Und auf die »anständigen Jungs« wartete sie nun vergeblich. Seit sie ihnen erklärt hatte, ihr Geld sei alle, liessen sie sich nicht mehr blicken. Manchmal, wenn sie abends im Bett lag, hatte sie das Gefühl, Ahmets Geist schwebe um sein Foto.

Sie brach in lautes Klagen aus, unter Tränen machte sie ihm bittere Vorwürfe, doch er blieb stumm. Erschöpft vom Weinen, wandte sie ihr Gesicht von ihm ab, als wäre sie ihm böse. Am Tag nach seiner Entführung hatte man sie getröstet: »Morgen ist er wieder da.« Sie machte die Wohnung sauber und wechselte die Bettlaken, dann wartete sie. Sie wartete und wartete. Es dauerte eine ganze Weile, bis ihr eine schreckliche, unerträgliche Frage in den Sinn kam: Und wenn er niemals zurückkehrt?

Sabah hatte aufgehört zu reden, während Maja wieder in den Fotos kramte. Es war still – zäh und schwer verstrichen die Minuten.

»Das ist alles schon ewig her«, sagte Sabah, als wollte sie sich für ihr Schweigen entschuldigen. Sie nahm ein Schwarzweissfoto, auf dem sie zusammen mit ihren Eltern und ihrer Tante vor dem Haus in Mardin abgebildet war. Sie trug ein langes Kleid mit prächtigen Blumen an Brust und Taille. Die Tante hatte es ihrer vierzehnjährigen Nichte aus Beirut mitgebracht, damit sie es zur Hochzeit anzog. Ebenso die weissen Stöckelschuhe, aber die waren Sabah zu gross gewesen, sie musste Papier hineinstopfen, um darin laufen zu können. Die Tante strich mit der Hand über die Brust der Braut, als sie ihr voller Stolz erklärte, dieses Kleid habe sie im Geschäft des Juden Muhaddab im Ajâs-Suk gekauft. In ganz Beirut würde Sabah kein schöneres finden! Das Foto war am Tag ihrer Abreise aus der Türkei in den Libanon geknipst worden. Zuerst waren sie mit dem Bus gefahren und dann in einen grossen Pullman umgestiegen – einen solchen hatte sie noch nie von innen gesehen. Mehr als zwei Tage waren sie unterwegs gewesen, bis sie in

Beirut ankamen. Ihr Vater hatte sie Hals über Kopf verheiratet, um dem Gerede der Leute über seine Tochter und die beschädigte Familienehre ein Ende zu machen, ihrem Getuschel, das über Monate gegangen war. Wie lange mochte es her sein, dass sie diese Fotos angeschaut hatte? Ein Blick genügte, um alles wieder aufleben zu lassen, eine Vergangenheit, die sie für immer tot und begraben geglaubt hatte. Nun war sie doch zurückgekehrt …

Ja, sie erinnerte sich … Verschwommen, bruchstückhaft stiegen die Bilder herauf. »Das Kleid war rosa«, sagte sie zu Maja. Ihre Augen wurden feucht, sie lachte.

Sabah war noch nicht vierzehn gewesen, als gegen Ende des Frühlings ihre Beiruter Tante Fevziye in Mardin eintraf. Sabahs Vater hatte sie ersucht, zusammen mit ihrem Sohn Ahmet zu kommen und für ihn um die Hand seiner Tochter anzuhalten. Anfang des Jahres nämlich war Sabah mit dem Bruder einer angeheirateten Tante durchgebrannt. Erst hatten sie sich heimlich hinter den Grabsteinen auf dem nahen Dorffriedhof geküsst und später sogar im dürren Gras gelegen, die Halme hingen noch in ihren Haaren und an ihrer Kleidung. Sie liebte ihn, sie sah ihn in ihren Träumen. Er hatte versprochen, mit ihr nach Deutschland zu fahren, wo er eine Schwester habe. Sie begann sich die Reise schon auszumalen und wie es da wäre, in dem fremden Land. »Das Leben dort ist herrlich«, hatte er gesagt, »und Arbeit finden wir überall.« Der Winter war eben zu Ende, als sie sich an einem regnerischen Morgen hinter ihn aufs Motorrad schwang, und ab ging's durch die engen Strassen. So glücklich waren sie gewesen.

Zunächst wussten sie nicht, wohin sie sich wenden sollten. Er wollte mit ihr bei seinen Verwandten in Diyarbakır unterschlüpfen, bis die Reiseformalitäten erledigt wären. Aber die Verwandten lehnten es ab, sie aufzunehmen. Sie waren besorgt wegen Sabahs Familie und befürchteten Zwistigkeiten, die unweigerlich zwischen ihrer Mutter und der angeheirateten Tante entstehen würden. Zudem hatte Sabahs Vater ihrem Entführer und Liebsten bereits ausrichten lassen, er solle seine Tochter schleunigst nach Hause bringen. Ja, er drohte ihm mit Gefängnis, denn sie war noch nicht mündig. Die türkischen Gesetze erlaubten keine Eheschliessung mit Minderjährigen. Sogar ihr Vater selbst musste mit einer Strafe rechnen, hätte er ihrer Heirat zugestimmt. Bei der Verheiratung eines unmündigen Mädchens wurde der Vater ebenso verurteilt wie der Bräutigam! Doch allen Ängsten zum Trotz wurden solche Ehen auch weiterhin geschlossen, und zwar heimlich, durch einen Scheich. Nachdem die junge Frau das gesetzliche Alter erreicht hatte, liess man die Ehe mit einem gefälschten Datum offiziell registrieren. Die Vorbehalte ihres Vaters rührten jedenfalls nicht daher, dass er die Vermählung mit einer Minderjährigen grundsätzlich missbilligte. Schliesslich hatte er selber Sabahs Mutter geheiratet, als sie noch nicht mal dreizehn war, und das war seinerzeit gang und gäbe gewesen. Erst fünf Jahre nach der Segnung durch den Scheich hatte ihr Vater seine Ehe beim Standesamt eintragen lassen.

Sabah begann zu überlegen. Keine Heirat, das hiesse keine Reise nach Deutschland. Es hiesse, dass sie kein Visum bekam. Wie sollte sie dann mit Ahmet ausreisen? In welcher Eigenschaft? Sabah wurde sehr traurig. Aber nicht lange, und sie vergass ihren Kummer. Sie sagte sich zum Trost, dass sie immerhin zwanzig Tage kreuz und quer durch türkische Dörfer und Städte gezogen war, die sie sonst nie im Leben gesehen hätte. Allein um Istanbul zu besuchen, hatten sie mehr als einen Tag und eine Nacht im Überlandbus zugebracht, bis sie endlich eintrafen. Ahmet hatte das Motorrad mit Hilfe eines anderen Fahrgastes durch die hintere Bustür bugsiert und es sachte zu Boden gleiten lassen, ohne auf die Beschimpfungen des Chauffeurs zu reagieren, der sich mit dem von ihnen gezahlten Betrag keineswegs zufriedengeben wollte. Sie fanden Unterschlupf bei einem Freund, der im Viertel Eyüp wohnte. Ahmet kannte ihn von früher, als sie beide beim Militär dienten. Sabah mochte weder den Freund noch dessen Mutter, die sie abfällig wie ein Flittchen behandelte. Sie vermied es, den jungen Mann anzusehen, der sie mit seinen Blicken verfolgte, wenn sie aus der Küche an ihm vorbei ins Bad huschte. Vier Tage blieben sie in dieser Stadt, die niemals schläft. Auch Sabah schlief nicht, keine einzige Minute. Während sie wach lag und auf Ahmets tiefe Atemzüge horchte, zählte sie die vorbeifahrenden Autos, deren Scheinwerferlichter im Spiegel des Kleiderschranks aufblitzten. Wie kann er nur schlafen in einer Stadt wie Istanbul!, dachte sie. Viel lieber würde sie ausgehen, anstatt im Bett herumzuliegen, zu gern würde sie durch die hell erleuchteten Strassen spazieren. Auf gar keinen Fall aber wollte sie wieder nach Hause, davor hatte sie richtig Angst.

Als ihr Ahmet mitteilte, dass es unmöglich sei, für sie ein Visum zu beschaffen, weinte Sabah bitterlich. Das ganze Leben schien ihr sinnlos. Sie erinnerte sich, dass er nicht einmal versucht hatte, sie zu trösten. Ja, er sagte, sie sei dumm. Von wegen Paradies! Käme sie wirklich nach Deutschland, würde sie nur Schwierigkeiten und Probleme haben. Spät in der Nacht hatte sie genug vom Autozählen. Sie schüttelte den Schlafenden neben sich. »Also gut«, sagte sie zu ihm, »dann ist das Paradies eben hier und nicht in Deutschland. Istanbul ist so schön, lass uns bleiben und auf die Reise verzichten! Wir suchen uns eine Unterkunft, irgendein Zimmerchen in der İstiklalstrasse. Bestimmt finden wir auch eine Arbeit.« Und sie begann ihm auszumalen, was für ein nettes, einfaches Leben sie miteinander führen würden. Doch er ging nicht darauf ein, hörte ihr gar nicht zu. Nachdem er noch ein paarmal mit der Familie in Mardin telefoniert hatte, warf er all ihre Pläne über den Haufen. Sabah hatte sich in diesen wenigen Tagen, die sie in Istanbul verbrachten, schon eine gemeinsame Wohnung zusammenphantasiert. Da gab es ein Bett, einen Schrank und eine Couch, einen Gaskocher und einen Kühlschrank und auch einen roten Teppich. Sie stellte sich sogar vor, welche Blumen sie am Eingang zu ihrem kleinen Zimmer aussäen würde und wie sie dann wüchsen und Blüten bekämen. Aber Ahmet hatte plötzlich beschlossen, sie zu ihren Eltern zurückzubringen. Sie konnte nicht verstehen, warum er so etwas Verrücktes tun wollte. Er schwieg beharrlich und verriet ihr nicht, worum es bei seinem letzten Telefonat nach Mardin gegangen war. Am nächsten Morgen war sie tieftraurig. Sie hatte nicht mal Appetit auf das Sandwich mit kalter Köfte, das er ihr auf die Schnelle kaufte. Sie dachte nur: Es ist altbacken wie unsere Träume. Sie setzte sich hinter ihn aufs Motorrad und hielt sich an ihm fest. In diesem Augenblick spürte sie, dass es Ahmet nichts mehr bedeutete, wenn sie ihn so mit beiden Armen umschlang und ihre Wange an seine Schulter schmiegte. Er wandte sich weder nach ihr um, noch neigte er den Kopf zu ihr, wie er es früher getan hatte. Er brauste einfach los, schneller und schneller. Sie hatte Angst, sie würden stürzen, und sie flehte ihn an, doch langsamer zu fahren. Aber er reagierte nicht, ja er steigerte sogar das Tempo. Er schien wütend auf sie zu sein.

Nach zwanzig Tagen traf Sabah wieder zu Hause ein. Von diesem Moment an hörte sie nur noch, wie alle über sie herzogen, als hätte sie sonst was verbrochen. »Befleckt« sei sie, hiess es, und so eine würde keiner zur Frau nehmen. Sie wusste nicht, was das sein sollte: »befleckt«. Es musste wohl eine Krankheit sein, vielleicht hatte sie irgendwas Schmutziges angefasst und sich angesteckt. Womöglich steckte es schon an, wenn man miteinander redete und lachte oder sich sogar bloss anlächelte. Kann sein, dass sie deshalb niemand berühren mochte. Ihre Mutter weigerte sich, sie zu begrüssen. Ebenso ihr Vater. »Geh rein, Sabah!«, knurrte er, ohne sie anzusehen. Dafür blickte er seiner Frau scharf in die Augen, als erkenne er die Tochter im Gesicht der Mutter. In jener Nacht rettete sie nichts vor den brutalen Schlägen ihres Vaters. Ihre Schreie gellten bis hinauf in den Himmel über dem Viertel, über den Bäumen und Zypressen um die Gräber. Bestimmt hörten alle ihr lautes Weinen und Klagen. Sicherlich auch der Tod, und so eilte er herbei. In derselben Nacht starb die Grossmutter, die ihren Namen an die Enkeltochter weitergegeben hatte. Sabahs Rückkehr sei eben zu viel für sie gewesen, tuschelte man. »Besser, sie wäre dahingeschieden statt ihrer Oma.« Sie sagten, die Grossmutter habe es nicht ertragen, dass ihr Name besudelt worden sei, deshalb sei sie gegangen.

Sabah wusste genau, dass sie ohne Erlaubnis mit Ahmet losgezogen war. Doch sie wusste auch, dass diese Tage fern von daheim zu den schönsten ihres Lebens zählten. Wäre es ihr beschieden gewesen, sie noch einmal zurückzuholen, sie hätte nicht gezögert, und wenn sie unter den Prügeln ihres Vaters hätte sterben müssen. Sie war wieder da, aber nicht mehr dieselbe. Eine Sabah war gegangen und eine andere zurückgekehrt. So sahen es die Leute. Darum bin ich also »befleckt«, dachte Sabah. Vielleicht hatte ihr Vater deshalb nach seiner Schwester in Beirut geschickt, damit sie herkam und für ihren fünf Jahre älteren Sohn um ihre Hand bat. Er war noch nicht mal zwanzig, und er hiess ebenfalls Ahmet. Das würde es leichter machen. Wenigstens hatte er denselben Namen wie ihr Liebster, der sie einfach bei ihren Eltern abgeliefert und sich verdrückt hatte. Einmal hörte sie, wie die angeheiratete Tante sagte, mit dem wollten sie nichts mehr zu tun haben und er sei sowieso nach Deutschland ausgereist. Demnach war er doch zu seiner emigrierten Schwester gegangen, ohne sie mitzunehmen, wie er ihr versprochen hatte. Fortan nannte sie jeden jungen Mann unwillkürlich Ahmet, sogar ihren Bruder Muhiddin. Kaum hörte er, dass ihr der Name Ahmet herausrutschte, klatschte er mit der flachen Hand auf ihren Mund. Es tat weh, ihre Zähne waren blutig. Dann trat er auf sie ein, er hatte Fussballschuhe an, und er verteilte seine Tritte, gegen ihren Bauch, gegen ihre Brust, während sie stöhnend den Kopf mit beiden Händen zu schützen versuchte und zusammengerollt am Boden lag, wie ein Ball, der auf den Abschuss wartete. Ihr Vater sagte kein Wort, lächelnd sah er seinem Sohn zu, als wollte er ihn dafür noch loben. In den Augen des Vaters war ihr kleiner Bruder durch diese Tritte zum Mann geworden.

Sabah weinte, als sie ihre Fotos wieder vor sich sah. Es ist das Heimweh, dachte Maja, nach all den Jahren schmerzt es noch immer und rührt Sabah zu Tränen. Doch Sabah weinte aus Gründen, die Maja nie erraten, nie verstehen würde. Sie weinte um Mardin und ihre Kindheit, um ihre kranke Mutter. Sie beweinte ihre verlorene Liebe und ihre Einsamkeit, die sie an den Rand des Wahnsinns brachte. Beweinte einen verschwundenen Mann, den sie nicht geliebt, mit dem sie aber gern zusammengelebt hatte. Von alledem ahnte Maja nichts, wie sollte sie auch?

Maja hätte Sabah am liebsten ausgefragt – nach den Briefen, dem Kind, das sie auf einem der Fotos im Arm hielt, und ihrem entführten Ehemann. Nach Nûra, wer sie war und warum sie Tagebuch geschrieben hatte. Und nach Kemal, dessen Briefe Majas Herz rührten, als wären sie an sie selbst gerichtet. Doch dann schwieg sie und liess Sabah ihre Geschichte weitererzählen.

»Aber wie soll ich denn wissen, ob mir Tante Fevziyes Sohn überhaupt gefällt?«, hatte Sabah ihren Vater gefragt. Um die Heirat kam sie nicht herum, das sah sie ein, und so begann sie von Beirut statt von Deutschland oder Istanbul zu träumen. Ob ihr Cousin grossgewachsen war, breitschultrig und attraktiv? Das letzte Mal hatte sie ihn gesehen, als sie noch ein kleines Mädchen war. Ihr Vater antwortete nicht. Er brummte nur etwas vor sich hin, was sie noch mehr von ihm abstiess: »Eine wie du hat keine Heiratsbedingungen zu stellen.« Ihre Mutter unterbrach ihn: »Hier geht's um eine Familiensache!« Sie warf Sabah einen harten Blick zu, und spöttelnd, mit zynischem Unterton, setzte sie hinzu: »Nach allem, was passiert ist, hätte es sich für deinen Cousin gehört, dass er dich vor bösen Zungen bewahrt und dich ruck, zuck heiratet. Aber wie es scheint, hat er keinen Anstand. Der will sich auch bloss drücken.« Sie richtete diese Worte an Sabah, doch in Wahrheit waren sie für ihren Mann bestimmt. Schliesslich handelte es sich um *seinen* Neffen, der »keinen Anstand« besass – die beste Gelegenheit, jedweder Anklage gegen sie als Mutter eines »befleckten« Mädchens zuvorzukommen. Sie stichelte, sie schimpfte: Endlich einmal konnte sie der ganzen Sippschaft ihres Mannes alles heimzahlen.

Die Tante reiste wirklich mit ihrem Sohn an, einem stillen, schüchternen jungen Mann, der infolge einer frühen Lähmung das linke Bein nachzog. Sie erschien, um Sabah unter die Haube zu bringen und ihren guten Ruf zu retten, denn die Ehre der Nichte ist ebenso die Ehre der Tante, wie Sabahs Mutter beim Eintreffen ihrer Beiruter Schwägerin anmerkte. Wie doch all die Frauenehren in so einer Familie miteinander zusammenhängen!, grübelte Sabah, als sie am Abend zu Bett ging.

Ihr Vater wollte sie verheiraten, um dem Klatsch und Tratsch ein Ende zu machen. Aber zugleich wollte er auch ihr Brautgeld einheimsen, das er mit zweitausend libanesischen Pfund veranschlagte. Ein Sümmchen, für das er sich zu jener Zeit einen Gebrauchtwagen leisten konnte. Seine

Schwester sollte es sofort zahlen, noch bevor der Scheich den Ehevertrag ausfertigte. Die Tante öffnete ihre Handtasche und zog ein Bündel Scheine heraus. Grossspurig, geradezu dreist erklärte sie ihrem Bruder: »Ich habe nur fünfhundert. Entweder du nimmst sie und gibst dich zufrieden, oder ich nehme meinen Sohn und fahre mit ihm zurück nach Beirut. Danke Gott, dass ich dir deine Tochter aus den Augen schaffe!« Sie schleuderte das Bündel auf den kleinen Tisch zwischen ihnen und setzte hinzu: »Ausser bei mir kriegst du sie nirgends los, während sich wer weiss wie viele um meinen Sohn reissen würden. Eigentlich hättest du mir was bezahlen müssen, nicht ich dir!« An dieser Stelle griff Sabahs Mutter ein. »Gib bloss nicht so an, Fevziye!«, schrie sie. »Du warst auch nicht die Unschuld vom Lande, und das Mädchen schlägt dir nach. Vor zweiundzwanzig Jahren bist du selber durchgebrannt. Du denkst wohl, das haben wir vergessen? Wie die Tante, so die Nichte, heisst es. Und vergiss mal nicht, was mit deinem Sohn ist, der kann ja kaum richtig laufen!«

Sabah hörte alles mit an, sie stand hinter der Tür und sah die Geldscheine verstreut auf dem Tisch liegen. So eine Gemeinheit!, dachte sie. Wie kann der Vater die Tante nur ertragen? Warum schmeisst er sie nicht raus? Er will unbedingt, dass es mit der Heirat klappt. Jetzt muss ich mit meiner Tante nach Beirut fahren, damit alles schön verschleiert wird. Als wäre dieses Beirut ein Deckmantel für die Familie oder eine Müllkippe für ihre defekte Ehrbarkeit!

Als sie aus dem Haus trat, sah sie ihren Cousin am Eingang auf einem Holzschemel sitzen. Sein Kopf war wie im Schlaf zur Schulter geneigt, seine Augen blinzelten in die

Sonne. Er erinnerte sie an den Dorftrottel, dem sie mit anderen Mädchen ihres Alters manchmal hinterhergelaufen war. Plötzlich fühlte sie eine leise Sympathie für ihn. Ihr schien, dass sie beide, er und sie, irgendwie, irgendwo doch etwas gemeinsam hätten. Sie kehrte um und ging wieder in ihre Kammer. Als der Familienstreit immer lauter wurde, warf sie sich auf ihre am Boden ausgerollte Matratze und verkroch sich unter die Bettdecke. Mit beiden Händen hielt sie sich die Ohren zu. Sie wollte nichts mehr hören, nichts mehr sehen, zu viel hatte sie heute gehört und gesehen.

Am folgenden Morgen beobachtete Sabah aus dem Fensterchen ihrer Kammer, wie ihre Tante die Treppe zum kaum zweihundert Meter entfernten Friedhof hinaufstieg. Dort oben lag die Oma begraben. Es war das erste Mal seit dem Tod ihrer Mutter, dass Fevziye hergekommen war. Sie war gekommen, um sowohl die Heirat ihres Sohnes mit Sabah zu regeln als auch das Grab ihrer Mutter zu besuchen. Die Oma war allerdings schon Monate zuvor gestorben, ohne dass sich Fevziye eingefunden hatte. Man hatte gemunkelt, sie wolle sich den Anblick ihrer »befleckten« Nichte ersparen, die nach einer knapp dreiwöchigen Motorradspritztour mit ihrem Geliebten sowieso keiner mehr heiraten würde. Schluchzend stand die Tante am Grab, schlug sich auf die Brust und jammerte um ihre Mutter. Niemand von der Familie hatte die Grossmutter am Todestag ordentlich beweint, und so ärgerten sich alle, weil die angereiste Tante sie daran erinnerte, dass sie bei der Feier keine einzige Träne vergossen hatten. Jetzt konnten sie weder das Versäumnis nachholen noch an ihrer verspäteten Totenklage teilnehmen. Für die Tante war die Beerdigung wohl kein hinreichender Grund zum Kommen gewesen. Es lohnte nicht, allein dafür eine Fahrkarte von Beirut nach Mardin zu bezahlen. Sie hatte abgewartet, bis sich ein zusätzlicher Anlass für die Reise bot. Als ihr die Idee mit der Heirat einleuchtete, hatte sie sich gleich auf den Weg gemacht. So konnte sie zwei Fliegen mit einer Klappe schlagen: die Mutter betrauern und den Sohn vermählen.

Nachdem Sabah mit Ahmet geflohen war, hatte sich ihre Mutter vor Muhiddin in die Haustür gestellt. »Geh und bring mir deine Schwester zurück«, hatte sie zu ihrem Sohn gesagt und ihm dabei fest in die Augen gesehen. »Aber dass du ihr ja kein Haar krümmst! Sie ist meine Tochter, und ich verfahre mit ihr, wie ich es für richtig halte. Falls du ihr was antust, erwürge ich dich mit meinen eigenen Händen.« Die strenge Stimme und der scharfe Blick seiner Mutter schüchterten ihn ein. Sie war eine starke Frau. Wenn sie in Zorn geriet, zitterte Sabah vor ihr und nicht anders Muhiddin.

Der Vater hatte an diesem Tag nur sein Gesicht in den Händen vergraben, er weinte wie ein kleines Kind.

Sobald Sabah hinter Ahmet auf dem Motorrad sass, hatte sie das Gefühl, das ganze Universum gehöre ihr allein. Er gab Gas, die Maschine heulte auf, und sie brausten los, dass ihr langes kastanienbraunes Haar nur so im Wind flatterte. Ihre Familie interessierte sie nicht mehr, weder dachte sie an ihren Bruder noch an ihren Vater. Für diesen einen Moment hätte sie auf alles in der Welt verzichtet. Sie wusste nicht, was sie mehr liebte: Ahmet oder diesen Augenblick, als sie davonflog.

In Istanbul beobachtete Sabah viele Liebespaare, die bei der Galatabrücke spazieren gingen. Es gefiel ihr, wie sie sich umarmten, das Herz ging ihr auf. Immer wieder schaute sie zu ihnen hin, während sie neben Ahmet herlief. Plötzlich fasste sie seine Hand und hob sie mit einem leisen Seufzer an ihre Lippen. Er starrte sie an, offenbar entrüstet über ihr Benehmen. Dieser eine Blick genügte, sie zu ernüchtern. Ihre Stimmung schlug um. Statt seine Hand zu küssen, schlug sie die Zähne hinein und biss mit aller Kraft zu. Ahmet schrie auf, dann stiess er sie zurück, beinahe wäre sie gestürzt. Nach Luft schnappend, begann er sie zu beschimpfen, während er sich die schmerzende Hand hielt. Sabah wusste selbst nicht, warum sie ihn gebissen hatte. Vielleicht war sie wütend gewesen. Er sagte, sie müsse doch total verrückt sein und sie sei gar keine richtige Frau.

9

Sabahs Erinnerungen

Während Sabah weiter aus ihrem Leben erzählte, reichte ihr Maja ein Schwarzweissfoto. Sabah stand vom Sofa auf und trat an das schmale Fenster, durch das die Sonne hereinschien. Hier konnte sie es deutlicher erkennen: eine Frau mit einem kleinen Kind in den Armen.

Na, so was, dachte sie, das ist ja ein Bild von mir! Etwa sechzehn Jahre muss das her sein.

Sie hatte ein langes dunkelgraues Kleid mit Puffärmeln an, und sie trug einen Jungen, dessen Gesicht älter wirkte, als er war.

Mein Gott, das bin wirklich ich, und er ist Nûras Sohn. Eine Dame hat uns damals geknipst, sie hiess Adele al-Nâis.

Sabah hatte geglaubt, die Geschichte um dieses Kind sei erledigt, so wie der Krieg aus und vorbei war. Doch kaum hatte diese zierliche Frau ihre Wohnung betreten, war auf einmal alles wieder da.

Ihre Stimme zitterte, sie begann zu stottern, als ihr Maja ans Fenster folgte und sich erkundigte, was für ein Baby das sei. Sie hatte das Gefühl, Maja zerre sie zurück in eine Zeit, an die sie nie mehr denken wollte.

»Das Baby?«, brachte sie erstickt, fast schluchzend hervor. »Mein Gott, was soll mir die Vergangenheit, wenn sie über mich herfällt wie eine wilde Bestie …« Sie stockte kurz, rang nach Fassung. Schliesslich sagte sie: »Der Kleine und seine Mutter sind bei einer Explosion umgekommen … Sie wurden getötet … Ach, das ist schon so lange her. Ich hatte es ganz vergessen. Alles hab ich vergessen, kann mich auf überhaupt nichts besinnen.«

Zwischen den beiden Frauen herrschte Schweigen, jede versank in ihre Gedanken, die sich schwerlich austauschen liessen.

Anscheinend habe ich das Tor zu Sabahs Erinnerung aufgestossen, dachte Maja. Alle Leute hier wollen vergessen, zumindest versuchen sie die Vergangenheit zu selektieren, Sabah ist da nicht die Einzige. Manchmal fangen wir schon an zu glauben, uns bleibe gar nichts weiter übrig, als zu vergessen. Was freilich ein Irrtum ist, denn wie der Phönix erwacht die Erinnerung stets von neuem, sie pumpt Leben in die Adern unseres Geistes und führt uns zurück in die Wirklichkeit.

Während Maja still vor sich hin grübelte, wurde Sabah plötzlich bewusst, dass sie soeben eine Geschichte ausgeplaudert hatte, die sie fest entschlossen gewesen war nie mehr zu erwähnen, ja für immer zu tilgen und vom Band ihrer Erinnerung zu löschen. Sicher war es kein Zufall, dass ihr Gedächtnis gerade diese frühen Bilder ausgewählt und heraufbeschworen hatte: die Flucht von daheim als Jugendliche, ein halbes Kind noch, ihr Leben in Mardin und Istanbul, die Heirat, die Reise nach Beirut. Eine solche Auswahl richtete keinen Schaden an. Schwierig wurde es nur, wenn schlimme Dinge, die näher an der Gegenwart lagen, wieder auftauchten.

Sabah gab sich einen Ruck. »Und Sie?«, fragte sie Maja in entschiedenem, leicht nervösem Ton. »Was machen Sie eigentlich? Ich habe das nicht richtig verstanden. Also weshalb sind Sie hier? Sie sagten, Sie arbeiten an … ja, woran? Und wo?«

»Wie gesagt, ich arbeite an Filmaufnahmen … im Rahmen eines Projektes zum Wiederaufbau Beiruts …«

»Wiederaufbau, Wiederaufbau«, unterbrach sie Sabah. »So leiert das auch den ganzen Tag im Radio und im Fernsehen. Vielleicht wollen die ja bloss was drüberbauen, damit die Leute vergessen. Es heisst, der Schutt von den zerstörten Häusern wird ins Meer gekippt. Aber was ist mit dem Blutgeruch, mit dem Gestank der Verwesung? Wohin damit? Wohin mit diesem vielen Blut, das ich dort unten gesehen habe und hier und da, überall. Jeden Tag habe ich es fliessen sehen, Blut von Menschen, egal welcher Herkunft und Religion, von Menschen jeden Alters. Und das Blut von meinem Ahmet, das soll nun auch mit entsorgt werden.« Sie rang nach Luft, presste die Hand auf ihre Brust. »Na schön«, fuhr sie fort, »mag sein, das Blut ist getrocknet. Aber was mache ich mit den schwarzen Flecken, die hier dringeblieben sind, hier in meinem Herzen? Warum wurde Ahmet entführt? Wofür sind die vielen Menschen gestorben? Weshalb musste Nûra sterben? Kommen Sie, schauen Sie sich das mal an!« Sabah wies aus dem Fenster, hinunter zum Zentrum. »Sehen Sie doch, wie Beirut nach der Zerstörung wiederaufgebaut wird. Die es zerstört haben, sind alle noch da, die sind nicht weg. Sie sind ins Parlament eingezogen und sitzen in der Regierung. Gar nichts ist vorbei …«

Sabah verstummte, als habe sich eine lang angestaute Wut in ihr endlich Luft gemacht und verflüchtigt. Jetzt wollte sie nicht mehr reden. Es war ihr unbegreiflich, dass diese Geschichte so mir nichts, dir nichts aus ihr herausschlüpfen konnte. Hilflos spürte sie, wie sich nach dem verpufften Zorn Leere in ihr ausbreitete. Auch Maja blieb schweigsam. Aus der Gasse am Haus schallten Kinderstimmen herauf. Sie schrien einander zu, ihre Rufe mischten sich mit den Aufschlägen eines Balls auf dem Erdboden und gegen die Mauern der alten Gebäude. Maja schob die auf dem Tisch verstreuten Fotos zusammen und bat um ein Glas Wasser.

Sabah stand auf und ging in die Küche. Bald darauf wehte der Duft von Kaffee mit Kardamom herüber und durchfächelte die Luft des kleinen Wohnzimmers.

Sabah hatte ihre Stimme wiedergefunden, sie kehrte zurück zu ihren Erinnerungen und erzählte schon weiter, während sie das Tablett mit dem heissen Kaffeekännchen, zwei Tassen, zwei Zuckerplätzchen und einem Glas Wasser vor Maja abstellte.

Seit ihrer Ankunft in Beirut 1969 hatte Sabah alle Veränderungen im Viertel miterlebt, ob sie nun ihr Mietshaus oder die umliegenden Gebäude betrafen. Der armenische Doktor von der Etage über ihr war als Erster ausgezogen. 1975 ging er weg mit seiner Frau, die aus einer armenischen Familie in Aleppo stammte und niemals in Beirut heimisch geworden war. Das hatte diese einst ihren Nachbarinnen anvertraut, und Sabah hatte das Gespräch mitgehört, als sie ihre Wohnung putzte. Er war ein berühmter Arzt gewesen, aber nie hatte er auch nur ein Pfund von ihr genommen, wenn er sie behandelte. Er kümmerte sich um sie und gab ihr unentgeltlich Medikamente. Einmal hatte sie darauf bestanden, dafür wenigstens einen Tag lang seiner Frau im

Haushalt zu helfen. Sie reinigte die Teppiche und Kronleuchter und wusch die dicken Bettdecken für den Winter. Sie sagte, das sei für die Freundlichkeit und Grosszügigkeit des Doktors. Die beiden waren nach Kalifornien emigriert, wo Verwandte der Frau lebten. An einem Hang nicht weit von Los Angeles hatte ihre Familie ausgedehnte Weinberge erworben, sie kelterten roten und weissen Wein und verkauften ihn sogar in andere Bundesstaaten.

Ganz am Anfang hatte Sabah mit ihrer Tante zusammengearbeitet, sie bestickten Stoffe für Abâjas, Abendroben und Hochzeitskleider mit farbigen Perlen. Dann lernte Fevziye die Inhaber des jüdischen Geschäfts Muhaddab im Ajâs-Suk kennen. Der Verkäufer händigte ihr das Material aus – dünne Stoffballen, Zwirn, Perlen –, und die Tante stellte kurdische Mädchen aus dem Viertel ein, damit sie das Gewebe verzierten. Ein paar Tage vor dem Termin ging Fevziye zurück zum Geschäft, um die Waren abzugeben und neue Aufträge zu holen. Aber die Muhaddabs waren wie zuvor schon andere jüdische Familien weggezogen, und Fevziye blieb auf den fertigen Stickereien sitzen. Sie konnte nichts abliefern und den Arbeiterinnen keine Löhne auszahlen. Es gelang ihr nicht einmal, etwas davon zu verkaufen. Einige Jahre lagerten die Stoffe in ihrem Schrank, bis sie die Ballen gegen geringes Entgelt an eine Matrone loswurde, die Abâjas für Damen vom Golf nähte.

Seit die Bulldozer für den Wiederaufbau arbeiteten, hatte Sabah keinen Fuss mehr ins Stadtzentrum gesetzt. »Da unten haben wir nichts zu schaffen«, sagte sie zu ihren Nachbarinnen, die unschlüssig waren, ob sie hinuntergehen oder lieber nur hinuntersehen sollten von ihren altersschwachen

Balkonen, die sich von der Hauswand zu lösen und in den Garten abzustürzen drohten. »Was hätten wir auch dort zu tun?«, fragte Sabah und setzte hinzu: »Mir läuft's schon den Rücken runter, wenn ich bloss daran denke. Ohne mich!«

Sabah hatte keine Lust, noch lang und breit über das Kind oder seine Mutter Nûra Abu Sawwân zu reden. Sie ignorierte Majas zahlreiche Fragen zu dem Foto, fast schien es, als wollte sie etwas verbergen.

Maja gab es auf, versprach aber, bald wiederzukommen, um das Gespräch fortzusetzen. Jetzt müsse sie erst mal gehen und ihren Sohn vom Kindergarten abholen. Und dann möchte sie Nûras Tagebuch lesen, das sie bisher nur flüchtig durchgeblättert habe. Sie war schon sehr gespannt, mehr über diese Frau zu erfahren, besonders nachdem sie Kemal Firats letzte Briefe an sie gelesen hatte.

10

Nûras Tagebuch

Von klein auf träumte ich davon, Autorin zu werden. Als Gipfel der Schriftstellerei galt mir ein Artikel in der Presse. Das Wort, das ich suchte, lag mir stets auf der Zunge und nahe am Herzen. Aber es wusste nicht, wohin mit sich. Es gewann keine Gestalt mit Stimme und Klang, Ausdruck und Wirkung. Ich glaubte, dass ich etwas Schlimmes hätte, eine Krankheit oder Behinderung, irgendeinen Schaden, durch den ich hinter Gleichaltrigen zurückgeblieben war.

Ich erinnere mich an meine Mitschülerinnen. Ihr Gelächter schallte aus den Klassenzimmern und über den Spielplatz. Ich rannte mit ihnen die Treppe hinunter, auf den grossen Platz, ich lachte mit ihnen. Doch bald darauf wurde ich wieder trübsinnig und zog mich zurück in meine Einsamkeit. Diese Umschwünge beunruhigten mich. Später vernahm ich die Geschichten von ihrer Heirat, ihren Schwangerschaften, ihren Hausfrauenpflichten. Es brauchte seine Zeit, bis ich begriff, was mich umtrieb. Dass es keine Krankheit war, sondern etwas sehr Schönes, ein Privileg, das man hüten und pflegen musste.

Nachdem ich beschlossen hatte, in den Libanon zu gehen und dortzubleiben, verbrannte ich noch in Syrien die dicken Hefte mit meinen Texten. Den wahren Grund, warum ich sie ins Feuer warf, erkannte ich damals nicht. Ich stand nur davor und sah zu, wie sich die Flammen ins Papier und in mein Herz frassen. Warum vernichtete ich alles, was ich geschrieben hatte? Bestrafte ich mich für den Tod meiner Schwester, wollte ich mich von einer Schuld reinigen? Oder vielleicht tat ich es, um ein neues Leben in Beirut zu beginnen und nicht wie sie in Grossmutters Haus zu sterben. Meine Schwester Hanâ hatte sich nicht davongestohlen, sie hatte einen Brief hinterlassen und über die Umstände ihres Todes berichtet.

In Beirut angekommen, schrieb ich als Erstes Hanâs Geschichte nieder. Zu jener Zeit wusste ich nicht, dass diese Seiten mein ganzes Leben prägen würden. So viele Dinge zogen beim Schreiben an meinen Augen vorüber. Die Erzählung über meine Schwester hat mich verändert. Nicht nur sie war gestorben, auch die Nûra von früher ist tot. Heute denke ich, dass die Vernichtung meiner Texte so etwas wie ein kleiner Selbstmord war. Aber sie bewahrte mich auch davor, dort meinen unwiderruflichen Tod herbeizuschreiben.

Vom Tod zu erzählen war ein Weg zur Rettung. Auf einmal verstand ich, warum mein Vater stumm blieb, warum sich mein Halbbruder heraushielt, warum meine Cousine Huda ignorierte, was ich ihr enthüllt hatte. Das Ende von Hanâs Geschichte wurde zum Anfang meiner eigenen. Dennoch heilte mich das Schreiben über meine Schwester nicht vom Drang nach Revanche, und das ist unser gutes Recht, meines und Hanâs, die ihr Leben verloren hatte.

Meine Schwester lag auf der Erde im Schuppen, erst gegen Abend hat man sie gefunden. Sie ist nicht die Einzige gewesen, die DDT getrunken hat, o nein, sie war eine von mehreren Frauen in unserer Familie, die Selbstmord begingen oder ihn geplant hatten. Zwanzig Jahre zuvor wollte eine

Schwester meines Vaters auf die gleiche Weise, nur an einem anderen Ort, aus dem Leben scheiden. Dann, im letzten Augenblick, hatte sie dem Tod doch einen Fusstritt verpasst.

In der näheren und ferneren Verwandtschaft kursierten etliche Geschichten von Frauen, die sich umgebracht, und anderen, die überlebt hatten. Frauen, die gegen ihre Unterdrückung aufbegehrten, indem sie sich selbst unterdrückten. Ein Teufelskreis. Wenn eine Frau die Gründe erkennt, die sie in den Suizid treiben, wird sie darauf verzichten. Und viele haben es abgelehnt, sich derart zu verleugnen, auch ohne die Ursache für ihre Repression bestimmen zu können. Allem zum Trotz suchten sie nach einem Licht am Ende des Tunnels, sie gingen weg, wanderten aus und entkamen. Woran liegt das? Weil Menschen eben verschieden sind? Oder spielt die Stärke des Überlebenswillens eine Rolle bei der weiblichen Selbsterhaltung? Hanâs Entscheidung konfrontierte mich jedes Mal aufs Neue mit diesen Fragen, wenn ich über ihren Tod schreiben wollte. Ich fand keine Antwort, doch tief in mir spürte ich eine Kraft, die mich antrieb, diesen Teufelskreis zu durchbrechen. Eine Kraft, mir vererbt von meiner Teta, der Mutter meiner Mutter. »Leben ist ein Recht«, lehrte sie mich. Dabei hatte sie ihr eigenes einst nur durch Zufall behalten.

Damals war sie kaum sechs Jahre alt gewesen. Ein junger Mann aus Nordsyrien rettete sie aus einem Flüchtlingslager für Armenier in der Nähe von Aleppo, nachdem er Zeuge der Ermordung ihrer ganzen Familie geworden war. Er hatte als Soldat in der osmanischen Armee gedient und war nach der Lähmung seiner Hand infolge einer Schussverletzung am Arm entlassen worden. Er brachte das Mädchen zu seinen Angehörigen und sagte: »Sie wird unsere kleine Schwester sein.«

Meine Teta hiess Schahani, bevor sie von der Familie, die sie bei sich aufnahm, einen neuen Namen und eine neue Religion bekam. Man wollte ihren ersten Namen aber nicht völlig auslöschen und etwas von seinem Klang bewahren, und so nannte man sie, ein wenig ausgefallen, Schahla. Manchmal erwähnte meine Grossmutter noch ihren früheren Namen und versuchte sich auf ihre Sprache zu besinnen, dann stimmte sie armenische Lieder aus ihrer Kindheit an. Melodien, die sich mit der Zeit den Aleppiner Rhythmen angeglichen hatten, sie selbst konnte sie wohl nicht mehr voneinander unterscheiden. Ich hörte ihr zu, ohne etwas zu verstehen, und fast glaube ich, dass auch sie nicht mehr verstand, was die Worte bedeuteten, die sie sang.

Ihre Sprache mochte sie vergessen haben, doch nicht Mardin, die Stadt, aus der sie als kleines Mädchen mit ihren Eltern vertrieben wurde. Und wenn sie alles vergessen hätte, so nie und nimmer jenen Tag, an dem sie meinem Grossvater begegnete. Sie war siebzehn, und zum zweiten Mal veränderte sich ihr Leben. Der junge Mann war mit seinem Vater zum Markt in Aleppo gekommen und verkaufte Weizensäcke. Zufällig befand sie sich im Geschäft ihrer Familie im Suk. Als sie meinen Grossvater sah, lächelte sie ihm schelmisch zu und scherzte: »Bei euch kaufen wir nichts, wir essen nur Dschasîraweizen!« – sie meinte die Provinz al-Dschasîra, die für ihren Weizen berühmt war. Er gefiel ihr, und sie hätte ihn gern näher kennengelernt, wusste aber nicht, wie sie es anstellen sollte. Nun fügte es sich, dass sie damals gerade in den Haurân gehen wollte, um an einer dortigen Schule zu unterrichten, und so reiste sie zusammen mit ihm und seinem Vater. Sie wurde Lehrerin an der Mädchenschule der anglikanischen Mission und bald darauf die Frau des jungen Mannes, meines künftigen Grossvaters. Sie begann den Garten am Haus zu bewirtschaften und versuchte sogar, Pistazienbäume zu kultivieren, in deren Windschutz sie an den kalten Aleppiner Abenden gesessen hatte, was ihr in dieser Höhenlage freilich nicht gelingen konnte. Danach setzte sie eine Menge neuer Rebstöcke und kelterte Rotwein, den sie von einem Jahr aufs andere in grossen Tonkrügen lagerte.

Einzelheiten über ihre Geschichte, das Schicksal ihrer Familie und ihre Kindheit in Aleppo habe ich erst nach Mutters Tod erfahren, als wir unsere Teta öfter in ihrem Haus im Bergdorf Rummâna besuchten. Es wurde unser zweites Zuhause, besonders nachdem Vater wieder geheiratet hatte. Wir verbrachten den ganzen Sommer dort oben, vor dem neuen Schuljahr kehrten wir nicht nach Damaskus zurück. Das Leben meiner Grossmutter erschien mir wie eine bruchstückhafte Erzählung ohne Vergangenheit und Ursprung. Mutter hatte ihre Geschichte nicht an uns überliefert und weitergegeben. Überhaupt war sie sehr schweigsam gewesen, man hätte meinen können, sie stamme von einem Baum ab und nicht aus dem Bauch einer Frau. Eines Tages, irgendwann nach ihrem Tod, fanden die Worte endlich den Weg zwischen meiner Teta und mir. Ich folgte ihr überallhin, zum Schuppen hinter dem Haus, in den Vorratsspeicher. Ich sah ihr zu, wie sie im Frühherbst die Weintrauben auslas, zerstampfte und zum Gären in die Tonkrüge füllte. Einige Beeren tat sie beiseite, um sie zu

Rosinen zu trocknen und später, gemischt mit Mandeln und Nüssen, über die Weizengrütze auf unseren Tellern zu streuen. Sie hockte sich auf die Erde nieder und schichtete die grünen Oliven in grosse Glasbehälter, dazwischen legte sie Zitronenscheiben und roten Paprika und bedeckte alles mit Salzwasser. Zum Schluss vollendete sie ihr Kunstwerk, indem sie reines Olivenöl obenauf goss.

In jenem ersten Herbst nach Mutters Tod – ich war nicht älter als zehn – begann mir meine Teta Schahani aus ihrem Leben zu erzählen. Während ich ihr lauschte, beobachtete ich sie bei ihren vielen Verrichtungen. Es war, als hörte ich zur selben Zeit zwei Geschichten. Die eine handelte von ihrer Kindheit und Jugend in einer Aleppiner Familie, die sie angenommen hatte, letztlich aber nicht ihre eigene war. Und die zweite schilderte ihre mühsame Anpassung an die raue Natur der Berge und an Sippenstrukturen, in die sie sich nur schwer zu integrieren vermochte.

Als Hanâs Leichnam im Schuppen gefunden wurde, war meine Teta am Ende ihres Lebens angelangt. Sie konnte nicht mehr aufstehen und hinausgehen. Jammernd rief sie von ihrem Bett aus, es gebe doch überhaupt keine Schlangen im Schuppen, und was die Verwandtschaft da über die Todesursache zusammenrede, sei lauter Blödsinn.

Bei meinem letzten Besuch teilte ich ihr mit, dass ich bald ausreisen würde. Seit ich sie zum Opferfest gesehen hatte, war sie sehr gealtert, sie kelterte keinen Wein mehr, schaffte es nicht einmal mehr bis zum Weinberg. Es war wie ein Vermächtnis, was sie mir sagte: Reisen sei ein Segen, und das Leben finde heute statt, und Leben sei ein Recht, man dürfe es nicht auf morgen verschieben. Und an welchem Ort ich auch weilen würde, er werde ein Spiegel meiner Seele sein und mir gewiss gleichen. Schahani, wie ich sie immer am liebsten nannte, hat nicht mehr lange gelebt. Wenige Tage bevor sich Hanâs Tod zum ersten Mal jährte, ist sie gestorben, zwei Wochen vor meiner Reise.

Nach Grossmutters Tod weigerten sich die Scheiche von Rummâna und Umgebung, das Gebet der Barmherzigkeit für sie zu rezitieren. Mein Onkel war gezwungen, von ausserhalb Geistliche zu holen, die für ihre grössere Aufgeschlossenheit bekannt waren. Die Scheiche von Rummâna hatten erklärt, Barmherzigkeit sei undenkbar für eine Frau, die ihrer Herkunft nach der Glaubensgemeinschaft fernstehe. Im Höllenfeuer würden sie brennen, wenn sie das Gebet verrichteten. So viel Borniertheit – und nur, weil sie nicht derselben Religion angehörte! Seit diesem Ereignis war mein Onkel verändert. Er brach alle gesellschaftlichen Beziehungen zu den Familien der Scheiche ab und ging nie mehr zu ihren Hochzeiten oder Trauerfeiern.

Durch Grossmutters Tod war ihm eine mittlerweile verblasste Erkenntnis aus der Zeit seiner konspirativen linken Tätigkeit wieder bewusst geworden: Der Tod ist für die religiösen Würdenträger eine günstige Gelegenheit, sich an den Lebenden zu rächen, indem sie deren verstorbene Angehörige bestrafen und ihnen den Weg ins Paradies versperren. Die Hinterbliebenen beschuldigen sie, verantwortungslos zu sein und irgendwelche rätselhaften, unbegreiflichen Dinge vernachlässigt zu haben. Auf diese Weise wird allen das Paradies verwehrt, den Toten wie den Lebenden.

*

Ich beschloss fortzugehen, mich zu retten. Mir liegt nichts an diesem Paradies und schon gar nichts an einem solchen Tod.

Nur erst einmal entwischen, später möchte ich die Ursachen der Unterdrückung verstehen. Ich will mich weder umbringen noch sonst wie umkommen, noch Zeugin von Unterdrückung sein. Ich will leben und wachsen und lieben und schreiben und Kinder haben und Mutter sein. Ich will das Glück schmecken im Heute, nicht im Gestern. Glück soll mir für immer vermählt sein mit dem Wörtchen »jetzt«. Das hat nichts mit Paradiesen zu tun oder einer Vergangenheit, die sowieso nie wiederkehrt. Und so beendete ich die Geschichte meiner Schwester mit Grossmutters Worten: »Leben ist ein Recht.«

Als eines Tages meine Cousine Huda zu uns kam und mir vorschlug, nach Beirut zu ziehen, stimmte ich ohne nachzudenken zu. Nein, eigentlich hatte ich bereits darüber nachgedacht, schon eine ganze Weile vor Hudas Besuch. Es war, als hätte sie mit ihrem Angebot meine Träume gelesen. Dabei wollte sie mich bloss von der Familie fernhalten, damit ich nicht über Hanâs langen Brief redete, in dem sie ihre Affäre mit dem Geheimdienstoffizier Schauki schilderte. Denn nun sollte er Hudas Ehemann werden, und sie musste allen Klatsch und Tratsch unterbinden, der ihre Ehe gefährden konnte. Fünfzehn Jahre hatte sie darauf gewartet, dass diese Heirat zustande kam, ihre Aussteuer war längst hergerichtet und lag fix und fertig im Schrank verstaut. Auch ich wollte weg. Ich war bereit hierherzufahren, um zu bleiben, und fest entschlossen, nicht wieder nach Syrien zurückzukehren. Ich wollte vergessen, was geschehen war.

Doch das würde ich nur schaffen, wenn ich über die Vergangenheit schrieb. Ich war nicht die Erste, die dem Tod von der Schippe sprang, indem sie abreiste. Meine Geschichte würde all den anderen Biographien von Frauen hinzugefügt werden, die ihr Land verliessen und fortgingen, sei es aus eigenem Entschluss oder gezwungenermassen.

Repression ist es, die Frauen zur Emigration drängt, zur Flucht, jene Unterdrückung, die meist in Gestalt eines Mannes daherkommt. Meine Schwester aber hatte für sich keine Alternative zum Tod gesehen. Vielleicht glaubte sie in unendlicher Naivität, Gewalt könne mitunter die Kehrseite von Liebe sein.

Ich zögerte nicht, Syrien hinter mir zu lassen und in den Libanon zu ziehen. Ich ging aus dem Haus mit einem einzigen Koffer, darin lagen nur meine Bücher und Notizen und ein paar Kleidungsstücke. Ich träumte davon, frei und ohne Zensur schreiben zu können. Früher hatte sich mein Vater immer libanesische Zeitungen besorgt, doch nach dem Putsch des Assad-Clans, der sogenannten Korrekturbewegung, waren manche davon in Syrien verboten worden. Ich kannte alle Bücher, die mein Vater in seinem Leben gesammelt hatte. Als er aus dem Gefängnis entlassen wurde, begann ich ihm aus Zeitungen und dann aus Büchern vorzulesen. Er wollte gar nicht mehr wissen, was draussen in der Welt vor sich ging.

Ich hätte meiner Familie sagen müssen, was wirklich mit Hanâ passiert war. Aber nachdem Schauki meine Cousine Huda geheiratet hatte, wäre ein offenes Gespräch zu schwierig geworden. Der junge Offizier träumte von seiner Karriere, die ihm eine Position in der Nähe der Macht sichern würde. Die Ehe mit meiner Schwester, Tochter eines kleinen Angestellten bei der landwirtschaftlichen Kooperative, der obendrein gerade erst aus der Haft entlassen worden war, hätte ihm niemals dazu verholfen. Ganz anders Huda, die Tochter einer an den Golf ausgewanderten Familie. Ohne Zweifel eignete sie sich viel besser, auch wenn sie einige Jahre älter war. Nicht einmal zwei Wochen waren seit Hanâs Tod vergangen, als die Verlobung stattfand. Wegen der Trauer gab es nur eine schlichte Feier im engsten Familienkreis. Ich mochte nicht daran teilnehmen und blieb in Grossmutters Haus. Meine Arme und Beine waren schlaff, wie gelähmt. Ich warf mich aufs Bett, und wieder las ich Hanâs Brief: ich weiss nicht, wie oft an jenem Abend. Ich musste den Hass nähren, der in mir zu wachsen begann, er durfte nicht stumpf werden und abflauen. Ja, in diesem Moment hatte ich das Gefühl, dass es allein Hass war, der mich am Leben hielt. Doch dieses Schweigenmüssen nagte an meinem Herzen, es brachte mich fast um.

Ein Jahr schwieg ich, dann konnte ich nicht mehr. Ich war nicht länger imstande, den Hass zu ertragen, meine Kraft reichte nicht aus, ihn zu kompensieren. Als ich nach der Geburt ihres ersten Kindes zu Huda ging, offenbarte ich ihr die ganze Wahrheit. Diesen Besuch hatte ich mir fest vorgenommen. Wenn sie ihr Baby stillte, würde ich alles auspacken. Noch beim Betreten des Hauses, in dem sie wohnte, wiederholte ich in meinem Kopf jedes Wort, das ich ihr sagen wollte, und ich stellte mir vor, wie sie reagieren würde. Bestimmt würde sie die Fassung verlieren, in Tränen ausbrechen, womöglich sogar die Scheidung verlangen. Aber nichts dergleichen geschah. Huda verhielt sich, als hätte sie nichts gehört. Als wäre von wildfremden Leuten die Rede, mit denen sie nichts verband – keine Blutsverwandtschaft, keine Familiengeschichte, nicht mal eine Bekanntschaft. Still und ruhig hörte sie zu. Es irritierte mich, und mir kam der Gedanke, dass Huda über alles Bescheid gewusst hatte.

*

Nie werde ich diesen Tag vergessen, als uns Huda besuchte. Es war Winter und eiskalt. Kurz zuvor hatte ich eine Anstellung bei einer Regierungszeitung bekommen, und mir war bereits klargeworden, dass unsere journalistische Arbeit von der Chefredaktion überwacht und reglementiert wurde. Huda kam allein, sie fragte die Frau meines Vaters, wo ich sei. In meinem Zimmer, antwortete sie. Huda trat ein. Ich war gerade beim Schreiben, nebenbei hörte ich Asmahân. Als ich Huda sah, stellte ich die Musik leiser.

»Ich weiss, dass du mit deiner Arbeit im Ministerium nicht glücklich bist«, sagte sie. »Du willst eine richtige Journalistin sein und ohne Zensur schreiben. Warum gehst du nicht nach Beirut? Du wärst an einem Ort, wo du dich frei und ungezwungen äussern kannst. Du wärst weg von dieser Atmosphäre. Ich würde mich hier nach Kräften dafür einsetzen, dass du deine Arbeitsstelle für einige Monate während deiner Abwesenheit behältst. So, jetzt nimm dieses Geld! Damit überbrückst du das erste Jahr dort, ich werde dir auch noch mehr schicken. Sobald du eine Arbeit gefunden hast, verdienst du selbst genug. Das alles bleibt unter uns. Niemand erfährt etwas von meinem Angebot und meiner Unterstützung. Ich möchte nur, dass du diesen Brief vernichtest, den von Hanâ.«

Ohne Kommentar steckte ich das Geld ein.

»Ich werde den Brief zerreissen«, sagte ich. »In dem Moment, wenn ich Syrien verlasse, tu ich es.«

Während ich beobachtete, wie sich Huda von unserem Haus entfernte und auf dem schlammigen, dunklen Weg verschwand, schoss mir plötzlich ein Gedanke durch den Kopf: Auch wenn ich hier noch meinen Freund Suhail habe, ist mein Leben nach Hanâs und danach Tetas Tod düster wie im Tunnel. Ich muss fort von daheim, fort aus Syrien, das ist der einzige Hoffnungsschimmer.

Suhail konnte nicht begreifen, wieso ich beschlossen hatte, Damaskus zu verlassen, wieso ich überhaupt weggehen musste. Er machte mir Vorwürfe: Ich würde Beschlüsse fassen, ohne ihn zu fragen, geradeso, als ob er gar nicht da wäre! In diesem Augenblick wünschte ich mir, unsichtbar zu sein, unerreichbar für alle, inklusive Suhail.

Aber was auch in diesen Jahren seither geschehen ist, noch immer überlege ich, warum Hanâ nicht versuchte, eine andere Lösung zu finden. Sie war doch niemals eine zaghafte Person gewesen. Was geht eigentlich in einem Menschen vor sich, wenn er an einen Punkt kommt, an dem er seinem Leben ein Ende setzen will? Meine Schwester war kein Schwächling, das weiss ich genau. Sie war sehr intelligent und konnte die Dinge viel besser abwägen als ich, stets hatte sie mich wegen meiner Unbesonnenheit und Impulsivität kritisiert.

Ihr Abschiedsbrief zeigt ja, dass sie ihre Beziehung zu Schauki ganz klar beurteilte. So klingt keine Einschätzung von einem Menschen, der vorhat, sich umzubringen. »Was heisst das schliesslich, Liebe?«, schrieb sie. »Was immer er sagte, es hatte nicht das Geringste mit Liebe zu tun. Auch ich vergass es in dem Moment, wenn er ging, alles verblasste wie ein flüchtiger Traum. Begehrt habe ich ihn, und der Sex hat den Hunger gestillt. Aber nach dem Essen vergisst man, was man gespeist hat. Man vergisst den Hunger. In meinem tiefsten Innern wusste ich, dass unsere Affäre, mochte ich sie auch Liebe nennen, keine Perspektive hatte. Dass ich mir diesen Mann, der mein Liebhaber war, nicht zum Vater meiner Kinder wünschte. Dass ich früher oder später wieder vor dem gleichen Problem stehen würde. Jetzt bin ich schwanger und habe keine oder höchstens eine Alternative.«

Was meinte Hanâ mit »keine oder höchstens eine Alternative«? War es Selbstmord? Eine Frage, auf die mir keine Antwort einfiel. Hatte sie nach einer Lösung gesucht und keine gefunden?

Ich hatte mit ansehen müssen, wie unser Vater, der Altbaathist und geläuterte Exhäftling, daheim herumhockte und Tag für Tag mehr dahinwelkte. Da war es für Schauki nicht schwer gewesen, wie ein gekrönter König bei uns Einzug zu halten, zumal das Regime der Frau meines Vaters allmählich den Kopf und die Seele verdrehte.

Sie war hocherfreut über die Sachen, die uns Schauki ins Haus schleppte. Immerhin gebar sie einen Sohn, was meine jung verstorbene Mutter nicht hatte vollbringen können. Mein Halbbruder Atâ war Vaters ganzer Stolz, denn er erlöste ihn von dem Spitznamen, der ihm länger als dreizehn Jahre angehaftet hatte: Mädchenpapa.

Nach Hanâs Selbstmord interessierten sich die Verwandten nicht weiter für die wahren Gründe ihres Todes. Sie zogen es vor zu schweigen. Schweigen als Sozialökonomie. Freilich erzielt diese Ökonomie weder Profit noch Nutzen, sondern verursacht Verluste, die sich mit der Zeit häufen und immer grösser werden. Alle machten ihre Augen zu und wollten von nichts wissen. Der Preis der Wahrheit wäre zu hoch gewesen, niemand mochte ihn zahlen.

Als ich im Libanon ankam, hatte der Krieg noch nicht angefangen, aber es brodelte bereits in Beirut. Wenige Monate später kochte der Wahnsinn über. Ich begann zu ahnen, dass ich in einen politischen, sozialen und kulturellen Kessel geraten war: Beschuss palästinensischer Lager durch die libanesische Armee; Hegemonie der Fatach-Organisation über einige Dörfer im Süden; Streiks; freizügige Filme im Kino; Bücher, hier gedruckt und vertrieben, die in anderen arabischen Ländern verboten waren; Cafés, an deren kleinen Tischen Finanzkämpfe und Nationalkriege ausgefochten wurden; lautstarke Diskussionen; oppositionelle Parteien; Schliessungen von Strassen, Schulen, Universitäten. Foren mit kritischen Rundumschlägen, Rücktritt der Regierung und eine Presse, die in krassen Kontroversen aufflammte. Der Krieg rüstete sich, unser Schicksal zu verändern, und wir hatten es noch nicht einmal begriffen.

Es war mir nicht schwergefallen, in dieser aufgeheizten, tobenden Arena namens Information Fuss zu fassen. Neben meiner Pressearbeit studierte ich an der Universität englische Literatur. Ich erinnere mich noch an meinen ersten Job bei einer ziemlich merkwürdigen Zeitung, den ich allerdings schon nach einem knappen Monat kündigte. Kemal spöttelte über meine Naivität, als ich ihm von dieser Anstellung berichtete. Es handelte sich um eine Zeitung, die nach dem Druck ins Archiv wanderte, in Beirut wurde sie überhaupt nicht verkauft. Wie ich später erfuhr, liess der Inhaber das Blatt exklusiv für irakische Botschaften überall auf der Welt drucken. Bei unserer ersten Begegnung erklärte er mir, er benötige eine professionelle Journalistin. Ich gestand, dass ich bisher nur ein paar Monate bei der Presse in Damaskus gearbeitet hatte. »Macht nichts!«, war seine Antwort. Er werde eine Zeitlang verreisen, sagte er, und dann beauftragte er mich, während seiner Abwesenheit das Büro aufzuräumen, die Bücher und Dossiers neu in die Regale und Holzcontainer einzustellen und zu archivieren. Er übergab mir die Schlüssel für den Schrank und die Schubfächer und reiste ab. Ich ging in sein Büro und versuchte, Ordnung zu schaffen. Nachdem ich sämtliche Bücher in den Regalen sortiert hatte, begann ich die Kästen aufzuschliessen. Ich erwartete, alte Exemplare der Zeitung zu sehen, vielleicht auch Protokolle von Besprechungen oder unveröffentlichte Artikel. Doch was ich vorfand, waren ganze Stapel des *Playboy,* ausserdem Pornoliteratur und Schmuddelfotos des Zeitungsbesitzers bei seinen Tête-à-Têtes mit verschiedenen Frauen.

Wieso verlangt er von mir, sein persönliches Archiv zu ordnen?, fragte ich mich. Ich habe mich um eine Arbeit als Journalistin und nicht als Privatsekretärin beworben. Sollte das etwa eine Einladung in seine Intimsphäre sein? Aber was für Probleme könnten sich daraus entwickeln! Ich beschloss, den Job schnellstens und ohne viel Aufheben zu beenden, mir würde schon ein Grund einfallen, irgendein Vorwand, um zu kündigen. Ich legte alles an seinen Platz zurück, doch bevor ich das Büro abschloss, schnappte ich mir ein Poster, das ich zusammengerollt in einer Papphülse im Schrank entdeckt hatte: ein Schwarzweissfoto des russischen Weltraumpioniers Juri Gagarin. Ich hatte überhaupt kein schlechtes Gewissen, als ich es mitnahm. Im Gegenteil, ich war überzeugt, eine gute Tat zu vollbringen. Ich würde Gagarin vom übelsten Ort retten, an den er nur geraten konnte. Vielleicht war der Diebstahl des Gagarin-Posters sogar das Beste, was ich während meines ersten Jahres in Beirut leistete, denn die Sache war damit nicht erledigt, das kleine Delikt hatte Folgen. Es veranlasste mich zu ausgedehnten Recherchen und Nachforschungen über das Leben des Kosmonauten, dessen tödlicher Unfall 1968 die Welt erschüttert hatte. Unermüdlich sammelte ich alle Publikationen über sein Leben und seinen Tod. Kemal lachte, er sagte, ich sei ja eine echte Expertin für diesen Mann, der mit seinem Lächeln da Vincis *Mona Lisa* auf die Plätze verwiesen habe. Aber trotz dieses Lächelns spürte ich jedes Mal, wenn ich etwas über Gagarin las, wie sich seine leise Melancholie auf mich übertrug. Sicher war es kein Zufall, notierte ich, dass kaum zwei Monate später die 68er Studentenrevolte ausbrach. In gewisser Weise war sie auch ein Protest gegen den Krieg und den gewaltsamen Tod junger Menschen überall auf der Welt, ja gegen das Morden mit all seinen Facetten und Symbolen.

*

Eine Anstellung, bei der BBC! Ich kam mir vor wie ein kleines Mädchen, das anfängt zu laufen. Ich musste so vieles lernen. Aber auch Hanâs Geschichte musste ich weiterschreiben. Ich war mir völlig darüber im Klaren, dass ich mit der Veröffentlichung warten sollte. Ich hatte Angst. Ich habe immer noch Angst. Womöglich führen sie irgendetwas im Schilde, um mich zum Schweigen zu bringen.

*

Nachdem ich über Hanâ geschrieben hatte, überkam mich ein Gefühl der Hoffnungslosigkeit. Welchen Sinn hat es, vom Sterben junger Menschen zu berichten? Inzwischen habe ich erkannt, dass alles Schreiben mit Verzweiflung beginnt. Verzweiflung ist der Kompass des Schreibens. Und nur in solchen Momenten weiss ich: Die blaue Stunde ist angebrochen, die Wörter warten darauf, ans Licht geholt zu werden.

*

Den ganzen Tag hat es geregnet. Heute bin ich nicht aus dem Haus gegangen. Im Traum hörte ich das Trommeln des Regens in Rummâna. Mit ihm kam die Erinnerung an meine Ferien bei Teta Schahani. Wie ich an Festtagen frühmorgens in der Kälte zu ihr ins Zimmer lief, wie ich in ihr Bett schlüpfte und weiterschlief. Ich weiss nicht, wie viele Stunden ich dort blieb. Der Regen hier ist anders. Er riecht nicht nach Erde, er verteilt nur die Abgase der Autos und den Gestank von fauligem Gemüse auf den im Freien zurückgelassenen Karren.

März 1977

Mein alter Freund Suhail, mit dem ich während der Studienzeit an der Universität Damaskus eine Affäre hatte, war aus Syrien in den Libanon geschlüpft. Es dauerte Wochen, bis er Mittel und Wege fand, seinen Reisepass wiederzubekommen, den der syrische Geheimdienst bei seiner Verhaftung konfisziert hatte. Einige Monate war er inhaftiert gewesen. Seine Familie hatte viel Geld bezahlen müssen, um ihn aus dem Gefängnis zu holen.

Eine Woche wohnte er bei mir in Beirut, er schlief auf der Couch im Arbeitszimmer. Die meiste Zeit verbrachten wir mit endlosen Diskussionen. Er warf mir vor, ich sei einfach hierher abgehauen, um meine eigene Haut zu retten, die anderen seien mir egal gewesen.

Ich erinnere mich noch, wie er mich anrief und fragte, ob er mir von unterwegs etwas mitbringen solle. Ich sagte, dass ich nichts brauchte, und sowieso sei ich am Nachmittag nicht zu Hause. Ich wolle mich mit einer Freundin treffen, die mich zu meinem Geburtstag auf ein Gläschen in die Hamrastrasse eingeladen habe. Er meinte, da könne er sich doch anschliessen.

Wenig später kam er wirklich. Das Café war fast voll. Suhail erzählte meiner Freundin gerade, dass er beabsichtige, demnächst nach Schweden zu gehen, als er auf zwei Gäste am Nachbartisch aufmerksam wurde. Mit dröhnender Stimme, den alkoholschweren Kopf auf die Hand gestützt, sagte der eine zu seinem Gegenüber: »Seit zwei Jahren ist der 8. März nun Internationaler Frauentag, und die Thatcher ist Vorsitzende ihrer Partei geworden. Eine Katastrophe für uns! Unsere Kriege begannen und wollen seitdem nicht mehr enden.«

»Was hat denn das miteinander zu tun?«, fragte sein Begleiter. »Das versteh ich nicht.«

»Alles hängt mit allem zusammen«, antwortete der Erste. Auf seinem Stuhl hin- und herschwankend, fuhr er fort: »Nehmen wir nur mal das Jahr 1975, von vorne bis hinten ein Unglücksjahr. Es ging gleich los mit dem Tod von Umm Kulthûm. Welch ein Verlust! Diese wunderbare Stimme, nun liegt sie unter der Erde.«

Suhail war verstummt, mit unverhohlenem Interesse lauschte er dem Gespräch der beiden Männer. »Wahrhaftig, er hat recht«, sagte er schliesslich. »Bloss eines kapiere ich nicht bei den Libanesen: Wie können sie beim Saufen an den Krieg denken und obendrein noch an Margaret Thatcher!«

Als wir gegen Abend die Rechnung verlangten, sagte der Kellner: »Schon bezahlt«, und wies mit der Hand auf einen Gast in der Ecke hinter uns. Ich drehte mich um – es war Hâni, ein Kollege aus meinem Büro, der zufällig auch im Café sass. Er wusste, dass ich Geburtstag hatte, und wollte mir die Flasche Wein auf unserem Tisch spendieren. Er stand auf, kam zu uns herüber und gratulierte mir herzlich. Danach stellte er sich meiner Freundin und anschliessend Suhail vor. Dieser aber vergrub die Hände in den Taschen seiner Jeans und wandte sich mit hochrotem Gesicht demonstrativ von ihm ab. War mir das peinlich! Ich bedankte mich bei Hâni für seine nette Geste, und eilig verliessen wir das Café. Draussen verabschiedete ich mich von meiner Freundin, die zu Fuss in ihre nahe gelegene Wohnung ging. Suhail und ich suchten uns ein Taxi nach Hause.

Als ich ihn fragte, warum er sich Hâni nicht auch vorgestellt und ihm zur Begrüssung die Hand gereicht habe, gab er mir keine Antwort. Zornig funkelte er mich an. Dann sagte er, am liebsten wäre er geradewegs aus dem Café gerannt, als uns der Kellner mitteilte, Hâni habe bereits bezahlt. Ich hätte wohl keine Achtung vor ihm!, setzte er hinzu. Und was sich Hâni da geleistet habe, sei ein Affront gegen ihn als Mann. Kein Anstand und kein Taktgefühl. Wie konnte er die Rechnung begleichen, wenn ich von einem anderen Mann begleitet wurde!

Wir stiegen in ein Linientaxi, das in die Nähe meiner Wohnung fuhr. Unterwegs wurden wir an einem Checkpoint angehalten. Ein syrischer Sicherheitsposten verlangte die Fahrzeugpapiere und die Ausweise. Suhail wurde unruhig, angstvoll starrte er mich an. Der Zorn in seinen Augen erlosch, und ich spürte, wie er sich an mich schmiegte, als wäre ich seine Mama, als wollte er sich verkriechen, am besten unter meinen Rock. »Keine Bange«, flüsterte ich ihm zu. Ich holte meinen Presseausweis heraus und erklärte dem Posten, wir seien Journalisten. Er fragte nicht weiter nach Suhails Papieren und liess uns durch. Der Krieg war erst im Anfangsstadium, der syrische Geheimdienst hatte noch nicht damit begonnen, oppositionelle Journalisten auszuschalten. Als ich nach Suhail schaute, sah ich, dass er tief aufseufzte, sein hochrotes Gesicht wurde wieder blass.

In diesem Moment fand ich ihn abstossend. Sein Machogehabe war mir verhasst. »Wo ist denn dein Zorn geblieben, dein Mannesstolz?«, spöttelte ich. »Hast sie wohl beide im Café gelassen, um es meinem friedlichen Kollegen, der nur nett zu mir sein wollte, mal richtig zu zeigen? Wozu das alles?«

Er warf den Kopf zurück. Ich solle aufhören, so zu reden. Meine Sticheleien ärgerten ihn, und er schwieg verbissen.

Während der Taxifahrt fielen mir die Worte des Gastes im Café wieder ein: »Alles hängt mit allem zusammen.« Ein solcher Satz wird in Beirut nicht nur so dahingesagt, nicht ohne tieferen Sinn. Er beschreibt die Realität. Die Wirklichkeit einer Verknüpfung von Politik und Alltag, Denken und Verhalten. Einer Verbindung von Leben und Tod, jeden Augenblick.

An jenem Abend bereitete ich trotz meiner Verstimmung ein Essen zu: Salat und gegrillte Hähnchenstreifen mit Kartoffelpüree. Suhail ass schweigend, dann setzte er sich vor den Fernseher, während ich die leeren Teller in die Küche trug. Ich fand, dass diese Szene – eine Frau, die das Abendessen kocht und hinterher den Tisch abräumt, derweil der Mann fernsieht – nichts, gar nichts mit meinem Leben zu tun hatte. Und obwohl ich mich über unser Wiedersehen freute und Suhail auch gern bei seinem Neustart im Ausland helfen wollte, war mir klar, dass wir konträre, unvereinbare Positionen vertraten. Ich hatte zuerst überlegt, ob ich ihm von Kemal und unserer Beziehung erzählen sollte, doch nach dem Vorfall im Café konnte ich keinen echten Freund mehr in ihm sehen.

Als ich die Teller spülte, pirschte er sich heran und versuchte unsere längst verflossene Liebesgeschichte aufzufrischen. Er wollte mich küssen, legte die Hand auf meine Brust, als wären die Jahre seit unserer Trennung für ihn bedeutungslos, als glaubte er, ein rückwirkendes Recht auf meinen Körper und meine Gefühle zu besitzen. Sicherlich hatten die Geschehnisse im Café und danach im Taxi sein

Selbstvertrauen angekratzt, und nun wollte er es durch unsere gemeinsamen sexuellen Erinnerungen reparieren. In diesem Moment fragte ich mich, wie ich ihn früher einmal lieben konnte. Das Gesicht abgewandt, schob ich seine Hand ruhig beiseite.

»Willkommen in meiner Wohnung. Du bist hier Gast, also verhalte dich entsprechend!«, sagte ich unwirsch. »Und noch etwas: Du glaubst wohl, ich wäre scharf auf dich, nachdem du dich im Café derart aufgeführt hast? Deine Reaktion auf Hânis Geste war peinlich, und ich habe mich missachtet gefühlt. Er wollte nur nett zu mir sein, weil ich Geburtstag hatte! Das war einzig und allein meine Sache, du hattest nichts damit zu schaffen. Wieso mischst du dich in etwas ein, was dich überhaupt nichts angeht? Bloss weil du ein Mann bist? Ausserdem – wie du dich hier benimmst … eine ganze Woche, und du bringst nicht mal deinen Teller in die Küche!«

»Deine fixen Ideen von Frauenrechten und Gleichstellung mit dem Mann vernebeln dir noch den Verstand!«, erwiderte Suhail. »Wenn du dabei bleibst, findest du keinen mehr, der dich küssen oder seine Hand auf deine Brust legen möchte. Seit du aus Syrien weg bist, hast du dich auch von den politischen Kernthemen entfernt, und die dürften wohl wichtiger sein als sämtliche Frauenanliegen.«

»So ein Unsinn!«, fuhr ich ihn an. »Ich kann nicht sehen, dass irgendwas auf der Welt gerecht und humanistisch zugeht, wenn es nicht, und zwar aufs engste, mit der Frauenfrage verknüpft ist. Aber was soll's, anscheinend ist eh alles zu spät. Ausser ein paar Erinnerungen gibt es nichts mehr, was uns verbindet.«

Ich war so wütend! Suhail starrte mich an wie ein Wesen von einem anderen Stern. Ich liess ihn in der Küche stehen und stürmte in mein Zimmer, um mich zu beruhigen.

*

Als ich aufwachte, war Suhail nicht mehr in der Wohnung. Wahrscheinlich war er früh weggegangen. Das leere Kaffeekännchen und eine Tasse standen auf dem Küchentisch. Im Arbeitszimmer lag die zerknüllte Decke mit dem Kopfkissen auf der ausgezogenen Couch. Weder fand ich seinen Koffer im Zimmer noch seine Utensilien im Bad.

April 1977

Gestern hat Sabah bei mir übernachtet. Der Beschuss begann gerade, ich machte mir Sorgen um sie und wollte sie nicht heimgehen lassen. Als das Bombardement in der Nacht von neuem einsetzte, sprang sie von der Couch auf und kam zu mir herübergerannt. Sie legte sich neben mich ins Bett, konnte aber nicht wieder einschlafen. Plötzlich musste sie lachen. Sie erzählte mir von einer Frau aus der zweiten Etage bei sich in al-Chandak al-Ghamîk. Sie habe sich geweigert, ihre Unterwäsche auszuziehen, als sie mit ihrem Mann im Bett lag, sie befürchtete nämlich, die Schiesserei könnte losgehen, und dann hätte sie womöglich keine Zeit mehr, sich richtig anzukleiden, bevor sie Hals über Kopf in den Luftschutzkeller laufen müssten.

Sabah ist ihr Erdgeschoss gewöhnt, dort fühlt sie sich sicher. Meine Wohnung im obersten Stockwerk macht ihr Angst. Manchmal kommt sie mir schon ein bisschen verrückt vor. Ich frage mich, woher sie tagsüber trotz ihrer permanenten Anspannung immer noch diesen Elan nimmt.

»Aaaach ...«, sagt Sabah und zieht es in die Länge, in einem besonderen Tonfall, der andeutet, dass sie die Hoffnung nicht ganz und gar verloren hat, und sie fügt hinzu: »Gäb's eine Bank, die für Traurigkeit Zinsen zahlt, dann wäre ich der reichste Mensch!«

Seit sie mir im Haushalt hilft, erzählt sie mir ab und zu eine kleine Episode von ihrem Leben in Mardin. Sie war blutjung, als sie wegging, aber sie hat nichts vergessen. Es ist, als führte sie zwei parallele Leben, eines hier in Beirut und das andere dort in Mardin.

Das einzige Mal, dass ich Sabah so übermütig und glücklich sah, wie es einem Menschen nur selten beschieden ist, war an dem Abend, nachdem Kemal und ich unsere Eheschliessung in der türkischen Botschaft registriert hatten. Ein paar wenige enge Freunde waren zum Feiern in meine Wohnung gekommen.

Sabah flitzte hin und her, und jedes Mal füllte sie sich ein Glas mit Arrak. Irgendwann begann sie mitten im Wohnzimmer zu tanzen, sie drehte und drehte sich wie ein Derwisch. Plötzlich stoppte sie vor dem Gagarin-Poster, das ich an die Wand gepinnt hatte. Sie betrachtete ihn aufmerksam, dann sagte sie wie zu sich selbst: »Hier auf Erden sind mein Himmel und meine Hölle, einen anderen Platz als diesen habe ich nicht, und muss ich doch mal abtreten, so würde ich um ein Sommerhäuschen in der Hölle bitten. Das wäre echt mein Traum!«

An jenem Abend kam zufällig ihre Tante Fevziye vorbei. Als sie sah, wie Sabah im Wohnzimmer tanzte, schlug sie sich entsetzt die Wangen. »Das Weib ist übergeschnappt!«, rief sie. »Beim Allmächtigen, meine Nichte ist verrückt geworden!«

Sabah torkelte auf sie zu, sie konnte sich kaum auf den Beinen halten, packte Fevziye mit beiden Händen an ihrer hochgeschlossenen Bluse und zog die Kragenzipfel zusammen. »Du solltest dich was schämen, Tante«, spottete sie. »Ja, schäm dich … hier sind doch Männer anwesend … also ich an deiner Stelle würde schleunigst wieder nach Hause gehen!«

Während Fevziye zur Statue erstarrte, fassungslos darüber, was ihre Nichte gesagt und getan hatte, machte Sabah kehrt und ging mit wiegenden Schritten, im Rhythmus ihrer Worte, zurück zu Juri Gagarins Bild. »Das Paradies ist hier … das Paradies ist hier … ach, wäre es nur hier.«

Fevziye konnte Sabahs Benehmen nicht länger ertragen. Mit einem Ruck raffte sie sich auf und rannte eilig hinaus, die Treppe hinunter, sie schloss nicht einmal die Wohnungstür hinter sich.

Einige Tage darauf rief Sabahs Bruder Muhiddin mitten in der Nacht aus Mardin bei ihr an und riss sie aus dem Schlaf. Er sagte, Tante Fevziye habe dem Vater mitgeteilt, seine Tochter hätte getanzt und Alkohol getrunken. Nach diesem Telefonat mit seiner Schwester sei der Vater sofort krank geworden und habe sich ins Bett legen müssen.

»Krank ist er?«, sagte Sabah aufgebracht zu mir. »Von mir aus kann er sterben, sollen die Würmer an ihm nagen, geradeso wie Kummer und Angst mein Herz zernagt haben! Bloss weil ich mal getanzt habe, ist er gleich krank? Damals wurde er doch auch nicht krank, als er mich mit vierzehn Jahren verkuppelte, als mein Mann verschleppt wurde, als ich zuletzt keinen müden Piaster mehr hatte, weil nämlich mein ganzes Geld verschleudert war – eine Hälfte an die ›anständigen Jungs‹, diese Räuber, die mir versprochen hatten, meinen Mann zurückzubringen, und die andere an ihn selbst, der mit meinem Ersparten eine Wohnung für meinen Bruder gekauft hat!«

*

Dem Chefredakteur gefiel meine Idee, einmal Städte am Mittelmeer vorzustellen. So ist es gekommen, dass ich Kemal in Istanbul kennenlernte. Ich sollte über diese legendäre Stadt schreiben, und Kemal war es, der sie mir zeigte. Gegen Abend schlug ich vor, gemeinsam auf der asiatischen Seite essen zu gehen. Dort erzählte mir Kemal von einer abgelegenen Insel, weit entfernt von Istanbul, den Touristen noch unbekannt und auch sonst nicht überlaufen. Den ganzen Abend über wusste ich, dass seine Geschichten von dieser Insel ein Verführungstrick waren, mit dem er mich faszinieren wollte. Aber obwohl ich bezweifelte, dass diese Insel wirklich existierte, war ich nur zu gern bereit, ihm in die Falle zu gehen.

Am späten Abend wollten wir uns verabschieden. Ein Freund von Kemal namens Timur, der zu uns gestossen war, fuhr mit uns im Auto zurück zu meinem Hotel in der İstiklalstrasse. Kemal hielt an, um mich aussteigen zu lassen, als sein Freund plötzlich den Vorschlag machte, noch irgendwo zusammen ein Gläschen zu trinken. »Nein, es wird nichts mehr getrunken«, wehrte Kemal ab. »Jetzt geht's nach Hause, unsere Frauen warten schon.«

Was für ein Grobian, dachte ich, keine Manieren. Doch bestimmt war ich nur eifersüchtig. Neidisch auf eine Frau, zu der ein Mann heimeilt, wenn es Abend wird. Und nicht irgendeiner, sondern dieser eine!

Ich entfernte mich vom Auto, langsam, sehr langsam. Mit zitternden Händen kramte ich in den Tiefen meiner Tasche nach dem Hotelschlüssel. Es war gar nicht so einfach, ihn zu finden.

Vor meinem zweiten Istanbul-Besuch hatten wir uns einige Briefe geschrieben, und eine feste, tiefe Freundschaft war zwischen uns entstanden. Er holte mich vom Flughafen ab, auf dem Weg zum Hotel sass ich neben ihm in seinem Fiat. Ohne etwas zu sagen, liess er den Motor an. Das Auto fuhr los, und auch ich sagte nichts. Still gedachten wir all der Worte, die wir in langen Briefen miteinander gewechselt hatten. Unsere Rückbesinnung war wie Heimkehr zu einer Liebe, die in uns schlummerte. Knisternde Spannung lag über dem beengten Raum. Durch den Fensterspalt fächelte vertraulich ein Luftzug in unsere Schweigsamkeit.

»Das wird ein langer Tag«, brach Kemal schliesslich das Schweigen. Und er fügte hinzu: »Für Istanbul braucht es Wochen, eine einzige reicht niemals. Dir bleibt wohl nichts weiter übrig, als das Hotel zu verlassen und bei mir zu wohnen.«

*

Es gibt noch eine andere Erinnerung an Istanbul, keine selbsterlebte, keine auf eigener Erfahrung beruhende. Das Gedächtnis von Annalen, die Istanbul nicht gerade unter der Rubrik »Freund« verzeichnen. Ein Gedächtnis, das brüllende osmanische oder türkische Heerhaufen assoziiert und darüber vergisst, dass auch ein Nâzım Hikmet und ein Yaşar Kemal in dieser Sprache geschrieben haben. Eine Erinnerung jedenfalls, die für heisse Diskussionen zwischen Kemal und mir sorgte. Während dieser Tage, die ich in Istanbul verbrachte, lernte ich die Stadt mit neuen Augen zu sehen. Aber es ist nicht leicht, Geschichte aufzuarbeiten und dabei eine ungewohnte, noch ungeschriebene heraufzuholen. Das freilich wäre eine Rückbesinnung, die zugleich alternative Lesarten einer Beziehung, eines Gedenkens, ja einer ganzen Stadt eröffnen würde.

Ob die Historiographen vor ihren Aufzeichnungen durch Istanbuls Strassen gelaufen waren? Nur so entsteht jene einzigartige Verbundenheit mit einer Stadt, bei der man die Geschichte wie durch zahllose, unendlich viele Tore betritt. Also machte ich mich auf den Weg, um einen Zusammenhang aufzuspüren, eine Verknüpfung zwischen meiner Gegenwart und meiner Vergangenheit, zwischen meinen geographischen Welten und Istanbul. Das Haus meiner Erinnerung wollte ich aufräumen, auch das meines kollektiven Gedächtnisses.

Zwischen Damaskus, Beirut und Istanbul besteht eine geheime Affinität. Eine gemeinsame Geschichte der Kultur und Mentalität, des Erzählens, des Reisens. Es sind Städte des Pluralismus und zivilisatorischer Vielfalt. Wie könnte es ein Geschichtsbuch über Beirut oder Damaskus geben ohne den Bezug zu Istanbul?

Während ich weiterging, suchte ich nach Anzeichen für dieses Band zwischen den Mittelmeerstädten, nach Ähnlichkeiten in der Ausübung von Gewalt, im Rhythmus des Lebens. Sind die Bewohner dieser Stadt ebensolcher Willkür ausgesetzt wie bei uns?

In den Gesichtern forschte ich nach Antworten auf meine Fragen, denn die Gewalt begann hier, auf der Strasse. Sicher lebten diese Menschen in ähnlicher Sorge wie bei uns in Beirut, unter dem gleichen Druck wie in Damaskus. Das sagte ich Kemal bei unserem Ausflug zu den Mauern des alten Konstantinopel und einem anschliessenden Spaziergang am Ufer des Bosporus. Er erzählte mir von einer apokalyptischen Vorstellung, die fest in den Köpfen der Istanbuler verankert sei: Eines Tages werde ein verheerendes Erdbeben über sie kommen, mindestens Stärke acht, und die Zahl der Opfer werde in die Hunderttausende gehen. Nach Aussage der Seismologen gebe es in Istanbul zwei Verwerfungen. »Legenden aus Angst und Ungewissheit«, merkte ich an, als Kemal mit der Hand hinaus aufs Meer wies, wo die Lichter der Stadt und ihrer sanften Anhöhen auf dem Wasser schimmerten. Die eine Bruchlinie verlaufe durch das Marmarameer vor den Mauern Konstantinopels und eine andere entlang der Prinzeninseln. Die Menschen erwarteten das grosse Beben in den nächsten fünfzig Jahren.

Während ich Kemal zuhörte, dachte ich an Damaskus, wo ich geboren wurde, und an Beirut, meine zweite Stadt. In Beirut erleben sie schon die Apokalypse, und hier in Istanbul ist man darauf gefasst, nur in Damaskus wiegt man sich in trügerischer Sicherheit. In Beirut hoffen die Menschen auf das Ende der Apokalypse, in Istanbul sehen sie ihr mit Schrecken entgegen. In Beirut wie in Istanbul sind alle im Wartemodus, und in Damaskus wird es auch bald so weit sein. Allerorten herrscht Angst.

Ab und zu blickte ich zu ihm auf und beobachtete, wie sich die Farbe seiner Augen mit der Bewegung der Erde um die Sonne veränderte. Lächelnd, mit einer liebevollen Geste, neigte er sich zu mir, berührte dann sanft meinen Arm und sagte mit leiser, warmer Stimme: »Nûra ... alle deine Fragen klingen so besorgt. Ich verstehe das, aber überlassen wir es der Zeit ... kommt Zeit, kommt Rat.« Plötzlich fragte er: »Kannst du deinen Aufenthalt nicht um eine Woche verlängern?«

»Ich weiss nicht, mal sehen«, antwortete ich, noch über seine Worte nachsinnend. Gerade ein paar Monate kannte ich diesen Mann, und doch konnte ich mir einen gemeinsamen Weg mit ihm vorstellen. Zärtlichkeit überströmte mich, als ich da neben ihm stand. Zärtlichkeit für ihn, für diesen Himmel, den alle miteinander teilen, trotz ihrer Gewalt, und auch für dieses Meer, das die Geheimnisse der Erde schluckt. So voller Wärme war mein Herz. Und mein Innerstes jauchzte, als wir einen Kuss tauschten, flüchtig, sekundenlang – er fasste mein ganzes Leben zusammen. Unvermittelt fiel mir Schahani ein, beinahe musste ich lachen. Ich sagte ihm, sein Satz »kommt Zeit, kommt Rat« habe mich an meine Teta erinnert. Bei allen Unterschieden seien sie sich irgendwie ähnlich. Er erschien mir nomadisch und kosmopolitisch: Eigenschaften, die er durch seine flexible Persönlichkeit zur Koexistenz in einem einzigen Individuum zu bringen vermochte. Ich erzählte ihm von Schahani, von ihrer Herkunft, ihrer Kindheit und ihrem Umzug auf den Berg, von ihrem Unterricht an der dortigen Grundschule und ihrer Heirat mit meinem Grossvater. Ganz deutlich spürte ich: Wäre es ihm vergönnt gewesen, sie kennenzulernen, hätte er vieles, wonach er suchte, bei ihr gefunden. Jene Weisheit vielleicht, die ohne Verlust der ursprünglichen, echten Gefühle heranreift und das Leben zur fortwährenden Faszination werden lässt. Auch der Reichtum ihrer miteinander verflochtenen Kulturen wäre ihm bewusst geworden. Sie wären Freunde gewesen.

Als ich in diese Stadt reiste, hatte ich im Gepäck nur eine vage, schwankende, konstruierte Vorstellung von einer Beziehung. Ein Bild aus blasser Erinnerung, mir vererbt von Schahani, meiner Grossmutter armenischer Abstammung. Doch schon im Moment der Ankunft und später bei meiner Wanderung durch die Strassen wurde mir klar, wohin die Reise führte: zu einer revidierten Sicht auf meine Geschichte, die Geschichte meiner Teta, die Geschichte der Menschen – auf unsere gemeinsame Vergangenheit.

All dies wäre nicht geschehen ohne Kemals Gegenwart. Erst durch ihn bekamen meine Zweifel an der Überlieferung Kraft und Sinn.

*

Was für ein heisser Frühling. Vier Tage schon ohne Strom, ohne Wasser. Brennende Hitze und massiver Beschuss bis ins Viertel hinein. Beirut, das ich in einem Artikel »die schlaflose Stadt« nannte, heisse von nun an »Todes Nachbarin«.

Sabah verlässt ihre Wohnung nie für längere Zeit. Sie sagt, die Kämpfer würden sich sofort einnisten. Lieber pendelt sie zwischen ihrer und Ibrahîms Wohnung, der seit kurzem Witwer ist. Als wäre es nicht genug, dass eine Frau um ihren verschleppten Ehemann bangt. Nur um das Dach über dem Kopf nicht zu verlieren, muss auch sie sich Tag für Tag tödlicher Gefahr aussetzen. So harrt sie aus, und sie pflegt ihren kleinen Garten in al-Chandak al-Ghamîk, egal wie viele Granaten ringsumher einschlagen.

»Wohin soll ich denn gehen?«, fragte sie mich. »Hier bleibe ich, hier sterbe ich.«

Sie fürchtet, ihr Mann könnte sie bei seiner Heimkehr nicht finden, wenn sie es wie die anderen Mieter machte, die alle weggezogen sind, nicht einer hatte durchgehalten. Ich beobachtete sie, während sie am Regal in meinem Wohnzimmer stand. Sie nahm ein Buch heraus und schlug es auf. Langsam begann sie die Wörter zu buchstabieren. In diesem Moment spürte ich, dass sie es in ihrem tiefsten Innern wusste: Ihr Mann würde niemals zurückkehren. Dieses Wissen als eine Tatsache und Realität zu akzeptieren fällt ihr schwer. Es würde sie nur noch mehr bekümmern und verstören. Sich einzugestehen, dass er nie wiederkam, das wäre ja, als würde er zum zweiten Mal sterben. Sie will sich ohne Schmerz mit ihrer Einsamkeit abfinden. Nach Mardin möchte sie nicht zurück, auch kein anderes Viertel in Beirut suchen, das sicherer wäre. Sie hängt an diesem Ort, dem Zeugen zweier Welten, zweier Regionen, zweier Erinnerungen, zweier Zeiten. Hier will sie bleiben, als Wächterin eines Ortes, der selbst Peripherie ist. Die Peripherie des Nirgendwo.

Sabah fasziniert mich. Es ist nicht die Art Faszination, wie sie durch besondere Bildung oder Kreativität ausgelöst wird, durch Menschen, die etwas Aussergewöhnliches darstellen. Ich finde sie einfach hinreissend, so wie sie ist, mit dieser zutiefst menschlichen Mischung aus Weisheit und Wahnsinn, Arglosigkeit und sechstem Sinn, mitsamt ihrer Lebenslust und ihrer Trauer. All das erscheint mir wie Teilchen eines zeitlosen Mosaiks. Sie ist, wie sie ist. Sie gibt mir Kraft, und ich wünsche mir, ihr nahe zu sein.

*

Vor einigen Monaten wurde Kamâl Dschumblât* getötet ... Das war nicht bloss Totschlag. Es war ein gezielter Mord, der dem ganzen Libanon den Todesstoss versetzen sollte. Am schrecklichsten ist dieses Schweigen. Ein fürchterliches Stillschweigen, hier in Beirut, dort in Damaskus.

Vorigen Herbst hatte es bereits ein versuchtes Attentat auf Raymond Eddé** gegeben. Alle Welt weiss, wer dahintersteckte. Freilich war es nicht geglückt. Raymond Eddé verliess seine geliebte Stadt und emigrierte.

In Beirut bleiben heisst für uns, täglich an der Schwelle des Todes zu stehen. Auszuharren zwischen dem Siechtum einer Stadt und ihrem unabänderlichen Exitus. Nur die Wahl zu haben zwischen einem x-beliebigen Ende und dem Dahinvegetieren ohne Herzschlag. Wir müssen uns entscheiden, ob wir mit entstelltem Antlitz leben wollen oder ganz ohne Gesicht.

*

* Geb. 1917. Libanesischer Politiker, Gründer der Progressiven Sozialistischen Partei. Am 16. März 1977 fiel er einem Attentat zum Opfer.

** Geb. 1913. Libanesischer Politiker, Führer der Partei Nationaler Block. 1976 verliess er den Libanon und lebte bis zu seinem Tod 2000 in Paris.

In ihrem Abschiedsbrief schrieb Hanâ, dass keiner von uns etwas von ihrer Affäre mit Schauki gemerkt habe. Dabei hatte er sich ständig in unserer Damaszener Wohnung aufgehalten. Er spielte Backgammon mit Vater, der darüber ganz glücklich war, und zwischendurch schaute er nach seinem Dienstwagen, in dem der Fahrer oft stundenlang vor dem alten Haus auf unseren Gast wartete. Er ass mit uns, er trank mit uns, und bald fand es Vaters Frau nicht mehr verwunderlich, dass er auch erschien, wenn ihr Mann nicht daheim war. Nach und nach wurde er zu einem Familienmitglied, und niemand nahm Notiz, als wir ihn irgendwann wie einen von uns mit Wangenküsschen begrüssten. Nach Vaters Entlassung aus dem Gefängnis half er ihm, seine Akten zu bereinigen, und verschaffte ihm eine Stelle als Verwaltungsleiter bei der Postzentrale. Wenn wir alle ausser Haus waren – ich an der Uni, mein Bruder in der Schule, Vaters Frau zu einem Besuch und er selbst auf Arbeit –, kam Schauki und ging geradewegs in Hanâs Zimmer. Sie erwartete ihn schon. Sofort warf er sich auf sie, schob eine Hand zwischen ihre Zähne, und sie biss zu, wenn ihre Lust den Höhepunkt erreichte. Sie habe nichts befürchtet, schrieb sie. Herbeigesehnt habe sie ihn.

Ihr Verstand habe sich gesträubt gegen diese Beziehung, fuhr sie fort, und es sei ihr unerträglich gewesen, wie er mit Vater über Politik diskutierte. Aber all das hatte sie nicht gehindert, sich weiter mit ihm einzulassen. Eine Liebschaft nannte sie es. Eine Liebelei, von der sie wusste, dass sie eines Tages enden würde. Nur mit den Folgen hatte sie nicht gerechnet und dass eine Schwangerschaft alles ändern würde. Plötzlich wurde ihr die Gefahr bewusst. Ihre heimliche Affähe drohte öffentlich, die leichtfertige Laune beklemmende Wirklichkeit zu werden.

Sie zog es vor, der Familie den Fluch ihrer Hinrichtung zu ersparen, sie wollte es allein tun. Mit schlichten Worten schrieb sie, Selbstmord verlange Mut, den freilich nicht jeder besitze.

Mag sein, dachte ich, als ich ihren Brief wieder las, doch der Suizid erfordert nicht so viel Mut wie die Hoffnung.

*

Zur Hoffnung braucht es Mut, das ist wahr. Aber noch mehr Mut braucht es, in Beirut zu bleiben.

Anderen gegenüberzutreten, sie zu befragen ist leicht. Schwierig wird es erst, wenn du dich selbst befragen, dir selbst gegenübertreten musst. Dann gibt es keine Masken mehr, dann gibt es gar nichts mehr. Nur noch deine nackte Haut und deine Augen!

Diese Stadt entblösst den Einzelnen. Sie erlaubt ihm, versehentlich vielleicht, ein Individuum zu sein, obwohl er in einem Meer paddelt, wo sonst nur Konfessionen unter der Tarnflagge von Parteien oder Familienclans kreuzen. Beirut ist so verschiedenartig, so widersprüchlich und kontrovers, multikulturell und sozial vielfältig, dass es alles sein kann, für alle Menschen. Manchmal verleugnet es sich. Doch zugleich bleibt es sich immer treu. In Beirut begegnet man sich selbst, unausweichlich.

Diese Stadt ist das Herz des Lebens, und sie tanzt auf ihren Wunden. Trotz allem habe ich nie zuvor eine solche Freiheit gespürt wie hier. Freiheit der Bewegung und des

Ganges, Freiheit, die mir ein Gefühl nie gekannter Leichtigkeit vermittelt. In Beirut ist Raum für alle. Auch für mich ist Platz, zum Tanz auf meinen Wunden.

*

Ein Gefühl der Einsamkeit. Keine Post von Kemal. Meine Arbeitskollegen sind fast alle in den Urlaub gefahren. Ich hocke hier allein, in Beirut, das einer endlosen Explosion zutreibt.

*

Die Einsamkeit schmeckt anders, wenn ich in Beirut durch den Regen spaziere. Mag er mich durchnässen, mein Haar, meine Handtasche, meine Kleidung ... Ich laufe los, ich renne, nicht auf der Flucht vor den Granaten, sondern vor Freude über die Regentropfen. Und auf einmal höre ich mich singen wie ein Vögelchen. Ich muss wohl verliebt sein.

*

Anstatt meinen Artikel fertigzustellen, beobachtete ich Kemal, der am Tisch sass und seine politische Kolumne verfasste. Er schrieb mit der Hand, dicht an dicht drängten sich die Wörter. Das ist Methode, dachte ich. Er will sichergehen, dass ihm die Sätze nicht davonfliegen, dass seine widerstreitenden Gedanken geordnet aufs Papier finden und langsam aufatmen können. Nur so schaffen sie es, nicht in die Spalten zu purzeln, die er mit seinem angestrengten Schnaufen aufreisst. Ich musste lachen, als ich das Durcheinander von türkischen und französischen Wörtern zu buchstabieren versuchte. »Hieroglyphen!«, sagte ich zu ihm. Einiges konnte ich verstehen, aber nach einer Weile wurde ich müde und nickte ein bisschen ein.

Er schrieb über die Türkei und dass sie nichts aus dem Krieg gelernt hätten. »Wir haben mit Deutschland verloren«, stellte er fest, »und anschliessend kehrten wir doch wieder zurück zu Nationalismus, Götzendienerei und Waffengerassel.«

Mir ist, als hingen wir, Kemal und ich, irgendwo zwischen dem Westen, der unsere Geschicke lenkt, und unserer ruinierten Vergangenheit. Wir wissen nicht, wie wir einen Weg für uns beide finden sollen. Dabei stammen wir aus Nachbarländern und sind einer Meinung, was die wechselseitig zugefügten immensen Zerstörungen betrifft. Nur im Umgang mit den Verlusten unterscheiden wir uns. Er beharrt weiterhin auf Entschädigung, während für mich jeder Tag, der weniger Verluste als der vorherige bringt, schon ein Grund zum Feiern ist. Trotz dieser Differenzen haben wir uns gefunden. Es fiele mir schwer, genau zu definieren, was uns vereint. Vielleicht das gemeinsame Bewusstsein dieser Verluste.

Er schreibt mir, und ich schreibe über ihn. Jeder von uns braucht den anderen, jeder hadert mit seiner eigenen Geschichte.

Nach unserem ersten Sex erklärte ich ihm: »Ich bin nicht verschossen in dich, aber die Beziehung mit dir ist erholsam und macht mir keine Kopfschmerzen.«

Er lachte. »Du zückst ja schon die Waffen und verteidigst dich, bevor du überhaupt die Arena betrittst!«, sagte er. »Ein Angsthase bist du! So wirst du dich nie verlieben können. Zur Liebe gehört auch, dass du deine Rüstung ablegst, dass du eine Schlappe hinnimmst und Verluste als Teil der Liebe akzeptierst.«

Damals hatte ich noch Angst vor der Liebe. Vor einer Liebe, die einen umbringt, so wie sie meine Schwester getötet hatte.

*

Letzter Tag von Kemals Besuch in Beirut, nur ein paar Stunden noch, bis er abreisen würde. Im Restaurant lungerte der Kellner wartend in unserer Nähe. Bevor er das Essen servierte, bat mich Kemal, die Augen zu schliessen. Ich ahnte, was jetzt passieren würde, hatte es schon im Kino gesehen, aber nie gedacht, dass ich es jemals selbst erleben würde. Er fasste nach meiner rechten Hand, zog sie zu sich heran. Ich spürte etwas Metallenes am Finger. Als ich die Augen öffnete, sah ich, dass es ein Ring war, den er aus einer kleinen Schachtel genommen hatte. Ein Ring in Form einer gewundenen Schlange mit grünen Augen. Lächelnd sagte er: »Für dich hole ich sogar die Schlange aus dem Paradies!«

*

Wenn Kemal wieder in Beirut ist, will ich ihm dieses Heft geben, es ist schon fast voll. Sooft ich Zeit habe, schreibe ich Tagebuch. »Das muss sein«, sage ich zu Sabah. »Damit ich nichts vergesse, bis er kommt.«

Es ist eine echte Herausforderung für mich, in dieser absoluten Offenheit von ihm und mir und von uns beiden zu berichten und gleichzeitig zu wissen, dass er das alles lesen wird, wenn er zurück ist. Ich schreibe, so frei ich nur kann, und dabei im Bewusstsein, dass er meine Aufzeichnungen bald vor Augen haben wird.

*

Mein Artikel zum zweiten Jahrestag des Libanonkrieges hat dem Chefredakteur nicht gefallen. Zahlen sollte ich anführen, wie viele Opfer, wie viele Vertriebene. Aber was wäre das für ein Gedenken? Ich habe voller Liebe über diese Stadt geschrieben, die mich freundlich aufgenommen hatte, in der ich gleichsam wiedergeboren wurde. Ja, ich möchte behaupten, die mein eigentlicher Geburtsort ist. Gedenken heisst doch nicht nur Erinnerung an Brutalität, sondern auch an Liebe. Erinnerung an Freunde, mit denen ich einmal zusammenarbeitete und die nun tot sind. Erinnerung an all jene, die immer noch von Veränderung träumen, so wie ich. Erinnerung an Menschen, die ihre Nachbarn fürsorglich vor religiös motivierter Gewalt versteckt hatten. »Jawohl, der Krieg ist über uns gekommen«, sagte ich zu meinem Chef, »aber bald wird er aus sein, und zwar endgültig!« Mit meinen Ansichten war ich in seinen Augen keine professionelle Journalistin. Er riet mir, lieber einen Roman oder eine Erzählung zu verfassen. Ich könnte rasend werden, wenn er diese Kommentare abgibt. Trotzdem brachten mich seine Worte irgendwie zum Nachdenken über Menschen, die weder schreiben noch malen oder sonst künstlerisch tätig sind.

Was tun sie dann? Wie würden sie gerade an so einem Tag ihre Erinnerung an die Gewalt ausdrücken, deren Zeuge sie waren oder die sie selbst erleben mussten?

In unserem heutigen Gespräch, der Chef hatte noch nicht ausgeredet, kam mir der Gedanke, übermässiger Idealismus könnte auch ein wohlfeiler Vorwand sein, um sich nicht ins Leben stürzen und es ernsthaft ausloten zu müssen. Eine Begründung, um auszublenden, was wirklich um uns herum geschieht. Jedenfalls erlaubt er mir nicht, morgen mit dem Fotografen in den Süden zu fahren!

Die Ereignisse im Libanon verstören mich, ich fühle mich wie im Dauerstress. Ich bin mir gar nicht mehr sicher, ob irgendetwas gegen diese alltägliche und reale, jede Vorstellung übersteigende Gewalt helfen kann.

(...)

*

Als meine Eltern erfuhren, dass ich die Geschichte über Hanâ veröffentlicht hatte, riefen sie mich an. Nach ihren Telefonaten war ich tagelang völlig durcheinander und traute mich nicht, zur Arbeit zu gehen. Ein paarmal in dringenden Fällen bat ich Sabah, einen eiligen Beitrag in der Redaktion für mich abzugeben oder mir die internationalen Zeitungen zu holen.

»Da kann ich ja gleich für dich im Büro einspringen«, sagte sie lachend.

»Bald haben die mich vergessen«, erwiderte ich. »Schauki kann mich doch nicht sein Leben lang verfolgen. Der wird auch mal älter und hat andere Dinge im Kopf, dann denkt er nicht mehr an mich.«

Mittlerweile habe ich einsehen müssen, dass Schaukis Hass auf mich mit der wachsenden Anzahl Sterne auf seinen Schultern nur immer grösser wurde. Seltsam, diese Dynamik, diese Kombination von Unterwürfigkeit und Verachtung, Grausamkeit und Macht.

Aber was will er eigentlich von mir? Weshalb kommt er in den Libanon, sogar höchstpersönlich? Als ich mit einigen Kollegen aus dem Haupttor trat, sah ich ihn plötzlich vor dem Universitätsgebäude stehen. »Wohin des Weges?«, fragte er grinsend. »Du entwischst mir doch nicht!« Und ironisch merkte er an, er sei halt ein Lyrikfan, gerade habe er einen Dichter besucht, der hier in der Nähe wohne. Ein Geheimdienstler, der an Poesie Gefallen hat, und ein Lyriker, der sich mit einem Spion anfreundet! Surrealismus des real gewordenen Elends, dachte ich, während ich schnell die Treppe hinunter zur Strasse rannte. An jenem Tag begann ich ihn zu fürchten. Früher war ich nicht ängstlich gewesen. Vielleicht weil ich nie zuvor eine so ungeheure Menge Soldaten und Checkpoints in Beirut und an den Hauptzufahrten gesehen hatte.

Heute Abend sagte mir Kemal am Telefon: »Sie sind in den Libanon eingefallen und werden ihn für lange Zeit nicht wieder verlassen.«

... 1978

(...)

Dann schrieb mir Kemal, wir würden in der Türkei zwei Wohnungen haben: eine kleinere am Meer in Izmir und eine andere in Istanbul. Meine Wohnung hier in Beirut erwähnte er gar nicht. Ich möchte Beirut aber nicht verlassen. Beirut ist mein Zuhause, hier fühle ich mich unsichtbar.

»Ich kann mir viele Wohnungen für mich vorstellen«, antwortete ich ihm. »Doch ich spüre, dass mein wahres Daheim dort ist, wo ich nicht bin.«

*

Ich glaube, unsere ganze unglückselige Geschichte hat keinen wirklich historischen Moment aufzuweisen. Es gibt nichts dergleichen. Alles, was in der Historiographie als »historisch« bezeichnet und beim folgenden Putsch wieder verworfen wurde, sind Seifenblasen aus lauter Lügen. So viel Selbsthass und Schikane und Zerstörung. Lügenblasen, die sich fortpflanzen und vergrössern und mit ihnen immer bombastischere Parolen, die den Blick trüben, bis manch einer den Ruin gar nicht mehr wahrzunehmen vermag. Nach jedem Machtwechsel in Syrien wurden die Bildnisse der vorherigen Despotie durch Porträts einer neuen ersetzt. Zurzeit haben wir nur einen einzigen Herrscher. Die Menschen denken nicht über die Geringschätzung nach, mit der man sie tagtäglich behandelt. Geschichte, die sich in jedem arabischen Land wiederholt.

*

Ich mache mir Sorgen um Sabah, wenn sie in tiefe Depression verfällt. Dann verstummt sie und nimmt den ganzen Tag keinen Bissen zu sich. Plagt sie der Hunger zu sehr, kaut sie ein paar grüne Thymianblätter. Gestern steckte sie sich einige Kardamomkapseln in den Mund, das war alles. Heute nun stockte sie plötzlich beim Lesen der Sätze, die ich ihr aufgeschrieben hatte, und fragte mich, ob ich Kemal liebe. Ihre Frage überraschte mich. Auf einmal wurde mir bewusst, dass ich auch nach dieser langen Zeit in der Tragödie meiner Familie in Syrien gefangen bin. Dass ich nicht loskomme vom Selbstmord meiner Schwester und von meiner Flucht. Ja, ich nenne es immer noch Flucht, obwohl es formal anders heissen mag, Arbeitssuche bei einer freieren Presse vielleicht oder Aufnahme eines Studiums der englischen Literatur. Letzten Endes bleibt es doch eine Flucht. Die Unfähigkeit, sich dem grossen Unglück zu stellen, das meine Familie emotional kaum berührt und sogar erleichtert hatte. Es ist, als wäre der Tod meiner Schwester bedeutungslos gewesen. Oder war er nur Einstimmung auf ein anderes Sterben, so etwas wie das Schärfen einer Klinge für künftiges Unheil?

Mir war es wichtig, die Geschichte ihres Suizids zu veröffentlichen, nachdem ich sie über Jahre niedergeschrieben und bei meinen Papieren aufbewahrt hatte. In den Text hatte ich auch Auszüge aus ihrem Abschiedsbrief eingefügt. Kemal ermutigte mich, ihn zu publizieren. Er redete mir meine Angst aus. »Sieh dich doch an!«, sagte er. »Dein Schweigen ist Gift, es wird dich langsam umbringen … Mach den Mund auf!«

Aber warum fiel mir das alles eben jetzt wieder ein, als mich Sabah nach meiner Liebe zu Kemal fragte?

Ich erwiderte, in der Liebe müsse man jederzeit bereit sein loszulassen.

Sie fragte noch einmal, eindringlicher, jedes Wort betonend, als wollte sie mich bitten, mal für eine Weile aufzuhören mit dem »Herumphilosophieren«, wie sie es nannte, und ihr ganz einfach und geradeheraus zu antworten.

Ich dachte an Kemal, an unser Zusammensein und seine wiederholten Besuche in Beirut. Er kommt, dann verschwindet er, dann kommt er wieder. Ein ständiges Hin und Her zwischen Sehnsucht und Begegnung, zwischen Warten und Ankunft. Erfüllung, gefolgt von Leere, ähnlich einem kleinen Tod.

»Ich liebe ihn, ja ... aber gleichzeitig bin ich immer darauf gefasst, dass wir uns trennen.«

Sabah streifte mich mit einem abwesenden Blick, den ich bei ihr schon gewohnt war. Anscheinend sann sie über meine Worte nach und versuchte sie in irgendeine von ihr gemachte Erfahrung einzuordnen. Schliesslich sprach sie ihren unverzichtbaren Standardsatz: »Ach ja ... Leben ist Trennung und Verlust.«

Sie tat einen tiefen Zug aus ihrer Zigarette, als wäre das die einzige Möglichkeit, Luft zu holen.

*

Gestern fragte ich Kemal, ob es in der Türkei Moscheen gebe, die Atatürks Namen tragen. Er fand diese Frage absurd und wollte sich ausschütten vor Lachen. »Natürlich nicht!«, rief er. Niemandem in der Türkei sei jemals so etwas in den Sinn gekommen, fügte er hinzu. Flugs rief er Timur an, um es ihm zu erzählen, und Timur versprach, eine Glosse darüber zu schreiben!

*

Seit Tagen regnet es in Beirut. Ab und zu zeigt sich die Sonne, blinzelt für ein paar Augenblicke, dann verschwindet sie wieder. Dicke Wolken hängen am Himmel, und es ist eiskalt. Seit langer Zeit haben die Leute kein solches Wetter erlebt. Es hat sie überrumpelt, besonders in den Dörfern, die nicht so hoch über dem Meeresspiegel liegen und sonst ein gemässigtes Klima haben. Die Freude der Kinder dort ist freilich gross, denn es hat geschneit. Sie haben noch niemals Schnee gesehen. Am liebsten würde ich jetzt nach Rummâna fahren, ins Dorf meiner Mutter, drüben in Syrien, wo meine Teta gewohnt hatte. Aber wie – nach allem, was geschehen ist?

Februar 1978

Ich bereue meine Überreaktion in manchen Momenten, wenn wir zusammen waren und diskutierten. Mein Zorn rührt von Erinnerungen her, mit denen Kemal nichts zu tun hat. Mit denen unsere Liebe nichts zu tun hat. Kleine negative Signale, die sich eins ums andere summieren, die mir das Herz bedrücken, und egal was er dann sagt, ich verstehe es falsch. Es sind die Signale patriarchalischer Autorität. Ich weiss ja, dass er sich nur deshalb mitunter in mein Leben und meine Arbeit einmischt, weil er mich liebt. Trotzdem stört es mich. Allzu grosse Nähe in der Liebe macht mich nervös, sie raubt mir die Ruhe. Ich brauche wohl noch viel Zeit, um zu begreifen, dass unsere Liebe anders sein könnte als meine Affäre mit Suhail, nämlich frei von männlichen Ambitionen des Herrschens und Besitzens. Bei unserem Wiedersehen werde ich ihm erklären, was es auf sich hat mit meiner Gereiztheit, die er des Öfteren erlebte, wenn er hier war. Sie kommt daher, dass ich ganz und gar unverhüllt vor ihm stehe. Nicht nur körperlich, sondern vor allem mit meinen Empfindungen, meinen Befürchtungen und Besorgnissen. Ich werde ihn bitten, diese Blössen anzunehmen und geduldig zu sein, so wie ich meinerseits versuchen will, ihn zu tolerieren, seine irrationale Angst, mich zu verlieren, und seine Eifersucht, die manchmal unerträglich ist.

(...)

*

Ein normaler Sonntagnachmittag. Beirut ist ruhig. Aber ich spüre, wie der Tod näher kriecht. Wir verbringen unsere Zeit damit, ihn auszutricksen. Hinterher beginnen wir unsere Verluste zu zählen. Und trotz allem werde ich jetzt in die Küche gehen und eine leckere Suppe zum Abendessen kochen.

Ich konnte keine Tahina für das Auberginenmus finden. Auch Sabah hatte keine. Mal überlegen. Warum nehme ich nicht einfach Sesamkörner? Die bilden doch den Grundstoff. Wird Tahina nicht aus Sesam hergestellt? So sprach ich mir selbst Mut zu.

Ich füllte fünf Esslöffel Körner in die Kaffeemühle, die seit längerer Zeit ungenutzt auf dem Bord steht, und zermahlte sie. Noch ein paar Tropfen Wasser dazu und umgerührt. Schmeckte prima.

März 1978

Heute hatte ich Besuch von Timur, er brachte mir einen Brief und ein Buch als Geschenk von Kemal. Er berichtete über ihre Reise nach Ankara, über die Leute dort und über die Genossen. Doch Timur kann nicht so gut erzählen wie Kemal. Er ist zu nüchtern und aufs Augenscheinliche orientiert. Kemal dagegen erfindet die ganze Welt neu, wenn er mir seine Geschichten erzählt, gerade die kleinen Dinge, die das Leben ausmachen, sind ihm wichtig. Als Timur ging, gab ich ihm einen Brief mit. Ich schrieb Kemal, er solle mir alles noch mal genau schildern, wenn wir uns wiedersehen. Mit Timurs Bericht sei ich überhaupt nicht zufrieden.

Den Brief habe ich im Liegen auf dem Bett geschrieben. Ich musterte meinen Bauch, er kam mir heute grösser vor. Beim Schreiben hatte ich nichts an. Ich will nicht, dass ihm etwas von mir verborgen bleibt. Schlimm genug, dass er so weit weg ist und unser einziger Kontakt in Worten besteht. Schlimm genug, dass wir uns damit begnügen müssen. Ich mag es, wenn ich beim Schreiben an ihn nackt bin. Dann fühle ich, wie innig mein Körper mit Kemal verbunden ist, eigentlich gibt es nur noch ihn allein. Schon seltsam, dass ich an keinen anderen mehr denke, seit sich mein Bauch zu runden begann. Als ob unser Kind, das in mir wächst, nicht nur meine Nahrung, sondern auch meine sexuellen Phantasien in sich aufnimmt und verschlingt. Es verzehrt meine Gedanken, mein Blut, mein Begehren.

Irgendwie ist mein Kind Kemal.

Ich habe das Zimmer hergerichtet, es soll ein schöner Ort für mich und meinen Sohn sein, wenn er geboren ist. Eben musste ich an meine Teta Schahani denken. Zu allem Unglück in ihrem Leben hatte sie noch ihren Mann verloren, als er nach Palästina ging, um gegen die Briten zu kämpfen, 1940 war er dort umgekommen. Plötzlich stand sie allein da und hatte für zwei kleine Kinder zu sorgen: meine Mutter und meinen Onkel. Es muss hart gewesen sein. Aber es gelang ihr, eine eigene Welt für sich zu erschaffen, die ihr niemand wegnehmen konnte. Ihr Inneres war so voller Leben, selbst noch im Augenblick des Todes. »Nûra«, sagte sie zu mir, »Orte, an denen du wohnst, sind Spiegel für dich. Wohin du auch gehen wirst, mach den Ort zu deinem Ort, und bewahre dir das Leuchten deiner Seele.«

*

Bei jedem Wort, das ich schreibe, hoffe ich, dass es Kemal liest, wenn er nach Beirut kommt. Ich bemühe mich, noch mehr in die Tiefe zu gehen, noch freier zu formulieren. Es ist eine Herausforderung, so offen zu schreiben und ihn im Hinterkopf zu haben. Dabei muss ich nicht befürchten, dass er irgendeinen Satz missversteht. Und wennschon, es gibt immer genug Raum, mit ihm darüber zu diskutieren. Das ist es, was mich an Kemal fasziniert – dieser Freiraum des Redens, ohne das Bestreben, Aussagen zu glätten, bis sie neutral und zahnlos werden.

Mich reizt die Vorstellung, dass er alles lesen wird, was ich schreibe. Es wäre wie das Austauschen von Blössen. Der Wunsch, auf spezielle Weise miteinander nackt zu sein. Ich verführe ihn, obwohl er fern ist, verführe ihn durch meine Worte. Eine aufregende Idee, die das Verlangen stärkt und beflügelt. Was immer ich schreibe, es wird unter seinen Augen liegen. Auch was ich mir abquäle in einer dieser depressiven Stimmungen, die mich seit dem Tod meiner Schwester heimsuchen. Er weiss ja selbst, dass man sich in der Verzweiflung am liebsten verkriechen möchte. Aber hier bin ich, unverhüllt stehe ich vor ihm, ungeschützt mit meinem Stift und meinem Papier. Ich wünschte, ich wäre ein Kristall, der in transparenter Klarheit die wunderbarsten Glanzlichter reflektiert, der die Aussenwelt in sich einsaugt und sie allein nach seiner eigenen Beschaffenheit widerspiegelt. Ganz gewiss wird er die Aureole um mich erkennen, wenn er das liest. Er wird verweilen unter ihrem Strahlenkranz und sie spüren.

*

Hier schreibe ich es, und er wird es lesen: Mir ist bange, in der Türkei zu leben. Die Sprachbarriere ist es, die mir Angst macht. Mich beunruhigt der Gedanke, an einem Ort zu wohnen, wo ich die Menschen nicht verstehe. Englisch erscheint mir nur wie eine Zwischenstation, ich kann es nicht als Lösung auf Dauer sehen. Die Drittsprache würde auch unser Einvernehmen behindern, und schwerlich wäre es völlig zu erreichen. Oftmals käme es zu einem Berg von Missverständnissen allein durch eine Sprache, in der wir erst lange nach Worten suchen müssen, bevor wir sie überhaupt wechseln könnten. Er weiss, wie mir zumute ist, und er weiss auch, dass mir eine Konversation mit den Menschen auf Englisch nicht genügt. Genauso wie er weiss, dass es mir nicht genügen würde, ein paar Brocken Türkisch zu lernen, etwa um ein Taxi zu bestellen oder Einkäufe zu erledigen.

Ich will in seiner Sprache Nachrichten hören, Zeitungen und Bücher lesen und die Politik verfolgen. Ich möchte alles Geschriebene verstehen, sonst werden wir immer in zwei verschiedenen Welten leben und über ein Medium kommunizieren, das uns fremd ist. Ausserdem – in welcher Sprache sollen wir dann mit unserem Kind reden, das schon bald geboren wird?

April 1978

Ich brauchte ein ganzes Leben und vielleicht noch eins dazu, um zu verstehen, warum es all diese Gewalt gibt.

Heute in der Redaktion meinte eine kürzlich aus London eingetroffene Journalistin, der Bürgerkrieg im Libanon sei ein negativer Ausdruck der innigen Beziehung zwischen den libanesischen Religionsgemeinschaften, und von denen könne man sich ja unmöglich frei machen. Mein Kollege Hâni mischte sich lachend ein: Demnach wäre Hass also die höchste Stufe der Sympathie, und der Gipfel von Sympathie wäre dann der Beschuss, und zwar ein wechselseitiger. Oder etwa nicht?

Ihr Disput, so oberflächlich und unlogisch er zunächst erscheinen mochte, brachte mich zum Nachdenken über die Verbrechen, die Libanesen untereinander verübten, besonders solche, bei denen Opfer und Mörder zuvor in sogenannten gutnachbarschaftlichen Beziehungen gestanden hatten. Ich kann einfach nicht begreifen, wie Leute, die ein derart gutes Verhältnis haben, irgendwann auf einmal in grenzenlosem, tödlichem Hass übereinander herfallen.

Mai 1978
Ich betrachte unsere Fotos am Meer, wir lachen. Sie sind schön, voller Liebe und ungetrübter Heiterkeit. Gestern Abend, nachdem Kemal von Beirut nach Istanbul abgefahren war, wusste ich eine Zeitlang überhaupt nicht, was ich mit mir anfangen sollte. Ich konnte weder schlafen noch wachen. Ein Gefühl der Leere breitete sich in mir aus, ich hatte Mühe, mich wieder zurechtzufinden. Sein Anruf kam in dem Moment, als ich seine Stimme brauchte. Die Telefonverbindung nach Beirut funktionierte normal, es gab keine Unterbrechung. Eine Seltenheit, seit der Krieg begonnen hat. Seine Stimme erreichte mich wie eine zärtliche Berührung, ja mir schien, als nähme ich seinen Geruch wahr.

Am Nachmittag schlief ich ein bisschen, um nachts im Büro munter zu sein. In einigen Monaten, nach der Niederkunft, möchte ich meine Arbeitszeit verlagern. Ich habe es bereits beantragt, aber bisher keine Antwort erhalten. Gegen Abend wachte ich auf und las noch einmal Kemals letzten Brief. Wenige Stunden nach seiner Abreise war er bei mir eingetroffen. Dabei hatte er ihn vor seiner Ankunft in Beirut geschrieben und abgeschickt. Mir war, als könnte ich ihn durch die Lektüre seines früher verfassten Briefes wieder zu mir zurückholen. Nachdem er abgereist war, meinte Sabah, wir beide seien füreinander geschaffen. Sie mag ihn. Nicht weil er aus ihrem Land stammt, sondern weil er in ihr Gefühle wachgerufen hat, die sie seit ihrem Umzug nach Beirut vermisst: freundschaftliche Zuneigung und familiäre Wärme.

Juni 1978
Ich habe mit Sabah vereinbart, dass sie mich nach der Niederkunft jeden Tag besuchen kommt. Sie ist die Einzige hier, der ich vertraue. Zudem kennt sie sich bestens mit der Betreuung von Kindern aus, auch wenn sie selbst keine hat.

In Mardin war sie ihrer Mutter immer zur Hand gegangen und hatte ihren kleinen Bruder Muhiddin versorgt. Sie fütterte und wusch ihn, obwohl der Altersunterschied zwischen ihnen nur gering war. Mädchen wachsen schnell heran, frühzeitig werden sie Frauen und übernehmen Verantwortung für den Haushalt und die Kinder. Seit ich Sabah im Lesen und Schreiben unterrichte, findet sie sich jeden Abend bei mir ein. Sie setzt sich neben mich auf die Couch, damit ich ihre Übungen verfolgen kann. Ich lasse sie Wörter in ein Heft übertragen, sie versucht zu lesen und bildet Sätze. Der erste Satz, den sie schreiben lernen wollte, lautete natürlich: »Leben ist Trennung und Verlust.« Als sie ihren berühmten Ausspruch schriftlich vor sich sah, lachte sie von Herzen, bis ihr die Augen tränten. So muss sich eine Frau freuen, die ihren fernen Geliebten wieder in den Armen hält.

*

Sabah war blutjung nach Beirut gekommen. Es dauerte nicht lange, und der Krieg begann, ein paar Jahre vielleicht, sie weiss kein genaues Datum. Trotzdem, die Stadt blieb schön. »Aber nicht wie Istanbul«, stellt Sabah klar. Es klingt, als wäre Beirut irgendein Vorort der türkischen Metropole. Nur vier Tage waren es, die sie mit ihrem Liebsten Ahmet in Istanbul verbracht hatte, bevor er sie verliess und nach Deutschland auswanderte. Bis jetzt trauert sie ihm nach und weint sich bei mir aus. Ich rate ihr, endlich einen Schlussstrich zu ziehen und sich ein bisschen Ruhe zu gönnen. Dann brühe ich uns zwei Tassen Tee auf und bitte sie, Platz zu nehmen. »Rede dir ein, dass er gestorben ist«, sage ich. »Das ist die beste Methode, einen Kerl zu vergessen, der dich sitzengelassen hat.« Sabah wischt sich die Tränen ab. »Na gut, der erste Ahmet ist tot, tot …«, wiederholt sie. »Doch was ist mit dem zweiten? Kehrt er denn zurück?«

So fragt sie mich jedes Mal. Wenn sie sieht, wie ich in unserem Spielchen, das wir schon miteinander gewohnt sind, drohend meine Hand hebe und zum Schlag aushole, verwandelt sich ihr Schluchzen in Gemurmel und schliesslich in Lachen. Sie weiss selbst nicht, woher es in solchen Augenblicken über sie kommt, mitten aus den Tränen heraus, die noch wie kleine Pünktchen aus Licht um ihre Augen schimmern.

»Hake ihn ab«, sage ich zu ihr, »du musst vergessen, Sabah … Sonst wird nie ein dritter Ahmet zu dir finden!« Und wir brechen beide in Lachen aus.

»Wir sind ja Cousinen«, meint sie manchmal, als wollte sie eine Blutsverwandtschaft zwischen uns beschwören. »Deine Teta Schahani war auch aus Mardin, genau aus meiner Gegend also.«

Wir sind alle Emigrantinnen, denke ich. Emigrantinnen, unsichtbar wie die Städte, die der Ausgewanderte bewohnt. Er nimmt sie nicht wahr, erkennt nur in jeder Ecke etwas, was seiner Stadt ähnelt und ihn an sie erinnert.

Das erste Jahr nach ihrer Ankunft in Beirut wohnte Sabah bei der Familie ihres Mannes, das heisst bei ihrer Tante. Doch schon bald wurde das Zusammenleben unerträglich, und sie zog mit ihm nach al-Chandak al-Ghamîk, wo er eine Arbeit als Hausmeister gefunden hatte.

Als ich Sabah kennenlernte, kam sie mir recht einsam vor, nur ab und zu hatte sie Besuch von ihrer Freundin Meryem. Aber sie liess sich nicht unterkriegen. Wenn sie wieder traurig wurde und weinen musste, führte sie laute Selbstgespräche: »Mach nicht schlapp, Sabah, bleib stark.«

Einmal war ich bei ihr zum Essen eingeladen, sie hatte extra für uns gekocht. Plötzlich erschien ihre Tante Fevziye und forderte sie auf, nun, da sie beide ohne Männer seien, wieder zu ihr überzusiedeln. Es gehöre sich nicht für eine Frau, allein zu wohnen. Ihr Bruder, nämlich Sabahs Vater, rufe sie auch schon ständig an und dringe darauf, dass seine Tochter zu ihr ziehe. An diesem Tag war Sabahs Geduld am Ende. Sie riss die Tür auf, wünschte ihrer Tante ein langes Leben und komplimentierte sie hinaus.

»Was schadet es ihr, wenn ich solo lebe?«, sagte Sabah zu mir. »Und seit wann interessiert sich mein Vater für mich? Der fragt doch nur nach mir, wenn er Geld braucht!«

Danach verfluchte sie den Augenblick, als sie ihrer Tante die Tür geöffnet hatte.

*

Jedes Mal, wenn Sabah in meine Wohnung kam, blieb sie vor dem Poster mit Juri Gagarin stehen und betrachtete ihn, ja sie himmelte ihn an. Als ich ihr von seinem

Schicksal erzählte, musste sie weinen. Solche Geschichten von zu frühem Tod wolle sie gar nicht hören, sagte sie. Sterben vor der Zeit mache unwiederbringlich alles zunichte, was sonst möglich gewesen wäre. Das sei genauso, wie wenn jemand, den man liebt, für immer verschwinde. »Ist denn Verschwinden nicht auch so was wie ein verfrühter Tod?«, fragte sie mich.

Das Gagarin-Poster hing bei mir im Wohnzimmer, seit ich es aus dem Büro der gedruckten, doch nie vertriebenen Zeitung entwendet hatte. Inzwischen war der Anstrich ringsherum fahlgelb verblasst und an einigen Stellen abgeblättert. Die eingesickerte Feuchtigkeit in den Wänden meiner Dachgeschosswohnung hatte auf dem Poster graubraune Stockflecken hinterlassen. Besonders der obere Teil war beschädigt, der Schwamm hatte sich über den Stirnansatz und die Schläfen bis zu den Augen herangefressen. Gagarins Lächeln aber war unversehrt geblieben und strahlte in zeitloser Frische.

Eines Abends löste ich das Poster von der Wand und brachte es zu Sabah. »Dieser Charmeur möchte in deiner Nähe sein und dich immerzu mit seinem Lächeln verfolgen«, sagte ich lachend. »Nimm ihn bei dir auf!«

Sabah freute sich. Nur, wohin mit Gagarin? Neben das Foto ihres gekidnappten Ehemannes in der Schlafkammer wollte sie ihn nun nicht gerade hängen. Wie hätte sie sich vor ihn hinstellen und ihn anschmachten können, während die Augen ihres Mannes auf sie gerichtet waren! Sie suchte nach einem anderen, entfernteren Platz. Schliesslich entschied sie sich für den kurzen Korridor zwischen Kammer und Küche. Hier konnte sie ihn jedes Mal sehen, wenn sie hin- und herging, und ihm sein Lächeln doppelt zurückgeben. Den Frauen im Wohnhaus erzählte sie, dieser Mann sei ein Verwandter von ihr und im Krieg gefallen.

»Gagarins Lächeln an einer Wand in al-Chandak al-Ghamîk!«, meinte ich später amüsiert. Doch Sabah schaute mich nur an, sie schien sich über meine Worte zu wundern. Vielleicht glaubte sie inzwischen selbst daran, dass er mit ihr verwandt sei. Und womöglich erzählt mir Sabah eines Tages die Geschichte ihres Verwandten da auf dem Foto und schildert mir, wie er in einem brennenden Flugzeug umkam!

*

In seinen letzten Briefen scheint Kemal alle Lebenslust und Hoffnung verloren zu haben. Einmal schrieb er: »Zehnter Jahrestag der Maiereignisse von 1968, und nichts ist davon geblieben als 69 …« Eine Anspielung auf den sexuellen Hintersinn der Zahl.

Er muss eine Menge Raki getrunken haben, um mir so etwas zu schreiben. Sicher hat er dabei auch sein trostloses Lachen ausgestossen, das ich nur zu gut kenne. Ein schmerzlich-sarkastisches Gelächter, das dennoch seine düsteren, flammenden Gefühle bar jeder Freude verrät.

*

Warten auf Kemal. Ich weiss nicht, wann wir uns wiedersehen. In seinem letzten Brief versprach er, Anfang Juli hier zu sein. Ich habe noch keinen Namen für das Baby. Wenn

Kemal da ist, werden wir gemeinsam einen aussuchen. Ich wollte ja gern eine Tochter haben, über einen Jungennamen begann ich erst nachzudenken, als der Arzt sagte, ich bekäme einen Sohn. Wäre es ein Mädchen geworden, würde ich sie Schahani nennen. Schahani, der Name, den meine Grossmutter in ihrem Leben nicht tragen durfte. Aber jetzt gefällt mir auch Karîm, und ich hoffe, dass Kemal meiner Wahl zustimmt.

*

Heute rief mich mein Bruder Atâ aus einer Telefonzelle an. Er sagte: »Komm ja nicht nach Damaskus! Die wollen deinen Kopf. Schauki ist der Schlimmste, ich wünsche ihm den Tod. Er ist der Anstifter. Er verbreitet Gerüchte über dich, und ich schliesse nicht aus, dass er auch Berichte geschrieben hat. Sie haben deine Freunde verhaftet. Hâsim, Nada und Haitham sitzen im Gefängnis. Komm bloss nicht her! Schauki hat von der Kurzgeschichte erfahren, die du veröffentlicht hast. Wir fürchten seine Wut, wenn er die Zeitschrift in die Hände kriegt. Du hast uns ruiniert. Hättest du lieber …«

Ich wollte nichts mehr hören. »Warum wollen sie meinen Kopf?«, unterbrach ich ihn. »Genügt ihnen nicht der von unserer Schwester?« Dann habe ich nur noch geweint.

11

September 1994

Maja sass neben Sara im Auto, ruhig fuhren sie dahin. Kein Gespräch, das die morgendliche Stille störte. Maja liebte diese Ausflüge am Sonntagmorgen, dann gab es nur wenig Verkehr. Schweigend schaute sie aus dem Fenster, und sie erschrak, wie sich die Küstenlandschaft verändert hatte, neben der Strasse war weit und breit kaum noch ein Baum zu sehen. Verschwunden die ehemals grün bewaldeten Täler in Ufernähe, hügelig zugeschüttet mit Zementtrümmern.

Nach ihrer Rückkehr hatte sie es nicht einmal geschafft, ausführlicher mit Sara zu reden, geschweige ein Wochenende mit ihr und Schâdi zu verbringen. Ihr Sohn wollte unbedingt ans Meer. Sie auch. Überhaupt verspürte sie das dringende Bedürfnis, sich von der Verwandtschaft zurückziehen, die wöchentlichen Besuche bei Nada und das gemeinsame Mittagessen mit ihrer Familie einzuschränken. Seit sie in den Libanon zurückgekommen war, seit Sijâd ins Krankenhaus gegangen und dann gestorben war, hatte sie keinen so unbeschwerten Tag wie den heutigen erlebt. Ja, nach dieser Heimkehr fühlte sie sich viel verlorener, als sie es jemals in Paris gewesen war.

Auf der Küstenstrasse zum Strand von Tyros mussten sie mehrere militärische Kontrollpunkte passieren. Maja schaute sich nach Schâdi um, der hinter ihr sass. Er war wieder eingeschlafen, wie ein Engel lag er da, am liebsten hätte sie ihn jetzt gestreichelt und in den Arm genommen.

An diesem Morgen hatte sie ihn sehr zeitig geweckt. Ganz warm war ihr ums Herz geworden, als sie nach seiner Hand fasste. Seine kleine Hand gab ihr das Gefühl von Sicherheit, die sie allzu oft vermisste. Sie wandte sich wieder nach vorn und schloss auch ein wenig die Augen. Sie dachte zurück an den Moment, als sie heute in der Dämmerung aufgewacht war, den Anblick der Morgenwolken, die von den ersten Sonnenstrahlen verscheucht und gegen den fernen Horizont gedrängt wurden. An jenen schüchternen Anflug von Glück, der sie gestreift hatte.

»Hier bin ich zu Hause«, sagte sie und wies mit der Hand aus dem Autofenster zum Ufer hin. Ob sie denn hier geboren sei, fragte Schâdi verwundert. Sie schüttelte den Kopf. Manchmal könne man auch einen Ort sehr gern haben, ohne von dort zu stammen, sagte sie. Wir verlieben uns in ihn, und dann ist er unser Ort. Wir schliessen mit ihm lebenslange Freundschaft, die keiner Rechtfertigung bedarf.

Sara parkte das Auto neben dem Tor zum Badestrand. Hier und da standen ein paar kleine Zelte am Ufer. Heitere Lieder von Fairûs tönten einsam über den Sandstreifen. Der Sommer ging zu Ende, die Leute kamen nicht mehr so häufig. Sara wählte ein etwas abgeschiedenes Zelt und bat den jungen Mann, der dort arbeitete, einen Tisch und Stühle möglichst nahe ans Wasser zu stellen. »Juhu!«, jauchzte Maja. »Wir sind früh dran, gerade mal zehn Uhr. Kein Gewimmel am Strand und freie Sicht bis zum Horizont!«

Wenn sich Sara bei ihren seltenen Besuchen in Paris mit Maja getroffen hatte, war schon klar gewesen, dass Zeit und Entfernung ihrer Freundschaft nichts anhaben konnten. Eine brauchte die andere nur zu sehen, und sie redeten drauflos, als hätten sie sich erst tags zuvor getrennt. So vieles war zu besprechen. Sie stürzten sich in tiefgründige Diskussionen, Analysen des eigenen Ichs, Deutungen bis in die geheimsten Regungen hinein. Ein Wort gab das andere, und hier am Meer kam dann noch ein Bierchen dazu – das musste sein, um den Schwatz perfekt zu machen.

Maja erzählte Sara von Nûras Tagebuch, von ihrer Bekanntschaft mit Sabah, die ihr berichtet habe, dass Nûra und ihr Kind 1978 bei einer Explosion umgekommen seien, und von Kemals Briefen, die in ihr – sie wisse selbst nicht, wie – ein Gefühl von Vertrautheit mit diesem Mann ausgelöst hätten.

»Auch Nûra steht mir nahe«, sagte Maja. »Dieser plötzliche Tod liess ihr keine Zeit mehr, zu vollenden, was sie alles noch schreiben wollte. Jedenfalls habe ich nichts weiter als die Hefte mit ihren Tagebucheintragungen gefunden. Überhaupt, ist das nicht merkwürdig? Beim Lesen ihrer Aufzeichnungen spüre ich etwas, was mich zu dieser Frau hinzieht. Irgendeine Verbindung zwischen uns, keine Ahnung, was für eine. Aber wieso habe ich unter den Dutzenden Fotos kein einziges von ihr gefunden? Mit jeder Seite ihres Tagebuchs versuche ich mir vorzustellen, wie sie ausgesehen hat, ihre Gestalt, ihr Gesicht. Mit jedem Liebesbrief von Kemal möchte ich mir ihre Figur, ihr Haar, ihre Augen ausmalen. Umsonst, es gelingt mir nicht.«

Sara hatte gespannt zugehört. Schliesslich fragte sie, ein wenig resolut, als wollte sie Maja auf den Boden der Tatsachen zurückholen: »Und wie soll's nun weitergehen, nach dem Film? Wovon willst du leben? Nada hat völlig recht.

Überleg mal ein bisschen, du musst dir eine feste Arbeit suchen.«

»Ich habe genug Material, um das Buch über Asmahân zum Abschluss zu bringen. Mich faszinieren solche verlorengegangenen Geschichten und Biographien. Menschen, die auf ungeklärte Weise zu Tode kamen.« Maja dachte wieder an Nûras Tagebuch und an die zahlreichen Artikel und Notizen dieser Frau über den russischen Kosmonauten.

»Ja, und dann spinne ich mir immer zusammen, wie sich Juri Gagarin und Asmahân, wären sie am Leben geblieben, vielleicht einmal getroffen hätten und wie sie trotz ihres Altersunterschiedes vielleicht das grösste Liebespaar aller Zeiten geworden wären. Ach, hätte diese Begegnung doch stattgefunden!«

Sara lachte. »Unverbesserlich!«, sagte sie. »Das Herumreisen hat dich nicht verändert. Deine Phantasie blüht wie eh und je – Gott sei Dank. Von jeher war es dein Traum gewesen, über Lebensläufe mit ungelösten Rätseln zu schreiben, das weiss ich. Aber jetzt rede ich von Arbeit und Einkommen, von Schâdis Leben und der Vorschule und seinen Bedürfnissen!«

»Schon klar. Was das Finanzielle angeht, können meine Pläne nicht als Arbeit bezeichnet werden. Nur, mein Herz hängt daran! Natürlich werde ich mir einen einträglichen Job beschaffen. Trotzdem interessiere ich mich auch weiterhin für die Biographien von Menschen, egal woher sie stammen und welcher sozialen Schicht sie angehören. Das Schürfen in der menschlichen Seele führt uns doch stets an den gleichen Ort, zur gleichen Angst und Einsamkeit.«

Maja und Sara ergänzten einander. Jedes Mal wenn Maja ihrer Phantasie freien Lauf liess, so dass sie ihr Illusionen als etwas Reales vorgaukelte, griff Sara ein und holte sie mit beharrlichen Fragen zurück auf den Boden. Maja kamen sie vor wie kleine Stösse, die sie wachrütteln sollten.

»Erinnerst du dich? Einmal habe ich dir ein Poster von Asmahân zum Geburtstag geschenkt. Das war kurz vor deiner Abreise nach Frankreich. Nie hätte ich vermutet, dass deine Begeisterung für sie weit über ein Plakat an der Wand hinausgehen würde!«

»Und ob ich mich erinnere … es hängt noch immer in meinem alten Zimmer.«

»Aber warum muss es ausgerechnet Asmahân sein? Wer soll so ein Buch lesen? Wer würde es kaufen?«

»Keine Ahnung, darüber habe ich nicht nachgedacht. Ich ticke nicht so. Das ist einfach Leidenschaft. Wohin sie mich treibt, weiss ich nicht. Manchmal habe ich das Gefühl, keine Biographie zu schreiben, sondern einen Roman. Gerade du müsstest diese Begeisterung verstehen, Sara, du hast dich doch selbst schon mit Feuereifer ans Werk gemacht! Hast alles sausenlassen, um einen Buchladen zu eröffnen, in dem Snacks serviert werden und sogar Drinks. Dabei war dir von vornherein klar gewesen, dass mit deinem Projekt kein Gewinn zu erzielen ist! Wer geht denn in eine Buchhandlung, um eine Tasse Kaffee oder Tee zu trinken oder einen Cocktail zu schlürfen? Aber lassen wir das jetzt mal beiseite, kehren wir zurück zu Asmahân. Wusstest du, dass sie ein Mädchen geboren hatte? Man hat es ihr weggenommen, erbarmungslos. Ich frage mich, was sie damals wohl gefühlt hat. Sie haben ihr das Mutterglück verwehrt. Als ob Muttersein und Künstlertum nicht zusammenpassten. Womöglich glaubte sie selbst, kein Recht auf ihre Tochter zu haben. Um dieses Thema wird es im zweiten Teil des Buches gehen.«

»Es dürfte schwierig genug sein, eine Biographie zu verfassen«, meinte Sara, »und im gleichen Atemzug bezeichnest du dein Buch auch noch als einen Roman … Stimmt doch, oder?«

»Vielleicht führt mich das Schreiben zu einer Biographie und danach zu einem Roman. Wer weiss. Es ist mein erster Versuch. Ich bringe ihn zu Ende, so gut ich kann. Wir werden ja sehen. Da ist nur eine Sache, die mich verwirrt … Sooft ich in Nûras Tagebuch lese, spüre ich, dass wir viele Gemeinsamkeiten haben. Und je tiefer ich eintauche, desto mehr Beziehungen entdecke ich zwischen uns. Etwa wie sie mit der Geschichte ihrer Schwester gegen den Tod anschreibt. Dann ihre Beschäftigung mit Juri Gagarin. Ein ziemlich ausgefallenes Hobby, früher wusste ich überhaupt nichts von ihm. Es ist, als hätte mir Nûra einen neuen Horizont erschlossen, und nun merke ich, dass dieser Horizont sogar mit meinem eigenen Leben zu tun hat. Frag mich nicht, wie. Es ist bloss so ein unbestimmtes Gefühl. Ich meine, wir schreiben über Biographien, die gewaltsam abgebrochen wurden. Gagarin und Asmahân … ist doch seltsam. Beide starben unter dubiosen Umständen, durch einen schrecklichen Unfall. Beide überstrahlten ihr Umfeld, stärker und weiter, als ihnen zugestanden wurde. In Asmahâns Stimme und in Gagarins Lächeln liegt eine ganze Ewigkeit von Leben und Tod. Immer wenn ich an Asmahân denke, werde ich irgendwie melancholisch. Kommt es von ihrer Biographie? Oder vom Schreiben selbst? Nûra hatte recht, als sie in ihrem Tagebuch notierte, alles Schreiben beginne mit Verzweiflung und Verzweiflung sei der Kompass des Schreibens.«

Maja hatte eine Menge über Asmahân gelesen. Sie sammelte alles, was über sie publiziert worden war, besonders als sie für Bruno arbeitete, den französischen Regisseur, der sie mit einer Recherche über Kairo in der ersten Hälfte des zwanzigsten Jahrhunderts beauftragt hatte. Als sie später in Nûras Tagebuch blätterte, war ihr gleich aufgefallen, dass die Familie dieser Unbekannten, von der es kein einziges Foto gab, in einem Dorf unweit des Ortes wohnte, in dem Asmahân ihre frühen Kindheitsjahre verlebt hatte. Demnach stammten ja beide aus derselben Gegend, hatte Maja gedacht, aus ein und demselben kulturellen Milieu!

Plötzlich erinnerte sich Maja, wie Asmahâns Stimme einst durch ihr Elternhaus geklungen war, wie sie aufstieg, sich emporschwang in dem Lied *Ach, Vögel.* Wie ihr Vater auf dem Sofa gesessen hatte, den Kopf zurückgelehnt, die Augen verzückt geschlossen. Auch ihre Mutter, Âida, liebte Asmahân, aber sie war zu aufgeregt, um stillzusitzen, die Augen zu schliessen und sich dem Genuss hinzugeben. Wie ein Weberschiffchen flitzte sie hin und her, aus dem Wohnzimmer in die Küche und wieder zurück. Maja spürte, dass es ihrer Mutter ein Graus war, den Vater so zu sehen – versunken in die Stimme einer anderen Frau, die strengen Augen umflort, mit ganzer Seele lauschend. Harte Blicke hatten von jeher sein Gesicht geprägt, und in all den Jahren ihrer Ehe war es Âida nicht gelungen, sie zu mildern und zu erweichen. Wenn er so dasass, fühlte Maja, dass Asmahâns Gesang den Vater hinschmelzen liess, und dann war er ihr nahe und vertraut. Mitunter schaute einer seiner Freunde vorbei, und auch er nahm Platz und lauschte. Die Frauen der Familie zeigten freilich durch ihr Verhalten und ihre Worte, dass sie sehr wohl zwischen Asmahâns Leben und ihrer Stimme zu unterscheiden wussten. Zwischen beidem war schon in Majas Kindheit eine Trennmauer errichtet worden. Zwar durfte man Asmahân zuhören, wenn sie sang, doch von ihr zu schwärmen war verboten. Wurde von ihr gesprochen, so geschah es stets im Ton des Bedauerns über ihre lockere Moral, ihre mangelnde Mutterliebe und einige schwerwiegende Fehltritte, die nach Ansicht der Frauen ihr Bild beeinträchtigten und sie schliesslich in den Tod getrieben hatten.

Bevor Maja nach Beirut gezogen war, hatte sie in Paris das erste Kapitel ihres Buches *Asmahân* fertiggestellt. Es war ein provisorischer Titel, sie hatte noch keinen endgültigen gefunden. Ganz ohne Titel mit dem Schreiben anzufangen wäre ihr schwergefallen. Das gesammelte Material war sperrig, und manches widersprach dem, was sie früher gelesen hatte.

Es ist schwierig, über die Vergangenheit von Personen und selbst von Gemeinschaften mit völliger Gewissheit zu urteilen. Oft entpuppt sich eine »Wahrheit« als Hypothese, und vielleicht bemerkt man eines Tages, dass diese oder jene Angabe nicht korrekt war, weil sie ihrerseits auf einer Quelle beruhte, deren Autor weniger daran gelegen war, eine seriöse Studie zu verfassen, als sein eigenes Image für die Nachwelt aufzupolieren. Maja fragte sich, ob nicht Asmahâns Persönlichkeit durch Artikel, die nach ihrem Tode erschienen waren, sogar verfälscht wurde. Sie konnte es nicht entscheiden, und Asmahân war nicht mehr da, um einen unterlaufenen Irrtum richtigzustellen oder sich zu verteidigen. Maja wusste nur, dass diese Publikationen den Grundstock bildeten, auf den sich späterhin die Verfasser ganzer Monographien über Leben und Tod der Künstlerin gestützt hatten. Überlieferung kann auch Lüge sein. Um sie aufzudecken, ist man gezwungen, mit der Recherche wieder bei null anzufangen und alles neu zu schreiben.

»Ich müsste bei mir Ordnung schaffen«, sagte Maja zu Sara. »Da ist so viel Material, das ich nach Beirut mitgebracht habe, und jeden Tag häuft sich mehr auf meinem Tisch. Momentan komme ich zu gar nichts.« Sie schwieg kurz. »Aber zuallererst muss ich den Film beenden«, fuhr sie fort. »Anschliessend will ich über eine Frau schreiben, die ermordet wurde. Neunundzwanzig Jahre war sie alt, manche sagen siebenundzwanzig ... Sie hielt ein Buch in ihren Händen, als sie unterging und ertrank ... Was mag sie gelesen haben? Die Zeitungen erwähnten keinen Titel. Es hiess nur, sie habe ein gelbes Kleid getragen und ein Buch fest an sich gedrückt.«

Maja redete weiter, während sie sich im weichen Sand ausstreckte. Sara blieb im Liegestuhl sitzen und blätterte in Nûras Tagebuch.

Schâdi spielte neben ihnen und plapperte vor sich hin. Maja hatte mit Absicht diesen Platz dicht am Ufer gewählt, damit ihr Sohn im Wasser planschen konnte. Gerade baute er an einer grossen Sandburg. Mit einem Plastikeimerchen schöpfte er einen Schwapp aus der Welle und goss einen breiten Graben um die Burg. Danach begann er Sand auf Maja zu schütten. Als ihn Sara fragte, was er da treibe, sagte er, dass er seine Mama vor der heissen Sonne schützen wolle.

Maja schloss die Augen, sie liess ihn gewähren und sich einbuddeln. Seine Antwort rührte ihr Herz, und sie dachte an Sijâd. Das Herz erinnert sich, auch wenn der Körper die Trennung verwunden hat.

Da war es wieder, dieses Stechen im Rücken. Ein chronischer Schmerz, den sie verdrängte, so wie sie ihren Körper vergass. Schmerzen im Rücken und im Nacken können familiär bedingt sein, überlegte sie. Das hatte sie wohl von ihrer Mutter geerbt und diese wiederum von der Grossmutter. Womöglich wirke ja der warme Sand und lindere wenigstens die körperlichen Leiden, sagte sie zu Sara.

Unaufhörliches Rauschen der Wellen, anschwellend, verebbend. Ihre Glieder, durchwärmt vom sonnenheissen Sand. Ein Gefühl der Zufriedenheit überströmte sie, und sie dachte: Vielleicht meint es das Leben hier doch gut mit mir. Aber sofort verscheuchte sie diese Anwandlung, als sie die plötzliche Angst überfiel, Sijâds Familie könnte ihr Schâdi wegnehmen, wenn er sieben wurde.

Anscheinend konnte Sara die Gedanken ihrer Freundin lesen. Sie klappte Nûras Tagebuch zu und fragte: »Telefonierst du eigentlich mit Sijâds Verwandten? Besuchen sie Schâdi?«

»Sein Onkel und seine Tante sind zweimal nach Beirut gekommen. Seitdem habe ich nichts mehr von der Familie gehört. Sobald ich Zeit habe, besuche ich sie auch mal.«

Sara musterte sie, als wollte sie sagen, das sei doch geschwindelt, nie und nimmer werde sie Sijâds Familie aufsuchen, das würde sie sich gar nicht trauen, dazu sei ihre Angst viel zu gross.

Majas Augen fielen wieder zu. Welle auf Welle rollte heran und wich zurück, während Schâdi weiter Sand auf ihren Oberkörper häufelte. Sie musste wohl kurz eingeschlafen sein. Dichte, feurige Wolken waren an ihr vorübergezogen. Sie sah die Metro kommen, dieselbe Bahn, in die sie am Tag vor ihrer Abreise nach Beirut eingestiegen war. Sah jenen Mann, der sich vor den Zug warf. Hörte Hilferufe, Alarmsirenen, kreischende Bremsen. In diesem Moment war Maja ausser sich hin und her gerannt, kopflos, orientierungslos, sie hatte nur noch geschrien.

Das Gewölk in ihrer Netzhaut wechselte die Farbe. Ihr tiefes Rot riss auf und enthüllte das strahlende Blau eines Sommerhimmels, das hier und da bereits ins Aschgrau dunkelte und schliesslich als durchsichtiger Rauch entschwand. Wie der Zigarettenrauch, den Sijâd – vor einem Aschenbecher voller Kippen und einer Flasche Wein – in ihrem kleinen Pariser Apartment ausgeblasen hatte und den sie alle drei inhalierten. Jeden Abend musste sie saubermachen, damit der Kleine in einer gesunden Umgebung schlafen konnte. Wie oft hatte sie Sijâd gebeten, mit dem Rauchen in der Wohnung aufzuhören, umsonst. Später dann zog sie sich in ihr Arbeitseckchen zurück, wo sie einen Tisch und eine Lampe hatte, um weiter am ersten Kapitel ihres Buches zu schreiben. Nicht lange, und Sijâd rief herüber, sie solle endlich das Licht löschen.

Wieder schlummerte sie ein. Sie sass auf der Schaukel im Garten des elterlichen Sommerhauses. Ihr Bruder Nadîm stand hinter ihr und stiess sie an, wie sie es von ihm verlangte. Jedes Mal, wenn die Schaukel hochschwang, rief sie: »Mehr … mehr … nicht so lahm … schieb höher, schieb schneller … mehr, noch mehr!« Aber die Schaukel blieb immer zu dicht an der Erde.

Schâdi rutschte heran, er legte sich neben sie, dann schmiegte er sein Gesicht an ihres und küsste sie. Maja öffnete die Augen und sah ihn lächelnd an. Er hatte Sijâds Augen, doch seine Haut war weizenfarben wie ihre und ebenso sein Haar.

Sie liess zu, dass eine kleine Träne über ihr Augenlid trat und die Wange hinabrollte. Ihr war, als hätte sein Kuss ein tiefes Leid, das ihr seit langem auf der Seele lag, plötzlich hinweggewaschen. Die Spannung in ihren Gliedern löste sich. Es war das erste Mal, dass Schâdi von sich aus, ohne nachdrückliches Bitten, zu ihr gekommen war und sie geküsst hatte. Seit sie in Beirut waren, sträubte er sich, wenn sie ihn umarmen wollte. Nachts weinte er oft in seinem Bett, es war kein richtiges Weinen, eher ein Stöhnen, als hätte ihn ein flüchtiger Schmerz geweckt. Sofort lief sie hinüber in sein Zimmer, an sein Bett und setzte sich auf den Rand. Sie klopfte ihm sanft auf die Schulter und streichelte seinen Kopf, bis er sich beruhigte und wieder einschlief. Danach kehrte sie in ihr Zimmer zurück, um ebenfalls weiterzuschlafen.

Sie vermied es, sich neben ihn zu legen, so gern sie es getan hätte. Jedes Mal hinderte sie eine eingefleischte dumme Erziehungsregel, der zufolge ein Junge nicht allzu sehr an seiner Mutter hängen dürfe, wenn kein Vater da war. Wie oft hatte sie Geschichten von sogenannten »Muttersöhnchen« und »Weiberzöglingen« gehört. Die gleichen Hemmungen hatte sie auch, ihn zu sich, in ihr Bett zu nehmen. Als müsste ihr Unterbewusstsein irgendeinen Männlichkeitswahn schützen, dachte Maja. Ehrerbietung gegenüber einer Maskulinität, die von den Frauen mit jedem Knaben, den sie zur Welt brachten, in stupider Einfalt bekräftigt und verewigt wurde.

Ein andermal wieder verbot sie sich nur deshalb, ihn zu sich ins Bett zu tragen, weil links von ihr immer Sijâd geschlafen hatte. Jetzt war die Seite leer, und sie wollte diese Leere nicht mit ihrem Sohn füllen.

Auf dem Rückweg gestand sie Sara, dass sie sich sehnlich wünsche, einmal Kemal zu treffen. Aber wie sollte sie ihn finden? Letztens habe sie Sabah gefragt, ob sie keine Adresse von ihm wisse. Sabah habe ihr dann wirklich einen kleinen Umschlag gegeben, den sie bei den Fotos ihres verschwundenen Ehemannes aufbewahrt hatte, und darauf standen Kemals Anschrift und Telefonnummer, eigenhändig von ihm notiert. Inzwischen habe sie die Nummer schon mehrmals angerufen, doch niemand habe sich gemeldet. Nun überlege sie, ob sie nicht all die Briefe und das Tagebuch in ein grosses Couvert stecken und ihm zusenden sollte.

Aber Majas Gefühle waren zu zwiespältig, als dass sie sich dazu hätte durchringen können. Zwar glaubte sie, dass dieser Unbekannte ein Recht habe, das Tagebuch seiner geliebten, verlorenen Frau zu lesen. Doch irgendwo in ihrem tiefsten Innern scheute sie sich, diesen Schritt zu tun.

»Was ist, wenn er die Sendung annimmt und dann trotzdem nicht nach Beirut kommt, wie ich mir erhofft hatte? Wenn er sich nach all den Jahren ein neues Leben aufgebaut hat und dieses Thema für ihn erledigt ist? Oder wenn jemand aus seiner Familie das Couvert empfängt und es einfach in den nächsten Papierkorb wirft?«

Sara hörte sich Majas Fragen an, während sie langsam auf der Strasse nach Beirut zurückfuhren.

Tatsächlich war es Majas grösster Wunsch, Kemal zu treffen. Sie wollte ihn unbedingt kennenlernen. Seine Augen sehen, seine Hand, die so überschwängliche Liebesbriefe geschrieben hatte. Ihn sprechen hören, nachdem sie in Nûras Tagebuch gelesen hatte, seine Stimme sei wie »eine zärtliche Berührung«. Eine Sehnsuchtsmetapher, die Majas Herz erbeben liess.

»Du möchtest ihn kennenlernen? Warum solltest du ihm dann die Briefe und das Tagebuch zuschicken? Schreib ihm einen Brief! Verabrede dich mit ihm in Beirut! Du weisst doch, was du willst, oder?«

Maja nickte wortlos.

»Warum verleugnest du also deinen Wunsch?«, fragte Sara aufgeregt.

»Ich verleugne wirklich meine Wünsche«, bestätigte Maja. »Ich verschiebe sie, und hinterher hasse ich mich dafür.«

»Manchmal schlägt das Schicksal ein wie der Blitz und erschüttert deine Existenz bis in die Grundfesten. Kann sein, dass es der Tod ist, aber auch das Leben und die Liebe. Was dir nach deiner Rückkehr in den Libanon alles widerfahren ist, das waren solche Blitzschläge. An erster Stelle Sijâds Tod … und nun diese Briefe und das Tagebuch, freilich auf eine heilsame Weise. Sie haben dich wieder ins Gleichgewicht gebracht, das du völlig verloren hattest. Bestimmt fragst du dich, warum ausgerechnet du diesen Fund in den Ruinen machen musstest. So ein Blitz zieht ja nicht spurlos an einem vorüber. Er verändert dein Leben. Du bist nicht mehr dieselbe. Jedenfalls nicht mehr die, die du mal warst. Eine ganz andere Frau wirst du sein!«

Maja lächelte, und mit mildem Spott, den ihre Freundin bestens kannte, erwiderte sie: »Aha ... na und weiter? Werde ich heiraten oder verreisen oder hierbleiben? Du redest wie Fâtima daher, die Wahrsagerin, zu der mich meine Mama als kleines Mädchen immer mitgenommen hat!«

Die beiden Freundinnen lachten. »›Sei, wer du bist, wo immer du bist‹*«, rezitierte Sara. »Sooft ich zweifelte und meiner Sache nicht mehr sicher war, habe ich mir diesen Vers aufgesagt. Er ist mein Leitspruch.«

Die Sonne, die in hypnotischer Zeitlupe hinter den Horizont des Meeres versank, begleitete sie auf der Heimfahrt nach Beirut. Schâdi sass hinter ihnen und zählte seine Muscheln, die er am Strand von Tyros gesammelt hatte. Sara drückte auf die Taste des Kassettenradios, ein Lied ertönte. »Aaah!«, rief Maja begeistert, und zu zweit fielen sie in Asmahâns Gesang ein:

> Wann wirst du begreifen, wann ... dass ich dich liebe
> wann wirst du begreifen, dass ich dich liebe ... wann
> wann ... wann wirst du begreifen ...

Wieder zu Hause, ging Maja gleich mit Schâdi ins Bad, um ihm den Sand vom Körper und aus den Haaren zu spülen. Sie musste ihn mit dem Luffaschwamm schrubben, um die asphaltschwarzen Flecken, die an seiner Haut klebten, zu entfernen. Schâdi protestierte, dieses Rubbeln und Scheuern, besonders an den Beinen, wurde ihm lästig. Maja hörte

* Aus: Mahmud Darwisch. *Warum hast du das Pferd allein gelassen.* Gedichte. Aus dem Arabischen von Christine Battermann. Berlin: Schiler 2004, S. 103.

auf und übergoss ihn mit einem Schwall warmem Wasser, weich rann es über seine zarten Glieder. Sie wickelte ihn in ein weisses Tuch, das ihre Mutter mitgebracht hatte, als sie damals zu Besuch nach Paris kam. Ein grosses Badetuch wie im türkischen Hamam, das den ganzen Körper einhüllte. Sie wünschte, ihre Mutter hätte noch so eins gekauft. Âida hatte es vom al-Hamidîja-Suk besorgt, auch die Gewürze für das Mughli und viele andere Sachen, die sie allesamt in einem Extrakoffer verstaut hatte.

Schâdi redete eifrig auf Maja ein, die, in Gedanken versunken, in diesem Moment gar nicht hörte, was er unterwegs in sein Zimmer zu ihr sagte. Aufgeregt wiederholte er seine Bitte: Morgen möchte er in den Vergnügungspark! Tante Nada habe sich bereit erklärt, mit ihm hinzugehen, wenn Maja auf Arbeit ist.

»Gut, ich bespreche das mit ihr«, erwiderte sie rasch und half ihm in den Pyjama. Sie sei gleich zurück, sagte sie, er solle schon mal eine Geschichte zum Vorlesen aussuchen. Sie trat auf den Balkon und steckte sich eine Zigarette an. Ihre Bluse war vorn klatschnass, sie spürte eine angenehme Frische auf Brust und Bauch. Sie liebte diese kühle Feuchtigkeit, die ihren Körper für eine kleine Weile gegen die abendliche Hitze wappnete. Die Strasse lag ruhig, verglichen mit den Stosszeiten am Tag. Die Menschen atmeten auf. Eine kurze Verschnaufpause, nachdem die Glut bei Sonnenuntergang abgeflaut war und bevor man ausging. Der trockene Rauch kratzte und biss in Majas Kehle. Sie lechzte nach einem kalten Getränk bei dieser Hitze, doch seit der Morgendämmerung gab es keinen Strom mehr in der Wohnung. Nachdem die israelische Luftwaffe die

Transformatoren bombardiert hatte, war die Elektrizitätsversorgung in der Stadt zusammengebrochen. Der Besitzer des Generators im Viertel verlangte den doppelten Preis für zusätzliche Stromstunden. Schon wieder unvorhergesehene Kosten. Wie teuer das Leben in Beirut geworden ist!, dachte sie. Ein absurdes Dasein, zufällig gelebt, aber auch ganz schön kostspielig. Seit der Rückkehr aus Frankreich wohnte sie bei ihrer Mutter im Familienhaus. Sie fühlte sich wieder wie ein kleines Mädchen, und das passte ihr überhaupt nicht.

*

Maja hatte über Saras Ratschlag nachgedacht, und sie beschloss, einen kurzen Brief per Eilpost an Kemal Firat zu senden. In wenigen Worten teilte sie ihm mit, was sie in dem Koffer gefunden hatte, und fragte, ob es eine Möglichkeit gebe, sich zu treffen.

Sie begann bereits die Hoffnung zu verlieren, als nach drei Wochen ein Brief eintraf. Kemal Firat hatte geantwortet! Er schrieb, Ende November, also in zwei Monaten, habe er journalistisch im Libanon zu tun und eventuell könnten sie sich in dieser Zeit sehen. Sein Brief wirkte sachlich und reserviert, Maja konnte nicht erkennen, ob er sich über ihre Mitteilung gefreut hatte.

Bis zu ihrem Treffen mit Kemal hatte sie noch eine Menge zu erledigen. Der Film war fertigzustellen. Dann das angefangene Buch über Asmahân. Seit dem Fund des Koffers hatte sie kein einziges Wort daran geschrieben. Der Verlag drängelte schon. Doch vorher musste sie die Aufzeichnungen von ihrem letzten Besuch bei Sabah in den Computer übertragen, ebenso ihre Notizen, die sie bei der Lektüre von Nûras Tagebuch gemacht hatte. Keine dieser Arbeiten diente dem Film. Denn was sie Tag für Tag an Neuem entdeckte, entfernte sie immer weiter von ihm, brachte sie aber zugleich näher zu sich selbst. Willig tauchte sie ein in andere Welten, andere Leben, die sie mit ihren unendlichen Geschichten faszinierten. Eine Leidenschaft, die sie nicht mehr losliess und an nie geahnte Orte entführte.

An diesem Abend mochte sie nicht daheim herumhocken, wo es keinen Strom gab. Den Rest von Nûras Tagebuch würde sie eben nächstes Wochenende lesen. Ohnehin hatte die Batterie der Taschenlampe, die sie dafür benutzte, vollständig ihren Geist aufgegeben.

Sie wollte jetzt ausgehen und in dem Café, das Sara am Sodecoplatz eröffnet hatte, ein Gläschen trinken. Sie würde ihre Mutter bitten, diese Nacht in Schâdis Zimmer zu schlafen. Wenigstens bis sie zurückkam, sie würde nicht lange bleiben. Aber nächste Woche musste sie endlich die Filmaufnahmen mit Danny abschliessen.

12

November 1994

An diesem Morgen hatte Maja verschlafen. Sie sollte mit Schâdi zur Vorschule kommen, um seine neue Erzieherin kennenzulernen, und danach hatte sie eine Verabredung mit Kemal Firat. Leicht war es nicht gewesen, den Absender jener Briefe aus dem alten Koffer ausfindig zu machen. Aber nun wurde sie schon beim Gedanken an diese Begegnung nervös. Wie würde sie verlaufen? Warum wollte sie ihn überhaupt treffen? Sollte sie es nicht dabei belassen? Als er sie aus Dschûnia anrief, konnte sie kaum glauben, dass er es wirklich war. Er sprach englisch, mit einem Akzent, der ihr etwas seltsam erschien. Seine Stimme klang gelangweilt und unbeteiligt, als fühlte er sich verpflichtet, diese Frau zu empfangen, die irgendwelche Briefe und Tagebücher aus seinem früheren Leben aufgestöbert hatte. Irritiert hatte Maja den Hörer aufgelegt. Wozu noch hingehen?, fragte sie sich. Sie würde einfach im Hotel anrufen und absagen. Aber nein!, dachte sie dann. Sie wollte ihn doch sehen, diesen Mann, der eine Frau so innig geliebt hatte, trotz der Entfernung zwischen ihren Ländern, trotz des Krieges, zu einer Zeit, als es keine normalen Telefonverbindungen und Verkehrsmittel gab.

Sie erinnerte sich an Saras Fragen am Meer: »Wohin wird dich diese Schwärmerei noch treiben? Warum willst du dich mit dem Mann verabreden? Bloss weil du Briefe von ihm gefunden hast, die er mal vor achtzehn Jahren an eine dir unbekannte Frau schrieb?« Ich weiss nicht, wohin mich »diese Schwärmerei« führt, dachte Maja, und genauso wenig weiss ich, weshalb ich erfahren muss, wie es danach weiterging.

Sie wollte die Geschichte unbedingt von mehreren Personen hören. Wieso reichte es ihr nicht, was Sabah darüber erzählt hatte, was die Briefe, die Tagebücher aussagten? War das alles nicht genug? Stöberte sie im Leben von Verstorbenen, um deren Biographie zu rekonstruieren? Oder wollte sie nur die Einsamkeit verscheuchen, die in ihr nistete, seit sie kein Mann mehr berührte?

Maja verspürte plötzlich den heissen Wunsch, die eine oder andere Passage aus Kemals Briefen an Nûra noch einmal zu lesen. Fast war ihr, als seien diese Briefe an sie selbst gerichtet. Sie dachte auch: Hätte ich Nûra neben mir, würde ich sie streicheln. Insgeheim musste sie lächeln. So ein Blödsinn!, sagte sie sich. Dann überlegte sie: Was mag aus Kemal geworden sein? Wie alt ist er jetzt? Bestimmt Mitte fünfzig.

All diese Menschen, deren Spuren sie entdeckt hatte, besassen einen gemeinsamen Nenner: Sie hatten geliebt, waren in Leidenschaft entbrannt. Ja, in Leidenschaft, oder wie immer man es nennen mochte. Und sie war ihnen gefolgt, mitgerissen von einer stürmischen Liebe, die sie selbst niemals erlebt hatte. Einer Liebe, die das ganze Sein erschüttert, die einen mitsamt den Wurzeln ausreisst und an einen anderen, nie gekannten Ort wirft. Ihr fiel ein, was Sabah über ihre erste Liebe und die Flucht von daheim erzählt hatte: »Es ist unwichtig, wie die Liebe endet. Wichtig ist nur, dass ich geliebt habe. Dass ich die Liebe einmal kosten durfte. Sie schmeckt süss, Maja … so süss!«

Es war ein trüber Morgen. Maja sinnierte vor sich hin, während sie mit ihrem Auto weiterfuhr. Wieder fragte sie sich, wie Nûra wohl ausgesehen hatte. Es gab von ihr kein Foto. Nûra war die Einzige, die beinah greifbar anwesend und zugleich ganz und gar abwesend schien. Ein so lebendiges Tagebuch hatte sie hinterlassen, so voller Inbrunst und Liebe, Klugheit und Wissbegier. Dazu Stapel von gesammelten Texten, Artikeln und Büchern über Juri Gagarin. Und hatte trotzdem kein Gesicht. Sabah beschrieb sie immer nur als »schlaues Köpfchen«, als eine gescheite, patente Frau. Weder erwähnte sie ihre Gesichtszüge noch ihr Haar oder ihre Augen. Soviel Maja auch danach fragte, sie brachte nichts aus Sabah heraus. Mit Hilfe von Kemals Briefen versuchte sie, Nûra ein Gesicht und einen Körper zu verleihen.

Unterwegs nach Dschûnia bewölkte sich der Himmel, und die Sonne verschwand. Der helle Tag dunkelte zur aschgrauen Dämmerung. Noch war kein Herbstregen gefallen, obwohl der November bereits zu Ende ging. Auf der Strasse waren neue Absperrungen errichtet worden, an denen Bewaffnete die Autos stoppten und ihre Insassen überprüften. Dafür war der Kontrollpunkt der Forces Libanaises am Nahr-al-Kalb-Tunnel beseitigt worden, nachdem man ihren Kommandeur Samîr Geagea* und eine grosse Anzahl Milizionäre verhaftet hatte. Maja hielt an, um zu tanken. Sie musste warten, es war Stromsperre. Nicht weit von ihr standen ein paar junge Männer, die über Geagea,

* Geb. 1952. Führer der Miliz Forces Libanaises, 1994 für Verbrechen im Bürgerkrieg zu mehrfach lebenslanger Haft verurteilt. 2005 begnadigt und freigelassen.

den »Doktor«*, redeten und alles verfluchten: das syrische Regime wie den libanesischen Geheimdienst. Als ein Auto heranfuhr, sprachen sie sofort leise. Zwei Männer, einer in Uniform, stiegen aus und marschierten ins Büro der Tankstelle. Maja hatte das Gefühl, die ganze Region verharre stumm, voller Angst vor Vergeltungsaktionen von Gruppierungen der Sicherheitsdienste, die mit der syrischen Armee im Libanon kooperierten.

Endlich war sie in der Nähe des Hotels eingetroffen und stellte das Auto in einer Parklücke ab. Plötzlich begann es zu tröpfeln, und kaum hatte sie das Auto verlassen, ging ein Platzregen nieder. Sie schaffte es nicht mehr, sich rasch genug in Sicherheit zu bringen, und rannte, ohne ein Café aufzusuchen, weiter zum Hotel. Was für ein Wolkenbruch! Er erinnerte sie wieder an die unbeschwerte Fröhlichkeit längst vergangener Studententage. An Sara, die sich vor Lachen ausschütten wollte, als sie damals vor dem Regen zusammen ins nächste Café neben der Universität geflüchtet waren.

Eine Viertelstunde vor ihrer Verabredung mit Kemal betrat sie das Hotel. Sie war tropfnass. Besser, sie würde noch warten, ein paar Minuten verstreichen lassen, auch damit ihre Haare etwas trockneten. Das Hotel war klein und schlicht. Sie setzte sich auf ein Sofa neben der grossen Fensterscheibe im Entree. Ihr war kalt, ein Schauer lief ihr über den Rücken. Schliesslich rief sie Kemal Firat an. »Kommen Sie herauf!«, sagte er, als wären sie alte Bekannte oder als fände er gar nichts dabei, wenn eine Frau einen Mann in sei-

* Samîr Geageas Spitzname nimmt auf sein Medizinstudium Bezug, das er nach dem Beginn des Bürgerkrieges abbrach.

nem Hotelzimmer aufsucht. Ganz einfach, fast unschuldig bat er: »Kommen Sie nur, meine Zimmernummer ist 422, vierte Etage.«

Der Hotelboy geleitete sie zum Fahrstuhl und drückte auf den Knopf. Sie standen eine Weile, nichts geschah. Der Boy entschuldigte sich, ein wenig beschämt und linkisch. Der Lift sei vielleicht in der obersten Etage stecken geblieben, meinte er, gleich werde er hinaufsteigen und ihn holen.

»Nicht nötig, ich nehme die Treppe«, sagte sie. In einem Land, wo so viele Wege immer noch kaum passierbar sind, wo es mehr Militärsperren als Strassen gibt, da muss ja ein Hotellift ausser Betrieb sein, dachte sie, während sie in die vierte Etage hinaufhastete.

Uff!, schon ging ihr die Puste aus. Sie hielt kurz inne, um Atem zu schöpfen. Ihr war gar nicht gut. Als sie über den blau-, orange- und petrolgestreiften Korridorteppich lief, zitterte sie am ganzen Leib wie ein Sperling. Sie fand die Tür zu Kemals Zimmer, der Schweiss brach ihr aus, sie spürte die Feuchtigkeit auf der Stirn, an den Händen. Trotz der nassen Haare wurde ihr so heiss, dass ihre Augen brannten. Sie konnte nicht mehr deutlich sehen. Zögernd krümmte sie den Zeigefinger und klopfte an. Sie hörte nicht, ob sich drinnen jemand näherte. Sie wartete. Dann klopfte sie noch einmal. Langsam öffnete sich die Tür. Ein Mann in den Fünfzigern schaute heraus, sein graumeliertes Haar war vorn gelichtet.

Maja murmelte etwas vor sich hin. Vielleicht hatte sie »guten Tag« gesagt, vielleicht ihren Namen genannt, sie hatte es sofort vergessen. Doch sobald ihre Blicke sich trafen, wusste sie, dass es nie zuvor einen Moment wie diesen gegeben hatte und dass er auf irgendeine Weise mit allem, was künftig geschah, verbunden sein würde. Sie stand vor der offenen Tür, während Kemal sie hereinbat, ohne ihr Platz zu machen. Auch er schien berührt und unfähig, sich zu bewegen. Eine Zeitlang verharrte er so und wiederholte nur immerfort: »Bitte ... bitte sehr ...« Plötzlich mussten sie beide lachen. Er trat zur Seite, und sie ging hinein.

»Maja ... richtig?«, sagte er, die Andeutung eines Lächelns huschte über sein Gesicht.

»Richtig«, antwortete sie.

»Seien Sie willkommen.«

Es war nicht nötig, dass er ihr seinen Namen nannte, und er nannte ihn auch nicht. Wäre er ihr auf der Strasse begegnet, sie hätte ihn erkannt: durch die Ähnlichkeit mit den Fotos, an seinen Augen, seiner Miene, seiner Gestalt. Er schien sich nicht verändert zu haben. Nur sein Blick war strenger. Jahre, die er nicht verwinden konnte, hatten ihn verhärtet. Er wirkte wie einer, der aus einem verlorenen Krieg kommt und nicht mehr weiterweiss.

Maja stellte die kleine Tasche mit den Fotos, Briefen und dem Tagebuch ungeöffnet beiseite. Er verlangte nicht, sie zu sehen, stattdessen begann er zu reden – ein Mann, der sich von einer schweren Last befreien wollte.

»Sie glauben, ich hätte allein Nûra verloren. Nein! Mein ganzes Leben war dahin, und ich habe es nicht wieder aufbauen können. Geliebte Menschen verliert man nicht nur einmal, sondern immer und immer wieder, das hört nie auf. Bis heute, bis zu diesem Moment, wo ich Ihnen meine Geschichte erzähle, schmerzt mich der Verlust.

Wenige Tage bevor unser Kind zur Welt kam, wurde ich inhaftiert. Ich war auf dem Weg in den Libanon, als die syrische Armee mich festnahm und an die türkische Staatssicherheit auslieferte. Vielleicht war es ein Deal, keine Ahnung. Eine schlimme Zeit begann für mich, sie währte fünf Jahre. Ich wurde gefesselt, abgeführt und ins Gefängnis geworfen, angeblich hätte ich Bombenanschläge und politische Attentate in der Türkei geplant. Die Briefe, die ich Nûra aus der Haft schrieb, haben sie niemals erreicht. Doch das habe ich erst später erfahren. Sie wurden vom Geheimdienst gelesen und anschliessend in den Papierkorb geschmissen. Sämtliche Anklagen gegen mich beruhten auf Lüge und Verleumdung. Aber alle Leiden im Gefängnis waren nichts gegen die Hiobsbotschaft, die mir Timur übermittelte: Nûra und unser Kind wurden bei der Explosion einer Autobombe in Beirut getötet! Ich wusste nicht mehr ein noch aus. Mir lag nichts mehr daran, aus dem Gefängnis entlassen zu werden. Es gab kein Ziel mehr in meinem Leben. Ich fragte mich: Was soll ich draussen? Genauso gut kann ich hierbleiben und vermodern in dieser Zelle, in der kaum eine Pritsche Platz hat. Ich bin schuld, ich habe es nicht geschafft, sie aus Beirut herauszuholen, als sie mich darum bat, weil ihr die Lage zu gefährlich wurde. Ich habe ihre Ausreise hinausgezögert, ich wollte abwarten, bis wir alle Papiere beisammenhätten und gemeinsam nach Frankreich fahren könnten.

Hass besitzt einen eigenen Geruch, auch einen eigenen Rhythmus. Nûra spürte ihn. Sie hatte Syrien verlassen und war in den Libanon gegangen, aber der Hass war ihr nachgefolgt, und er tötete sie.

Timur wollte Nûra von meiner Verhaftung berichten. Doch er wurde ebenfalls festgenommen und für sieben Monate eingesperrt … Als er schliesslich nach Beirut kam, erzählte ihm Sabah alles. So habe ich es dann erfahren. ›Sag Kemal, seine Familie ist tot. Beide, seine Frau und sein Sohn. Der Krieg in Beirut hat sie ermordet.‹ Das waren Sabahs letzte Worte gewesen, bevor sie die Wohnungstür hinter Timur schloss.

Ich sass fünf Jahre im Gefängnis. Wie durch ein Wunder kam ich frei, völlig unerwartet. Ich war zu zehn Jahren verurteilt, aber aus irgendeinem Grund wurde ich vorzeitig entlassen. Vielleicht hat mein französischer Pass dabei geholfen. Der Verzicht auf politische Betätigung war der Preis, den ich für meine Freiheit bezahlte. Aber was war das schon für eine Freiheit?

Nach der Entlassung wurde ich von einigen verdächtigt, meine ehemaligen Genossen verraten zu haben. In meinem letzten Gefängnisjahr hatten die türkischen Behörden eine Verhaftungskampagne gestartet, und mehrere Genossen, darunter Mitglieder der PKK, der Arbeiterpartei Kurdistans, waren ihr zum Opfer gefallen.

Das letzte Mal, dass wir uns trafen, Nûra und ich, war gegen Ende der Schwangerschaft gewesen. Ihre Figur war schlank wie eh und je, ihrem Bauch kaum etwas anzumerken. Eine zarte Rundung, die harmonisch zu ihrem straffen Körper und ihrer natürlichen Anmut passte, das war alles. Nie werde ich diesen Tag vergessen … diesen Nachmittag am Strand des Coral Beach Hotels. Wir gingen ein Stückchen weiter, zum Meer hin, dort legte sich Nûra auf ein Handtuch, das sie im Sand ausgebreitet hatte. Sie war müde von ihrer Nachtschicht, sie wollte ein bisschen schlafen, fünf Minuten wenigstens.

Nie hätte ich gedacht, dass dieses Bild von ihr das letzte sein würde: wie sie ausgestreckt im Sand lag, während die Sonne am Horizont versank und goldene Kringel über die Wölbung ihres zarten Leibes und die anmutigen Glieder streute. Ich ahnte nicht, dass dieser rührende Anblick ihrer Erschöpfung, dieser reinen Gedankenverlorenheit, meinen Augen nur dieses eine Mal vergönnt war, ein einziges Mal im Leben und danach nie wieder. Ich schaute sie an und fühlte mein Herz hinschmelzen. Nichts, überhaupt gar nichts konnte uns trennen. Nur der Tod allein. Und das tat er. Damals wusste ich nicht, dass ich mein Leben damit zubringen würde, ihr Bild in diesem Moment und dieses wunderbare, vollkommene Gefühl für sie wieder und wieder zurückzurufen.

Als ich zum ersten Mal nach dem Tod von Nûra und unserem Kind in den Libanon fuhr, ging Sabah mit mir auf den Baschûrafriedhof. Sie führte mich an die Stelle, wo sie ihren Mann bestatten wollte, wenn man ihr seinen Leichnam übergeben würde. Vor einer steinigen Brache, überwuchert von dürrem Gras, hielt sie an und zeigte auf einen verwahrlosten Erdhügel. Hier lägen Nûra und das Kind begraben, sagte sie. Ich wusste nicht, was mit mir geschah. Es war ein Albtraum. Ich konnte es nicht glauben. Mir war, als sei Nûra gerade eben gestorben, als wären wir wenige Augenblicke zuvor noch zusammen gewesen.

Ich ertrug es nicht länger als zwei Tage. Beirut erschien mir hartherzig, armselig, abweisend. Die Orte hatten ihren Sinn verloren. Erst jetzt erkannte ich, wie fremd und einsam diese Stadt war. Wie sollte ich meinen Morgen beginnen, wenn mich jede Strasse, jedes Café an sie erinnerte? Wie sollte ich mich zu irgendetwas aufraffen können? Ich war kein Mensch mehr ohne sie.

Tags darauf reiste ich ab. Seitdem bin ich nie wieder in Beirut gewesen, obwohl mir der Leiter der Presseagentur in Istanbul anbot, in den Libanon zu wechseln.

Hätte sie weitergelebt, wäre sie jetzt sechsundvierzig, und unser Sohn wäre sechzehn. Wir wären eine Familie, die liebevoll miteinander umgeht und daran glaubt, dass es eine Zukunft gibt.

›Ein jeder hat seine schwarze Grube‹, hatte sie einmal zu mir gesagt. Nun verstehe ich, was sie meinte. Ich stecke in der allertiefsten Grube, in meiner Einsamkeit.

Als ich aus dem Gefängnis kam, fühlte ich mich fremd. Fünf Jahre hatten genügt, um die Welt zu verschandeln. Es war eine Welt ohne Helden. Nur Scheiterhaufen in der Seele und Asche im Mund. Wer noch da war von den Genossen, schien um Jahrzehnte gealtert. Nie mehr werden wir unsere Traumfalter erjagen, dachte ich. Man muss aufhören zu klagen und in Herzenswunden zu stochern, die ohnehin ein ganzes Leben brauchen, um zu vernarben.«

Wie gebannt lauschte Maja seinen Worten. Ab und zu stockte er für Momente, dann sprach er weiter. Da war sie, diese Leidenschaft, nach der sie ihr Leben lang vergeblich gesucht hatte. Sie spürte sie jetzt und würde sie auch anderntags spüren. Lag es an der Kraft seiner Worte oder an der Macht der Liebe, die noch immer in ihm pulsierte? Einer Liebe, begraben mit einer Toten, von der sie nicht einmal wusste, wie sie ausgesehen hatte.

Sie verabschiedete sich von ihm. Der Regen hatte nicht nachgelassen, er wollte Kemals Geschichte wohl bis zum Schluss begleiten. Ohne es zu merken, hatte sie beinahe den halben Tag mit ihm verbracht. Sie wünschte, dieser Herbsttag mit Kemal wäre der Neubeginn eines ganzen Lebens. Zu viel Zeit wurde sinnlos vergeudet, sie sollten es auskosten, in vollen Zügen, wie den Kaffee am Morgen.

Hin und wieder hatte Kemal innegehalten, hatte ihr eine Frage gestellt, als vergewisserte er sich, dass sie ihm folgte. Maja hatte ihm schweigend zugehört. Dieses Schweigen knüpfte eine Verbindung zwischen ihnen, tiefer, als Worte es jemals vermocht hätten. In einem solchen Augenblick war es geschehen, dass sie schlagartig, wie ein Backgammonspieler seine Würfel aufs Brett schleudert, diesen Satz einwarf: »Ihre Briefe haben etwas in mir verändert …«

Am frühen Abend kehrte sie nach Beirut zurück. Heftig klatschte der Regen gegen die Windschutzscheibe. Die Wischer arbeiteten nicht richtig, sie musste langsam fahren. Als sie zu Hause ankam, zitterte sie am ganzen Körper. Erst mal einen Tee aufbrühen. Sie wartete nicht, bis er ein wenig abkühlte. Sie schlürfte ihn heiss, wie er war, und verbrannte sich Zunge und Gaumen. Mit beiden Händen umklammerte sie das Teeglas, süchtig nach Wärme. Das Klopfen des Regens vermischte sich mit Kemals Worten, die weiter in ihr nachklangen.

Wieder holte sie seine Briefe an Nûra hervor, und wieder begann sie trotz ihrer Erschöpfung und Müdigkeit einige zu lesen. Heute hatten diese Briefe neue Bedeutung gewonnen.

Danach schrieb sie in ihr Tagebuch:

Kemal,
in später Nacht will ich von dir schreiben. Endlich fand ich deine Briefe, die mich nie erreichten. Eine andere Frau las sie vor mir. Nach Jahren habe ich sie entdeckt. Wieso blieb das alles meinem Leben versagt? Alle Liebe finde ich hier, all diese Liebe, die ich so lange entbehrte.

Erschöpft und todmüde, ging sie in Schâdis Zimmer, legte sich neben ihn ins Bett und schloss ihn in ihre Arme. Sofort war sie eingeschlafen.

13

Die letzten Seiten in Nûras Tagebuch

Jedes Mal, wenn sich Maja zu Fuss dem Murr-Turm näherte, ging ihr das Herz auf. An einer bestimmten Stelle neben dem Hochhaus des Holiday Inn gab es diese kleine Lücke, durch die sie plötzlich in den weiten tiefblauen Himmel sehen konnte. Beirut ist nur noch eine gigantische Werkstatt, dachte sie. Mit seinem Getöse übertönt der Wiederaufbau alles andere: die Stimmen des Meeres und der Menschen, der Kirchenglocken und der Muezzins. Da wird rekonstruiert und zur selben Zeit plattgemacht. Sie verfüllen die Gewalt, als hätte sie nie existiert. Sie füllen sie mit noch grösserer Gewalt. Und trotzdem überdauert sie, und sie wird abermals auferstehen, aus den Tiefen der Erde, aus den Fluten des Meeres.

Sie setzte ihren Weg abwärts fort, vorbei am Phoenicia Hotel, das ebenfalls in einer riesigen Baustelle versank. Überquerte die Strasse, lief weiter in Richtung al-Manâra. Sah die halbzerstörten Gebäude, früher von der syrischen Armee konfisziert und als Kasernen benutzt. Auf dem Uferweg Jogger, Frauen und Männer. Sie hielt kurz an, um zu verschnaufen, und lehnte sich mit dem Rücken an den grünen Eisenzaun. Auf einer Steinbank gegenüber sass eine junge Frau mit langer blauer Satinbluse und weisser Hose. Auch sie beobachtete die Passanten, doch angespannt, wie mit einer leisen Furcht. Vor sich hatte sie einen Rollkoffer stehen. Sachte und behutsam fuhr ihre Hand in kleinen Kreisen über ihren Bauch. Sie wirkte gedankenverloren, mit irgendeinem Problem beschäftigt. Dann hob sie die Hand und strich sich das Haar aus dem Gesicht. Die Hand weiter an der Stirn, beugte sie sich nach vorn, als betrachtete sie etwas auf der Erde. Aber eher wohl grübelte sie über eine Frage, die sie beunruhigte. In den Zügen der jungen Frau lag eine Traurigkeit, die Maja rührte. Sie schaute herüber zu ihr, ein angedeutetes Lächeln huschte über ihr Gesicht. Maja nickte ihr freundlich zu, ohne etwas zu sagen. Noch immer ein flüchtiges, zaghaftes Lächeln auf den Lippen, erwiderte die Frau ihren Gruss. Mit einer fliessenden Bewegung schob sie zum zweiten Mal ihr Haar zurück und wandte sich gleichzeitig ab. Ihr Blick richtete sich erneut auf die Passanten, als ob sie Ausschau hielte oder jemanden erwartete. Plötzlich drückte sie ein Handy ans Ohr, sprach ein paar Worte und steckte es wieder in die Tasche. Ihre Augen zwinkerten, als wollte eine Träne herausrollen. In diesem Moment schien sie verstört, wie von Gott verlassen.

Maja ging weiter in Richtung des Hammâm al-Askari und daran vorbei bis zum Café al-Raudha. Sie setzte sich direkt an die Quaimauer. Es war einer dieser milden, sonnigen Novembertage in Beirut. Im Café Frauen jeden Alters und Aussehens, die Gesichter umkräuselt vom Rauch der Wasserpfeifen und Zigaretten. Manche in kurzen Kleidchen oder leichten Pumphosen, andere mit Kopftüchern. Hautenge und weite Gewänder. Stoffe in Frühlingspastell, in Schwarz oder grellen Farben. Wallendes Gewebe über altersmüden Körpern. Um den Verfall zu kaschieren, bedeckten sie sich mit dem »Zelt Gottes«.

Maja bestellte eine Tasse Kaffee, dann holte sie Nûras Tagebuch hervor, um die letzten Seiten zu lesen:

(...)

... heute Morgen wieder ein Anruf, diesmal von Vater. Sie haben meine Kurzgeschichte über Hanâ erhalten, die vor Monaten in einer arabischen Zeitschrift in London publiziert wurde.

»Wir verlangen, dass du herkommst«, sagte er zu mir. »Du musst dich von dieser Geschichte distanzieren. Veröffentliche eine Richtigstellung, in der du alles dementierst. Behaupte, jemand habe deinen Namen benutzt. Ja, bist du denn verrückt? Du hast keine Ahnung, was du dir damit einhandelst!«

Sein Anruf war kurz. Eine Art Standpauke. Weder fragte er nach meiner Gesundheit noch nach meiner Arbeit. Und ich erzählte ihm auch nichts. Nicht einmal von meiner Heirat. Niemand weiss davon, nach diesen Drohungen behalte ich es lieber für mich.

(...)

Seit Hanâs Geschichte gedruckt ist, werde ich ständig von meinem Bruder und von Huda angerufen ... Das sind keine Anrufe, es sind Warnungen. Anfangs wollte ich gar nicht glauben, was sie mir sagten. Ich hielt es für Schreckbilder, mit denen mich die Familie einschüchtern und verhindern wollte, dass ich neue Skandalgeschichten über sie schrieb. Mein Vater erklärte, was ich getan hätte, werde unsere Familie ruinieren. Ich ruiniere die Familie, weil ich die Wahrheit sage? Weil ich schreibe, was wirklich geschehen ist?! In den Familien zieht man es vor zu schweigen, immerfort zu schweigen. Aber Duckmäuserei setzt dem Tod kein Ende, auch nicht dem Freitod, und sie wird keine Frau davon abhalten, sich umzubringen! War Hanâs

Suizid für die Familie nicht ebenfalls ein Ruin gewesen? Warum sonst machen sie alle Hanâ verantwortlich? Man gibt der Toten die Verantwortung für ihren Tod! Huda meinte zu mir: »Weshalb hat sich deine Schwester auf die Affäre eingelassen? Sie ist ja selber schuld!« Klammheimlich stehlen sich alle aus der Verantwortung, es ist, als töteten sie Hanâ noch einmal. Nie werde ich vergessen, wie sie in der Nacht davor geweint hatte. Sie wusste keinen Ausweg mehr. Und ich habe es damals nicht begriffen. Sie sagen, es sei ein Fehler von mir gewesen, in meiner Geschichte die echten Namen zu veröffentlichen. Jemand habe Schauki ein Exemplar zugespielt, und nachdem er es gelesen hatte, sei er völlig ausgerastet. Meinem Vater habe er mit Gefängnis und meinem Bruder mit Jobverlust gedroht. Er sagte, eine derartige Verleumdung könne seine Zukunft vernichten und alles zerstören, was er erreicht habe. Ich weiss es besser: So eine Geschichte wird seine Zukunft durchaus nicht beeinträchtigen. Im Gegenteil, vielleicht könnte er sogar davon profitieren. Eine Karriere beim Geheimdienst setzt voraus, dass man Verbrechen begeht. Aber genauso weiss ich auch, dass es für mich keine Rettung vor seiner Bösartigkeit gibt, selbst dann nicht, wenn er seine Drohungen gegen meinen Vater und meinen Bruder wahr machte. Er ist es gewesen, der die Gerüchte gestreut hatte, ich würde für den britischen Secret Service arbeiten. Wie könnte es denn mit rechten Dingen zugehen, dass ein syrischer Journalist im Ausland weder für eine Regierungszeitung arbeitet noch sonst dem Regime huldigt? Wie sollte man ihn da nicht der Spionage verdächtigen? Und handelte es sich überdies um eine Frau, würde man sie nicht nur des Verrats anklagen, sondern obendrein der Hurerei! Wieder und wieder hatte Huda verlangt, dass ich ihr Hanâs Abschiedsbrief aushändige. Jetzt würde es freilich gar nichts mehr nützen, ihr den Brief zu schicken oder ihn hier zu zerreissen. So oder so, es ist alles zu spät.

*

(...)

Ich schreibe für mich selbst. Und auch für Kemal. Es ist vielleicht der einzige Weg, ihm ebenso nahe wie fern zu sein. Dieses Gleichgewicht zu halten ist nicht leicht, ständig droht es zu kippen, doch darin liegt ja sein Sinn. Aber nun werde ich alle Sinnfragen beiseitelassen. Ich stelle mir vor, diese Eintragungen wären so etwas wie postlagernde Briefe, die er abholt, wenn wir uns wiedersehen. Bei unserem letzten Telefonat habe ich ihm erklärt, dass ich von hier wegmöchte, am besten noch vor der Geburt unseres Kindes. Nur wohin? Es war das erste Mal, dass ich ihn darum bat. Das erste Mal, dass Angst mein Herz beschleicht und mir das Gefühl der Sicherheit raubt.

Juli 1978

Ich wusste, dass es für Kemal zu schwierig wäre, sich von Izmir nach Beirut durchzuschlagen, und dass ich unser Baby zuerst allein sehen würde. Gestern im Morgengrauen ging ich in die Klinik, und nachmittags um zwei war unser Kind da.

Als ich in die Klinik kam, dachte ich: Manchmal können sich Ärzte ja irren. Nach der Entbindung war ich so erschöpft, dass ich gleich einschlummerte. Im Halbschlaf hörte ich noch, wie der Geburtsarzt sagte: »Ein Junge!« Trotzdem spukte der Gedanke, ich hätte ein süsses Mädchen geboren, weiter in meinem Kopf herum. Ich glaubte sogar, der Arzt wolle mich necken.

Es war ein heisser Tag, und dann fiel die Klimaanlage im Kreisssaal aus. In diesem Moment hatte ich das Gefühl, die Hölle liege nicht weit von Beirut.

(...)

Ich bestellte mir ein leckeres Abendbrot und dazu ein Glas Wein. Das Essen kam, aber mit Wein war es nichts. »Klinikvorschriften«, erklärte mir die Krankenschwester. Ich lachte. Das nächste Mal wäre es wohl besser, in einer Bar niederzukommen, sagte ich zu ihr, wenigstens würden sie mir dort ein Gläschen gönnen.

Obwohl Kemal fern von Beirut war und bei der Geburt nicht bei mir sein konnte, fühlte ich an diesem Abend unbändige Freude und Lebenslust.

(...)

Eben lese ich im Klinikzimmer, was mir Kemal in seinem letzten Brief schreibt: Er bewahre sich die Hoffnung, dort, wo er sei. O ja, dachte ich, davon brauchen wir wirklich eine ganz grosse Dosis. Auch ich will versuchen, die Hoffnung zu bewahren, hier, wo ich bin, trotz der Gewalt rings um uns her. Und meine Finger umschliessen die Hand unseres kleinen, gestern geborenen Jungen.

*

Karîm – nennen wir ihn vorerst so – schläft den lieben langen Tag. Manchmal muss ich ihn zum Stillen wecken. Doch bald darauf schlummert er wieder ein, ohne ausgetrunken zu haben.

*

Heute schenkte mir eine Kollegin ein Buch von Clarice Lispector. An einer Stelle sagt die Autorin: »Ich schreibe, als müsste ich jemandes Leben retten. Vermutlich mein eigenes.«

Gierig verschlang ich diesen Satz, während Karîm nach meiner Brust schnappte und schmerzhaft zubiss. Mir war, als hätte sie über mich geschrieben.

12. August 1978

Ich weiss nicht, was seit heute früh mit mir los ist. Babyblues nach der Entbindung? Karîm weint, er wird nicht mehr satt von meiner Milch. In mir ist eine Ruhelosigkeit, die mich nicht schlafen lässt, sogar Angst.

Morgen habe ich einen Termin in der Botschaft. Ich werde nicht länger auf Kemal warten. Ich habe in seinem Büro angerufen, nachdem sein Privattelefon zwar jedes Mal klingelte, aber niemand abnahm. Man sagte mir, dass er schon über zwei Wochen nicht zur Arbeit gekommen sei. Ich mache mir Sorgen, ich weiss gar nichts von ihm.

Ich habe Angst. Karîm werde ich inzwischen bei Sabah lassen, bis ich die Angelegenheit in der Botschaft erledigt habe und zurückkehre.

13. August 1978
Ich habe Karîm bei Sabah abgegeben. Als sie ihn mir aus den Armen nahm, hatte ich das Gefühl, er würde mir aus dem Herzen gerissen. Am Nachmittag, wenn ich von der Botschaft komme, hole ich ihn gleich bei ihr ab, und dann will ich alles sortieren, was ich über Juri Gagarin gesammelt habe. Es wird Zeit, dass ich über ihn schreibe.

Heute gehe ich jedenfalls nicht zur Arbeit. Zur Hölle mit dem Chef!

*

Maja hatte die restlichen Seiten von Nûras Tagebuch gelesen. Sie war fassungslos. Nûras Eintragungen über die letzten beiden Tage vor ihrer Ermordung trafen sie wie ein Schlag. Dann wäre der kleine Karîm ja gar nicht bei ihr gewesen, als sie zur Botschaft fuhr!

Die ganze Sache kam Maja sehr merkwürdig vor. Aber jetzt musste sie es genau wissen: Was war wirklich mit dem Kind geschehen? Sie erinnerte sich, wie nervös Sabah auf ihre Frage reagiert hatte, wer der Kleine mit ihr auf dem Foto sei. Er war Nûras Sohn! Damals hatte Sabah kein weiteres Wort darüber reden wollen. Stattdessen begann sie sich ihrerseits nach diesem und jenem zu erkundigen, nur damit sie ihre Frage vergass und keine Antwort mehr erwartete.

Eilig stopfte Maja das Tagebuch und die verstreuten Zettel in ihre Tasche und verliess das Café. Sie folgte dem Gehsteig entlang der Mauer des Hammâm al-Askari in Richtung Ain al-Muraissa. Plötzlich brach vor ihr ein tumultartiger Lärm los, übertönt von heulenden Sirenen der Rettungswagen und Polizeifahrzeuge. Je näher Maja der Stelle kam, wo sie vorher auf ihrem Weg zum Café an dem Eisenzaun gestanden hatte, desto lauter und deutlicher wurde das Getöse. Hupende Autos, durchdringende Schreie. Schaulustige, die einen am Boden liegenden Körper umringten. Kräfte der Zivilverteidigung, die den Leichnam mit einem Stück Stoff abzudecken suchten.

Maja starrte auf die Kleidung der Toten: eine blaue Satinbluse, eine weisse Hose. Das kleine Tuch konnte sie nicht ganz verbergen, lediglich das Gesicht und ein Teil der Brust waren bedeckt. »Aber das ist doch … das ist sie, sie …«, schrie Maja auf.

Ein Polizist trat zu ihr. »Sie kennen die Frau?«, fragte er.

»Jaja … nein … nein … ich meine, ich habe sie heute zum ersten Mal gesehen, wir hatten uns noch zugenickt …« Maja brach in Tränen aus, als hätte sie das Opfer schon lange gekannt.

»Ein Ehrenmord«, sagte jemand zu ihr. »Einer aus ihrer Familie hat sie getötet und sich danach der Polizei gestellt.«

Ob sie auch eine Migrantin gewesen ist?, fragte sich Maja. War sie geflüchtet, oder hatte sie ihr Land verlassen müssen wie einst Sabah, wie Nûra und Mala, die wegen eines Mannes oder dessen Familie auswanderten? Maja wollte weiterlaufen, aber ihr war, als würde sie gleich umfallen. Sie setzte sich auf eine Steinbank und begann bitterlich zu weinen.

Es dauerte eine Weile, bevor sie über die Spearsstrasse zur Ajûb-Tankstelle hinaufgehen konnte. In diesem Moment erschallten aus mehreren Richtungen die Rufe der Muezzins. Zeit für das Freitagsgebet. Jetzt fuhren kaum noch

Autos. Das Gedränge zerstreute sich, fast still wurde es in der Strasse. In einem Winkel gegenüber stürzten sich streunende Hunde auf weggeworfene Essensreste. Hier und da lag Kot auf dem Trottoir, beissender Uringeruch erfüllte die Luft. Maja ging schneller. Hinter ihr näherte sich ein Auto, dann rollte es langsam neben ihr her. Der Beifahrer warf eine leere Zigarettenschachtel nach ihr und beschimpfte sie mit übelsten Ausdrücken. Die Schachtel prallte gegen ihre Schulter und fiel auf das Pflaster. Der Fahrer bremste, um seinem Kumpan Gelegenheit für weitere Provokationen zu geben. Maja bückte sich, wütend hob sie die Schachtel auf und schleuderte sie mit aller Kraft dem Mann ins Gesicht. »Schmeiss das bei dir daheim in den Müll!«, schrie sie unter Tränen. »Ihr seid doch alle gleich ... allesamt Mörder!«

»Gott bewahre mich vor dieser Löwin«, sagte der Mann verblüfft. »Was für eine Löwin!«, wiederholte er noch einmal, den Kopf aus dem Autofenster gestreckt. »Bewahr mich Gott, die ist ja verrückt!«, rief er dem Fahrer zu, der eilig Gas gab.

»›Gott bewahre mich!‹ Von welchem Gott faselt dieser Schuft?« In ihrem Zorn führte Maja Selbstgespräche. »Je mehr betende Männer, desto mehr Opfer unter den Frauen! Wieso eigentlich?« Und es klang wie eine Frage, als sie wiederholte: »›Bewahre mich Gott?‹«

Erschöpft traf sie zu Hause ein. Ihre Gedanken verwirrten sich, sie wusste nicht, was sie tun sollte. Den Kopf zwischen den Händen, liess sie sich auf die Couch fallen. Wieder sah sie die Frau vor sich, wie sie leblos am Boden lag. Wenige Stunden zuvor hatte sie ihr noch zugelächelt, und nun war auf einmal alles aus. Sie hatten sich zugenickt, ja beinahe war es, als hätten sie miteinander geredet, auch wenn sie keinen Laut von ihr vernommen hatte. Eine schwierige Phase, die Maja gerade durchmachte: ihr Leben, das schlagartig aus den Fugen geraten war, dazu dieser Koffer, die Geschichten der Menschen, die der Krieg hierhin und dahin verstreut, deren Schicksale er aus der Bahn geworfen hatte, und zu alledem heute dieser Gewaltakt. Gewalt des Krieges und Gewalt des Friedens – das Doppelgesicht ein und derselben Wirklichkeit. Mit keinem von beiden kam sie zurecht.

Noch einmal überflog sie die letzten Seiten des Tagebuchs. Hier stand es: An dem Tag, als sie wegging, hatte Nûra das Kind nicht dabei! War es denn möglich? Sie konnte kaum glauben, was sie da las. Demnach wäre der Junge gar nicht bei seiner Mutter gewesen, als sie getötet wurde! Maja war ausser sich über ihre Entdeckung. Unzählige Fragen stürmten auf sie ein. Wenn das Kind also bei Sabah geblieben war, was ist dann aus ihm geworden? Wieso hat Sabah behauptet, es sei umgekommen? Vielleicht hatte sich Nûra in letzter Minute anders besonnen und ihren Sohn doch mitgenommen? Aber am Ende ihres Tagebuchs hiess es klipp und klar: »Ich habe Karîm bei Sabah abgegeben.« Und weiter: »Am Nachmittag, wenn ich von der Botschaft komme, hole ich ihn gleich bei ihr ab.« Was bedeutete, dass sie Karîm tatsächlich Sabah übergeben hatte und anschliessend nochmals in ihre Wohnung zurückgekehrt sein musste, bevor sie zur Botschaft ging. Wie sonst hätte sie diese letzten Worte aufschreiben können?

Mitten in der Nacht wurde Maja munter. Sie lag auf der Couch, in Kleidern, mit Schuhen. Der Strom war wieder da, in allen Zimmern brannte das Licht.

Sie kroch in ihr Bett, Nûras Tagebuch nahm sie mit. Vor vier Uhr morgens fand sie keinen Schlaf. Albträume, aus welcher Büchse der Pandora auch immer, quälten sie während ihres kurzen Schlummers. Sie sah Sijâd aufgebahrt, mit offenen Augen. Sie konnte nicht weinen. Ruhig stand sie da, als wüsste sie, dass es nur ein schrecklicher Traum war. Man müsste seine Lider schliessen, dachte sie. Es ist unsere Pflicht, einem Verstorbenen die Augen zu schliessen, sie dürfen nicht offen stehen, wenn er an einen Ort zwischen Paradies und Hölle hinüberwechselt. Dabei glaubte sie eigentlich gar nicht an Himmel und Hölle. Sie trat auf ihn zu und streckte ihre Hand nach seinen Augen aus, die sie in kalter Totenstarre fixierten.

Einige Wochen vor seinem Tod hatte er zu ihr gesagt, er sei nie im Leben gläubig gewesen und habe sich stets über religiöse Schriften und Religionsgelehrte lustig gemacht … »Aber jetzt, da ich vor den Toren des Todes stehe? Wenn nun alle diese Ammenmärchen doch wahr wären? Maja, fragst du dich nicht auch manchmal, was auf der anderen Seite des Lebens ist, dort drüben, nach dem Tod?«

*

Am Morgen brachte Maja Schâdi zur Vorschule. Er sträubte sich hineinzugehen. Das alles war ihm neu und fremd. Ein grosses Haus, ganz anders als sein Kindergarten. Heute wollte er bei ihr bleiben. Vielleicht war es auch nur ihre eigene Nervosität und Zerstreutheit, die ihn verunsicherten.

Sie parkte das Auto in der Nähe. So ist es am besten, dachte sie, dann bin ich am Nachmittag rasch wieder hier, um ihn abzuholen. Bei dem dichten Verkehr in Beirut kam man ohnehin zu Fuss schneller voran als mit dem Auto. Vor allem musste sie jetzt im Hotel anrufen, um nach Kemal zu fragen. Sie fürchtete, es könnte irgendetwas Unvorhergesehenes passiert sein, das ihn zur sofortigen Rückreise in die Türkei zwang.

Sie würde jedenfalls nicht bis zur nächsten Verabredung warten, sie musste ihn unbedingt noch sehen.

14

Die Vergangenheit kehrt zurück

Seit jenem Tag am Ende des Jahres 1978, als sie Adele al-Nâis das Kind übergeben hatte, wollte Sabah nur noch vergessen. Wollte die Erinnerung in einem tiefen Brunnen versenken, so dass sie nie mehr zu ihr heraufkam. Aber nun war sie doch zurückgekommen.

Die Vergangenheit kehrt immer zurück ... Unversehens ist sie wieder da, sie betritt deine Wohnung, legt sich mit dir zu Bett und schüttet alles, was du an ihr verabscheust, auf dein Kopfkissen. Wie könnte man da noch einschlafen?

An dem Tag, als sie seinen Namen bei der türkischen Botschaft registrieren lassen wollte, hatte ihr Nûra den kleinen Karîm anvertraut und war weggegangen. Sabah war damals in Chawâdscha Ibrahîms Haus. Sie wartete eine Stunde, zwei Stunden, ja den ganzen Tag, dass Nûra ihren Sohn abholte. Am Abend erfuhr sie von der Explosion. Erst wollte sie es gar nicht glauben. Das Kind auf dem Arm, lief sie in der Wohnung hin und her und redete sich ein, es sei eine Falschmeldung und die Botschaft liege auch viel zu weit vom Ort des Anschlags entfernt. Aber wo blieb Nûra so lange? Die Botschaft schloss doch schon um drei Uhr.

»Warum ist sie überhaupt dorthin gegangen? Damit sie umkommt und mir das Leben verdirbt? Lässt mich einfach sitzen mit einem Säugling, der gerade einen Monat alt ist!

Was soll ich denn mit ihm anfangen?« Wütend hatte Sabah vor sich hin geschimpft.

Irgendwann legte sich ihr Zorn, und plötzlich begriff sie, dass Nûra tot war. »O Gott, nicht schon wieder! Sie ist meine Familie, ausser ihr habe ich doch niemanden.« Weinend schaute sie auf das Gesicht des Kindes, als ob sie mit ihm spräche.

Hatte Nûra ihren Tod vorausgeahnt? »Ich fürchte das Vergessen«, hatte sie zu Sabah gesagt. »Womöglich weiss ich gar nicht mehr, was ich alles gemacht habe, wenn Kemal kommt. Das Tagebuch ist mein Gedächtnis.«

Sabah hatte geglaubt, Nûra genau zu kennen. Innig vertraut war sie ihr, wenn sie miteinander redeten, wenn Nûra zu ihr trat und den Arm um ihre Schulter legte. Sabah brauchte nur ihre schlanke Gestalt anzusehen, um augenblicklich zu spüren, dass sie in einem früheren Leben zusammen gewesen sein mussten. Manchmal aber gab es Situationen, in denen sich Sabahs Überzeugung, diese Frau zu kennen, in nichts auflöste. Ganz besonders bei ihren langen Telefongesprächen mit Kemal. Dann erschien ihr Nûras Ausdrucksweise ziemlich seltsam, eigentlich verstand sie überhaupt nichts. Nûra verwandelte sich gewissermassen in einen anderen Menschen. Oder vielleicht müsste man sagen, in ihr steckten mehrere Frauen, und Sabah kannte vermutlich nur eine davon. In solchen Momenten hatte sie das Gefühl, eine Übereinstimmung zwischen ihr und Nûra sei unmöglich.

Nie zuvor sah ich Nûra so ängstlich und angespannt wie an jenem Abschiedsmorgen, dachte Sabah.

Seit Timurs letztem Besuch hatte Sabah nichts mehr von ihm gehört. Jemand sagte ihr, er sei 1979 ermordet worden. Türkische Streitkräfte hätten ihn im Zuge der Verfolgung von Mitgliedern einer neuen Partei umgebracht, an deren Gründung Timur beteiligt gewesen sei. Diese Partei aus Diyarbakır hiess PKK. Timurs Tod erschien Sabah im Nachhinein wie eine Bestätigung, dass sie richtig gehandelt hatte, als sie das Kind dieser Frau namens Adele al-Nâis übergab, denn damit war ihm ein glückliches Leben in einer europäischen Adoptivfamilie garantiert. Was hätte sie sonst mit dem Jungen machen sollen, nachdem nun auch noch Timur tot war? »Was sollte ich mit einem Baby, wo ich nicht mal für mich selber sorgen konnte?«

Wieder und wieder stellte sie sich die gleichen Fragen, um sich immer von neuem davon zu überzeugen, dass ihre Entscheidung die beste Lösung gewesen war. »Und was hätte wohl mein Mann dazu gesagt, wenn er zurückgekommen wäre und mich mit einem Kind auf dem Arm angetroffen hätte? Wie hätte er glauben können, dass es nicht mein Sohn war? Dass ich nie schwanger gewesen bin und kein Kind von einem anderen geboren habe?«

Mehr als fünf Jahre waren vergangen, als sich Kemal zum ersten Mal nach Nûras Tod bei ihr einfand. Er bestätigte ihr Timurs Tod, und Sabah begleitete ihn auf den nahen Friedhof, wo viele namenlose, nicht identifizierte Leichname bestattet waren. Sie zeigte ihm das Grab. Danach war Kemal in die Türkei zurückgefahren, und ein oder zwei Mal schickte er Sabah Geld. Für den Fall, dass sie etwas brauchen würde, hatte er ihr seine Adresse und seine Telefonnummer hinterlassen.

Nûra war tot, aber Sabah dachte jeden Tag an sie, wenn sie im Kiosk stand und die Kunden abkassierte oder Bestellungen notierte. Sie dachte an Nûra, wenn sie abends heimkehrte in ihre Wohnung und die Verkaufsabrechnung machte. Ohne Nûra hätte Sabah nie rechnen gelernt, sie hätte niemals gelernt, ihren Namen zu schreiben und noch ein paar andere Wörter dazu.

Den kleinen Kiosk eröffnete Sabah, nachdem sie das Kind weggegeben hatte. Neben Wasserflaschen verkaufte sie Thymianfladen, für die sie anfangs den Teig selbst knetete. Ihre Kunden waren die Kämpfer des Viertels, sie nahmen ihr die Fladen gern ab. Nach einer Weile baten sie Sabah, ihnen auch Tabak und Alkohol zu beschaffen. Und bald darauf verkaufte sie ihnen alles Mögliche. Nur wenn ihr einer zu nahe kam, wurde sie zur rasenden Tigerin. Sie wusste selbst nicht, wie es ihr gelang, die Männer im Zaum zu halten. Vielleicht lag es daran, dass sie im Viertel ausgeharrt und nicht weggezogen war. Vielleicht daran, dass sie die Mütter dieser jungen Kerle gut kannte. Sie trank mit ihnen Kaffee und deutete ihnen die Zukunft aus dem Satz in ihren Tassen, verkündete etwa die bevorstehende Hochzeit einer Tochter oder eine Sendung mit Geld und Geschenken. Dazwischen erzählte sie ihnen Geschichten von den ursprünglichen Einwohnern des Viertels, die bei Kriegsbeginn geflüchtet waren und ihr Mobiliar samt Hausrat zurückgelassen hatten, selbst die Kronleuchter liessen sie an der Decke hängen, und manchmal brannten sie sogar noch! In den Augen der Zugezogenen war Sabah das leibhaftige Gedächtnis des Gebäudes, die Bewahrerin seiner Intimitäten, ja all der vergangenen und gegenwärtigen Geheimnisse des alten Viertels. Sie hegten widersprüchliche Gefühle für sie, Sympathie war dabei, auch Scheu, bis hin zu Rivalität und Abneigung. Sobald sie aber über irgendein Problem uneins waren – vor allem wenn das Trinkwasser kaum noch in die oberen Etagen gelangte oder ein vorläufiger Sammelplatz für die Abfälle bestimmt werden musste, weil ihre Abholung und Verbrennung durch die staatliche Müllabfuhr nicht klappte –, dann erinnerten sie sich und erinnerten Sabah daran, dass sie eine Kurdin war, eine Fremde, sie hingegen die Landeskinder!

Sabah reagierte nicht sofort darauf. Sie wartete auf eine günstige Gelegenheit, um ihrem Herzen Luft zu machen: »Ich bin doch auch Libanesin. Ahmet, mein Mann, ist Libanese. Meine gewiefte Tante ist seit langem Libanesin, schon unter Chamoun* hatte sie die Staatsbürgerschaft erhalten.« So plauderte sie ganz nebenbei mit den versammelten Frauen, während sie einer von ihnen aus dem Kaffeesatz las.

In den ersten Kriegsjahren hatte Sabah jeden abgewiesen, der mit ihr schäkern wollte. »Nur über meine Leiche!«, sagte sie, wenn einer nach ihrer Brust fasste. »Über meine Leiche!«, wiederholte sie und stiess seine Hand beiseite. »Deine Mutter könnte ich sein, du Grünschnabel!«, setzte sie hinzu. Tatsächlich war Sabah nur wenig älter als die Kämpfer, ein paar Jährchen vielleicht, aber sie wirkte verbraucht und vorzeitig gealtert.

Anfangs durfte keiner von ihnen an sie heran. Ihr Liebster, mit dem sie zwanzig Tage zusammengelebt hatte, war tot, das sagte sie sich immer wieder, und ihr gekidnappter Ehemann steckte wer weiss wo. Doch dann, mit der Zeit,

* Camille Chamoun (1900–1987), 1952–1958 libanesischer Präsident.

erlaubte sie ihnen mehr und mehr. Und irgendwann überliess sie ihnen ihren Körper, der des Wartens müde war. Während des Beischlafs schloss sie die Augen und versuchte, sich jene vier Istanbuler Nächte mit ihrem Liebsten Ahmet zurückzurufen. Aber sie scheiterte jedes Mal. Wenn sie die Augen aufschlug, begegnete ihr ein grobes Gesicht, übler Schweissgeruch hing über ihr, und auf dem Boden lag ein Haufen schmutziger Militärkleidung.

Warum duldete sie, dass die Kämpfer ihr Leben, ihren Körper, ihre Phantasie zugrunde richteten? War es wegen Nûras Tod? Oder wegen ihres schrecklichen Schuldgefühls, weil sie den kleinen Karîm verschachert hatte? Oder einfach aus Dünnhäutigkeit, die über die Kriegsjahre zugenommen hatte und nicht mehr zu kompensieren war?

Es war ihr gleich, dass sie nach Belieben bei ihr ein und aus gingen. Manchmal kletterten sie über die teilweise eingestürzte Aussenmauer, sprangen ins Gärtchen und schlüpften durch die schmale Küchenpforte, die kein Schloss hatte, in ihre Wohnung. Sie gab ihnen ihren Körper hin. Für ein paar Minuten warf sich einer auf sie und drückte ihr die Luft ab, während sie Nûras Stimme vernahm und Karîms Gesicht vor sich sah, als ihn Adele al-Nâis wegtrug. In solchen Augenblicken hasste sie sich selbst, und sie hasste den Kiosk, den sie für Adeles geringes Entgelt gepachtet hatte. Sie wollte nicht nachdenken, wollte sich nicht erinnern. Nun sagte sie den Kämpfern nicht mehr: »Ihr kriegt mich nicht! Nur über meine Leiche!« Also hatten sie Sabah doch gekriegt. Immer öfter überkam sie das Gefühl, Teile ihres Körpers würden absterben, es regte sich in ihrem tiefsten Inneren, sickerte in den Brustkorb, den Bauch, die Scham.

Dennoch wartete sie weiter auf ihren verschleppten Ehemann. Eine Tote, die auf einen Leichnam wartet. Einmal brachte ihr ein Kämpfer Nachricht von ihrem Mann. Er schwor, ihn lebendig gesehen zu haben, mit ihm in einer unterirdischen Zelle in Ostbeirut eingesperrt gewesen zu sein. Sie glaubte es und begann ihn auszufragen. Er wiederholte seine Botschaft, während sie sich an seiner Schulter ausweinte. Nach einigen Wochen verlor er die Geduld. »Jetzt ist Schluss! Jedes Mal, wenn ich mit dir 'ne Nummer schieben will, fängst du wegen deinem Alten zu heulen an!« Danach stand er auf, fuhr in seine Sachen und ging davon. Längere Zeit liess er sich nicht mehr bei ihr blicken.

Und trotzdem, irgendwo in ihrer geschundenen Seele hatte sich Sabah einen Rest Stolz bewahrt. Sie konnte sagen: Ich habe alles ganz allein geschafft. Niemand hatte sie unterstützt. Weder ihr Vater, der nur Bettelbriefe schrieb und von ihr Geld verlangte, angeblich um es für sie zu sparen, noch ihr Bruder, der im Studium wie bei der Arbeit versagt hatte, noch ihr verschwundener Ehemann, an dem das Schönste sein Name gewesen war. Von dem Geld, das sie ihrer Familie in der Türkei schickte, kaufte der Vater ihrem Bruder eine kleine Wohnung am Stadtrand von Istanbul. Ihre an Alzheimer erkrankte Mutter liess er im alten Familienhaus in den Mardiner Bergen langsam vor sich hin siechen. Keine einzige Lira hatte er für seine Tochter von ihrem Verdienst aufbewahrt. Warum auch? Letzten Endes war sie doch nur eine Frau! Obendrein eine, die fern von Mardin und ohne männliche Aufsicht lebte. Zwei ausreichende Gründe, um für die Männer ihrer Familie so gut wie gestorben zu sein!

Mitten im Krieg fühlte sich Sabah gegen den Tod gefeit. Krieg fand ausserhalb ihrer Wohnung statt, er war wie ein Spiel. Jeden Morgen bereitete sie für seine Helden Thymianfladen und Tee zu. Sie hatte keine Angst vor ihnen. In ihren Augen waren sie nichts weiter als Figuren in einem Spiel namens Krieg, jedenfalls keine Männer. Für mich gibt's keine Männer hier in Beirut, meinte Sabah. Die Zeit ging dahin, und noch immer wartete sie auf Ahmet, ihren Ehemann. Sie wartete, weil sie wissen wollte, was mit ihm geschehen war, und weil sie so nicht weiterleben wollte – »weder gebunden noch geschieden«, wie sie sagte. Weil sie mit allem am Rande eines Abgrunds stand, in dem der Wahnsinn lauerte. Weil sie mitunter an den Tod dachte, aber nicht wagte, ihn selbst herbeizuführen. Zudem wurde sie allmählich älter, und davor grauste ihr. Trotzdem erwachte sie manchmal mit dem glücklichen Gefühl, erst zwanzig zu sein und alles noch vor sich zu haben, auch die Reise nach Deutschland, wo ihr Liebster Ahmet war. Doch dieser morgendliche Schwung verflog nur allzu bald, wenn sie merkte, wie schwer sie aus dem Bett kam. Diese Rückenschmerzen plagten sie, seit ihr der Offizier Schauki einen Stoss versetzt hatte, durch den sie gestürzt und die Treppe hinuntergefallen war, von ganz oben, in der sechsten Etage, wo Nûra gewohnt hatte. Ständig erinnerte sie ihr Körper, dieser verfluchte Verräter, an die Vergangenheit, an Ereignisse, die sie vergessen wollte. Dann musste sie an ihre Mutter in Mardin denken und wie sie immerzu geseufzt hatte: »Ach … ach …«, als wäre es der Refrain eines ewigen Klageliedes.

Was ihr aber am häufigsten einfiel, wenn sie bei Tagesanbruch noch im Bett vor sich hin döste, das waren die

Gesichter der Greisinnen von Mardin, die sich in der Morgensonne versammelten, um ihre Beschwerden zu erörtern und dem Leben nachzutrauern, das ihnen wie ein kurzer Augenblick vorgekommen war. Ein Gruppenbild mit alten Frauen, darunter ihre beiden Grossmütter, die Tante ihres Vaters, die betagte Nachbarin. Nicht weit vom Haus entfernt hockten sie am Wegesrand zwischen dem Friedhofsvorplatz und der rechteckigen, mit Eichen, Zypressen und Olivenbäumen bepflanzten Gräberfläche. Bäume, die immer grün blieben, das ganze Jahr hindurch. In ihrer frühen Jugend hatte Sabah geglaubt, dass sie im Herbst ihr frisches Laub behielten, um die Seelen der Toten in ihren Gräbern zu beschirmen. Die meiste Zeit gab es keine Männer im Ort. Sie fuhren zur Arbeitssuche in die Städte und liessen ihre Frauen und Kinder zu Hause. Bei jedem Saisonende kehrten sie für zwei, drei Tage heim, dann zogen sie wieder los und fanden sich nur ein, wenn die Geburt eines neuen Familienmitgliedes zu feiern war. Nach und nach wurden die Abstände zwischen ihren Besuchen immer grösser, und manch einer erschien das ganze Jahr nicht mehr. Schweigend hatte auch ihre Grossmutter Sabah dagesessen, die Hände im Schoss, den Blick in die Ferne gerichtet. Von weitem ähnelten die Greisinnen einem Relief mit lauter gleichen Penelopefiguren. Frauen, die unentwegt warteten – sei es auf die Rückkehr ihrer Männer von der Arbeit oder die Heimkehr der Kämpfer aus den Kriegen. Der Krieg kam und ging, während sie in ihren düsteren Gewändern warteten. Sabahs Mutter hatte erzählt, wie furchtbar erschrocken sie war, als sie, kaum dreizehnjährig, bei ihrer neuen Familie einzog und diese alten Frauen in den langen schwarzen Roben sah. Nur Sabahs Grossmutter war anders gewesen. Sie trug weite, bunte Röcke, die sie aus hier und da anfallenden Stoffresten selbst zusammengenäht hatte. Es hiess, sie stammte aus der Ebene, und dort unten liebte man Kleider in leuchtenden Farben. Einige der Greisinnen hielten Gebetsketten mit blauen Perlen in Händen, Blau schützte vor dem bösen Blick. Leise klackten die Perlen zwischen ihren Fingern. Nichts war zu hören ausser diesem Klappern und dem Zirpen der Grillen in den Bäumen um die Gräber. Ab und zu unterbrach eine von ihnen die Stille: »Kein Tag kommt wieder, wie er war.« Und eine Zweite ergänzte: »Es bleibt nicht mehr viel, niemand nimmt sich Lebenszeit von einem anderen.« Die Stimmen der Alten fielen ein, ungeordnet redeten sie alle auf einmal, wenn sie den Satz wie eine Weisheit wiederholten. Am Ende stiessen sie einen tiefen Seufzer aus, und ihrem Seufzen folgte ein langes Schweigen.

Bei ihrem letzten Besuch in Mardin hatte Sabahs alzheimerkranke Mutter verloren zu ihr aufgeschaut und gelächelt. Sie war nicht mehr die strenge Frau, die sie geängstigt, die ihren Bruder eingeschüchtert hatte. Unverwandt starrte sie Sabah an, und atemlos wie ein Kind streckte sie die Hand nach ihren hellblond gefärbten Haaren aus. »Die Sonne ist auf ihre Schulter geplumpst!«, rief sie mit einem schleppenden, apathischen Lachen. Sie verstummte eine Weile, dann begann sie stockend und wirr daherzureden. Sie nannte ihren Mann Papa und bat ihn, Kandiszucker für sie zu kaufen. Kurz darauf fragte sie, wohin er denn gegangen sei. Sabah umarmte sie lange, bevor sie nach Beirut zurückfuhr. Sie wusste, dass es ein Abschied für immer war.

15

Ein Herz namens Angst

Maja rief im Hotel an. Man sagte ihr, Kemal sei unterwegs zum Flughafen. Sie wusste, dass er in drei Wochen zurückkehren würde. Aber so lange konnte sie nicht warten, sie ging allein zu Sabah, um sie zu befragen.

Sabah lag ausgestreckt auf dem Sofa, als es an der Tür klopfte und Maja eintrat. Obwohl sie unangekündigt kam, schien Sabah ihren Besuch erwartet zu haben. Vielleicht ist es ja an der Zeit zu reden, dachte sie, endlich einmal alles auszusprechen. Nicht nur, dass sie den Mut verloren hatte, sie war voller Angst. Im Herzen der Angst sass sie, und Grauen war ihr nichts Unbekanntes mehr. Sie steckte in tiefer Sorge, die an ihrer Seele nagte, Nacht für Nacht, und das seit Jahren. Sie hatte rechnen müssen mit Majas Zorn, mit ihren Fragen: Warum hatte sie Timur nicht die Wahrheit gesagt, als er sie besuchte? Weshalb hatte sie Kemal fünf Jahre nach Nûras Tod nicht aufgeklärt? Wieso hatte sie ihm verschwiegen, dass sein Sohn Karîm nicht getötet wurde, dass er lebte, irgendwo auf dieser Welt? Und warum nur …

Maja fragte sie wütend und zugleich resigniert, stellte ihr all die Fragen nach dem Warum, eine nach der anderen, und jeder folgte ein weiteres kurzes Wörtchen: wie und wann und wo?

Sabah wusste, dass ihre Antworten Maja nicht genügen, die Zweifel nicht ausräumen würden. Sie begriff ja selbst nicht, wie das alles hatte geschehen können. Wie sie es fertiggebracht hatte, Adele al-Nâis das Kind zu übergeben. Hinterher hatte sie mit sich gehadert, wieder und wieder. Die Erinnerung daran war ihr verhasst, und jede Nacht kämpfte sie dagegen an, schloss die Augen, drückte die Lider fest zusammen, um vielleicht doch einzuschlafen. Nach Nûras Tod und der Trennung von dem Kind erschienen ihr die Kriegsjahre mitsamt dem Bombardement, das die Wände erschütterte, fast wie eine Gnade. Das tagtägliche Blutvergiessen ringsumher liess sie glauben, die Erinnerung an ihre Tat würde darüber für immer verstummen. Damals ahnte sie noch nichts von der Qual, die schon bald ihr Herz zermürben würde. »Das Kind ist in Sicherheit«, redete sie sich ein, und mit einer Wolke Zigarettenrauch vernebelte sie die Sicht auf den Fernseher, der eine neuerliche Feuerpause bekanntgab. »Der Junge ist an einem sicheren Ort«, wiederholte sie in den einsamen Nächten, wenn sie von ihrem Bett den Militärstiefeln am Boden ins offene Maul starrte und wartete, dass der über ihr fertig wurde und abfiele von ihrem erstickten, hingebreiteten, fühllos gewordenen Körper. Sobald der Mann gegangen war, seifte sie ihre Scham ein, und während sie sich mit kaltem Wasser aus dem Gummischlauch abspülte, flüsterte sie vor sich hin: »Gäb's kein Vergessen und Vergeben, das sich unserer begrabenen Schuld erbarmt, müsste man wohl auf die Dächer von Beirut steigen und hinunterspringen, um die Last der Vergangenheit loszuwerden.«

Aber war das wirklich ein Vergessen oder etwas anderes, gleichsam ein langsames Sterben?

Als Maja fragte, wie sie dieses kleine Kind, die Frucht der Liebe zweier Menschen, hatte weggeben können, entgegnete Sabah zornig: »Liebe? Wo hätte denn Karîm hier Liebe gefunden? In der Familie seines Grossvaters? Bei Nûras Anverwandten? Wäre das Kind hiergeblieben, hätte man es nur mit Hass gefüttert. Den Gestank von Verrat und Tod hätte es eingeatmet, sonst gar nichts.«

»Hast du kein Herz?«, fragte Maja kühl.

»O doch, ich habe ein Herz … und sein Name ist Angst!«

Die beiläufigen Geschichten, die Maja in früheren Gesprächen von Sabah vernommen hatte, waren nur Bruchstücke einer ungeheuren Wahrheit gewesen, die Nûra auf den letzten Seiten ihres Tagebuches hinterlassen hatte …

Sabah war so glücklich darüber, dass sie Nûra kennengelernt hatte. Wie oft ging sie von al-Chandak al-Ghamîk zu Fuss hinauf nach al-Saidanîja, um während Nûras Abwesenheit ihre Wohnung aufzuräumen und für sie das Essen zu kochen. Und als Nûra dann mit Kemal zusammenkam, wurden die beiden Sabahs Familie in Beirut.

An jenem Tag, als Nûra ihr das Kind anvertraute, erschien sie sehr angespannt. Letzte Nacht habe sie gar nicht gut geschlafen, sagte sie, und sie habe Angst. Vielleicht ahnte sie, dass sie sterben würde. Ihre Angst übertrug sich auf Sabah. Schon an der Tür, drehte sich Nûra wieder um und küsste Karîm. Minutenlang hatte sie noch dagestanden. Sie bat Sabah, im Laufe des Tages zu ihr in die Wohnung zu gehen und ihre Papiere, die persönlichen Dinge und die Kindersachen an sich zu nehmen. Schliesslich war sie doch gegangen. Nie hätte es Sabah für möglich gehalten, dass sich Nûra fürchten könnte. Aber an diesem Tag wollte

Nûra aus irgendeinem nur ihr bekannten dunklen Grund nicht in ihre Wohnung in al-Saidanîja zurückkehren.

Nachdem Karîm damals eingeschlafen war, bat Sabah ihre Freundin Meryem, ein wenig bei ihm zu bleiben, sie müsse bloss kurz in Nûras Wohnung und einige Sachen von ihr und dem Jungen holen, das habe ihr Nûra so aufgetragen. Es war, als habe Nûra Sabah mit ihrer Angst angesteckt. Hastig raffte sie die Papiere zusammen – Kemals Briefe, die Tagebuchhefte und Fotos, amtliche Dokumente, persönliche Dinge und das ganze Archiv, das Nûra über Juri Gagarin angelegt hatte. Sie rannte durch die Wohnung, hierhin und dahin, durchsuchte die Regale, Schubläden und Schrankfächer. Sie hatte nicht vergessen, was Nûra einmal zu ihr gesagt hatte: »Ach, Sabah … wenn sie wüssten, was ich schreibe, die würden mich massakrieren …« An diesen Satz musste sie denken, während sie alles, was ihr in die Hände fiel, in einen mitgebrachten Plastikbeutel stopfte. Sie trug ihn hinunter in ihre Wohnung, und dann wartete sie auf Nûras Rückkehr von der Botschaft.

Nachdem sie von Nûras Tod erfahren hatte, verwahrte sie deren Hinterlassenschaft in einem extra Lederkoffer. Sie hoffte, dass Kemal aus der Türkei käme und die Sachen und sein Kind abholte oder dass er jemanden in seinem Auftrag zu ihr schickte. Aber es meldete sich niemand. Als sie nachher aus Angst vor dem Geheimdienstoffizier zu Chawâdscha Ibrahîm gezogen war, hatte sie auch den Koffer mitgeschleppt, und sie legte ihre eigenen Dinge, die Fotos von sich und ihrem verschwundenen Mann mit hinein. Ibrahîm, der seine Frau verloren hatte, nahm das Kind freundlich auf, er liebte es. Sabah teilte ihr tägliches Brot mit dem kleinen Karîm, sie kaufte ihm Milch und alles, was er brauchte. Nebenbei kümmerte sie sich um Meryem, die wegen ihrer Rheumaschmerzen daheimbleiben musste. Ohnehin fand Sabah keine Arbeit mehr, nachdem die meisten Mieter das Gebäude verlassen und Flüchtlingsfamilien die leeren Wohnungen besetzt hatten. Die neuen Leute bestellten Sabah nicht zum Saubermachen, sie bezahlten auch keinen Hausmeister.

Vier Monate hatte sich Sabah geduldet. Jeden Tag wartete sie auf einen Brief, der ihr sagen würde, was sie tun sollte mit diesem Kind, das weder von ihr abstammte noch sonst mit ihr verwandt war und nur zufällig an dem Tag, als seine Mutter starb, in ihren Armen gelegen hatte. Auch von Nûras Familie erschien niemand. Nûra hatte sich von ihren Verwandten zurückgezogen und ihnen ihre Adresse verschwiegen, ganz besonders dem Ehemann ihrer Cousine, diesem Geheimdienstoffizier. Vier Monate betreute Sabah das Kind, als ihr Meryem ausrichtete, eine Frau namens Adele al-Nâis wolle ihr helfen.

Die Frau besuchte Sabah in Begleitung ihres Ehemannes, der sich als George al-Schammâs vorstellte. »Karîm wird dort in einem Wohlstand aufwachsen, wie Sie ihn dem Jungen niemals bieten könnten«, versicherte ihr die Frau. »Er geht zur Schule, er hat genug zu essen, genug anzuziehen. Und er hat eine Mutter und einen Vater, so wie alle Kinder.«

Sabah zögerte. Sie sagte sich: Vielleicht ist er ein Geschenk, weil ich selbst kein Kind habe. Vielleicht hat ihn Gott in meine Arme gelegt, um mich für den Verlust meiner Liebsten im Leben zu entschädigen. Aber wie kann ich diesen Offizier von ihm fernhalten? Wie schütze ich ihn vor diesem Ungeheuer? Woher soll ich all die Dinge beschaffen, die er braucht? Wie kann ich ihn ausbilden? Woher nehme ich das Geld für den Doktor? Und wie bringe ich ihn davon ab, sich den Kämpfern, egal welchen, anzuschliessen, wenn er einmal gross ist? Wie kann ich verhindern, dass er zum Mörder wird wie sie?

Ängste und Zweifel jagten sie wie die Teufel. Doch als Adele nach ein paar Wochen zusammen mit Meryem wieder zu ihr kam, ging Sabah auf ihr Angebot ein. Die Frau nahm das Kind und flog mit ihm nach Europa. Von da an hatte Sabah nichts mehr von ihr und ihrem Mann gehört.

Nachdem das Kind weg war, kehrte Sabah nach al-Chandak al-Ghamîk zurück. Eines Tages erschien Timur bei ihr und berichtete, dass Kemal im Gefängnis sitze. Die türkischen Behörden hätten ihn wegen seiner politischen Aktivitäten verhaftet, er sei angeklagt, Bombenanschläge in Izmir geplant zu haben. Und weiter sagte er, Kemal habe etliche Briefe an Nûra geschickt, jedoch nie eine Antwort von ihr erhalten. Da erzählte ihm Sabah von der schrecklichen Explosion und von Nûras Tod. Ohne nachzudenken, fügte sie hinzu, auch das Kind sei dabei umgekommen. In diesem Moment hatte sie einfach Angst, ihm die Wahrheit zu sagen. Ihm zu gestehen, dass sie in Panik gewesen war und nicht mehr ein noch aus wusste. Dass sie deswegen das Kind Adele al-Nâis zur Adoption durch eine europäische Familie übergeben hatte. Und dass sie die bescheidene Summe, die ihr die Frau dafür zahlte, aufgebraucht hatte, um einen Kiosk zu eröffnen und Waren einzukaufen, kein Piaster war übrig geblieben.

Als Timur die entsetzliche Nachricht hörte, wurde ihm schwarz vor Augen, er brach in Tränen aus. Der Anblick eines Mannes in seinem Alter, der wie ein kleiner Junge weinte, verstörte Sabah. Sie stand auf und ging hinaus, um ihm ein Glas kalte Limonade mit Zitronenblütensirup anzurühren.

In der Küche begann sie hin und her zu überlegen, ob es redlich war, ihm die Wahrheit zu verheimlichen. Doch dann fragte sie sich, welchen Nutzen es hätte, alles zu bekennen – um sich zu bestätigen, dass sie richtig gehandelt hatte. Dass die Wahrheit nichts brachte und nur Schaden stiften würde.

»Wozu die Wahrheit sagen?«, murmelte sie. »Was würde es nützen? Ich halte den Mund, soll der Junge glücklich werden. Wie hätte er denn hier gelebt? Die Mutter ermordet, der Vater eingesperrt. Mag er glauben, dass er der Sohn einer holländischen, dänischen oder französischen Familie ist. Gott weiss, in welchem Land er sich jetzt befindet. So ist es besser für alle.«

Als sie das Glas aufs Tablett stellte, rutschte es ihr aus der Hand. Sabah goss den Rest Limonade, den sie für sich selbst vorgesehen hatte, aus dem Krug in ein neues Glas, um es Timur zu bringen. Sie war konfus, ihre Hände zitterten. Alle Rechtfertigungen, die sie erwogen hatte, während sie die Zitrone auspresste und den Zucker auflöste, waren vergeblich gewesen. Unwillkürlich redete sie vor sich hin, als sie die verstreuten Scherben zusammenfegte und vom Boden auflas. »Wäre Karîm noch hier, würde er mich freudig begrüssen, und ich würde eine leckere Limonade mit ganz viel Zucker für ihn machen.« Darauf brach sie in Tränen aus.

Sie nahm das Tablett mit dem Glas kalter Limonade, kehrte ins Wohnzimmer zurück und bot es Timur an. Er hatte sich eine Zigarette angezündet und sass nach vorn gebeugt, den Kopf auf die Hand gestützt. Sein Gesicht war dunkelrot angelaufen, stumm zog er an der Zigarette und starrte zu Boden.

»Ich weiss nicht, warum ich log …«, sagte Sabah zu Maja. »Was trieb mich bloss dazu, so eine Unglücksgeschichte zu erfinden? Wie konnte ich behaupten, das Kind wäre tot? Warum habe ich Timur nicht die Wahrheit erzählt?«

Wieder und wieder stellte Sabah ihre Fragen, und wie in Trance schlug sie sich dazu im gleichen Rhythmus mit den flachen Händen gegen die Schläfen, als wäre sie bei einer Sâr-Zeremonie*.

Sabah redete und redete, doch Maja schwieg. »Keine Ahnung, was in mich gefahren war. Ich hatte solche Angst, der würde auch Karîm umbringen. Nachdem ich noch mal in Nûras Wohnung gegangen war und ihn dort gesehen hatte, dachte ich, der wird ihn ermorden. Die ganze Einrichtung war verwüstet, es sah aus wie nach einer Bombenexplosion. Wehe, wenn das Kind da gewesen wäre, wer weiss, was er ihm angetan hätte! Er drohte mir: ›Lass dich ja nicht mehr hier blicken, sonst passiert dir dasselbe wie ihr.‹ Dazu lachte er noch! Der knallt dich einfach ab, packt dich in ein Auto und jagt es in die Luft! Er riss die Wohnungstür auf, zerrte mich nach draussen und stiess mich so heftig, dass ich stürzte, wie ein Ball bin ich die Treppe hinuntergerollt. Seit

* *al-Sâr:* Besessenheitskult zur Heilung von Krankheitssymptomen, die durch Geistwesen hervorgerufen werden. Dabei sollen rituelle Gesänge und ekstatische Tänze den Kranken in Trance versetzen.

diesem Tag tut mir der Rücken weh. Ich wurde nie wieder richtig gesund und kann auch nicht mehr arbeiten wie früher. Kein einziges Wort traute ich mich zu sagen. Der hätte mich glatt umgelegt, so wie er sie umgelegt hatte. Vier Monate lang wagte ich nicht, mit Karîm in meine Wohnung zurückzukehren.«

Schauki hatte die Wohnung auf den Kopf gestellt, dachte Maja. Er suchte nach Hanâs Brief, neuen Artikeln von Nûra, womöglich gab es andere Texte. Sicher war ihm zugetragen worden, dass Nûra nicht nur diese eine veröffentlichte Geschichte geschrieben hatte. Er wollte alles vernichten, alles auf einmal. Nach einer Weile fragte sie Sabah, ob sie Adele al-Nâis' Adresse wüsste oder irgendeine Person, die mit ihr bekannt sei und weiterhelfen könnte. Nein, sagte Sabah, sie wisse gar nichts. Ihre Freundin Meryem sei es gewesen, die sie mit Adele zusammengebracht habe. Aber Meryem sei vor einem Jahr gestorben.

Sabah war immer in diesem Viertel geblieben, hier hatte sie ausgeharrt. Vielleicht wartete sie auf eine Hoffnung, eine Illusion vielleicht … Doch sie war wie alle Menschen, die an Orten des Krieges siedelten und sich daran gewöhnt hatten. Weder war sie ein Engel noch ein Teufel, sie war beides zugleich. Um zu überleben, mussten diese Menschen den schlafenden Teufel in sich wecken, und sie überliessen ihm das Cockpit und die freie Entscheidung. Auf ihn vertrauten sie, denn nur er allein würde sie am Leben erhalten, fern vom Tod oder fern von Gottheiten, die mit dem Tod paktierten.

Und trotzdem, Maja würde sich jeden Tag aufs Neue fragen, warum Sabah gelogen hatte.

Bisweilen geschehen Dinge, die nicht so leicht zu erklären sind. Es kommt vor, dass wir eine Tat begehen, deren Schatten wir für immer in uns tragen. Eine Tat, die uns weit von einem Bild entfernen kann, das wir von uns selbst haben möchten. Aber so sind wir eben. Wir geben einem Armen zu essen, wir lachen über einen banalen Witz, wir lieben, wir trauern, wir tanzen. Doch in Bürgerkriegen ermorden wir auch unsere Nachbarn. Und wenn wir all das sind, wie sollten wir uns dann selbst beschreiben?

Maja stand auf, um Sabah zu verlassen. An der Tür wandte sie sich noch einmal um und fragte, wie Nûra eigentlich ausgesehen habe, welche Augenfarbe sie hatte, welche Haarfarbe.

Diese Fragen überraschten Sabah. Gleichzeitig war sie erleichtert, und ihre trübe Stimmung verflog. Sie schaute Maja an, dann wischte sie sich mit dem Blusenärmel die Tränen ab und holte tief Luft, bevor sie antwortete: »Wie ein Ebenbild von Asmahân …«

16

Dezember 1994

Maja hatte ihre Arbeit am Film abgeschlossen, und das wollte sie mit Danny in Saras Café gebührend feiern. Aber Danny konnte nicht lange bleiben, er war mit Ernest verabredet, der ihn am Eingang des Théâtre de Beyrouth zu einer Vorstellung erwartete.

Sara schenkte Maja ein Glas Rotwein ein. »Und nach dem Film?«, fragte sie. »Hättest du nicht Lust, hier bei mir zu jobben? Ich würde dich nur am Wochenende brauchen. So bliebe dir genug Zeit zum Schreiben.«

»Ich weiss nicht«, antwortete Maja. »Vielleicht in ein paar Wochen. Erst will ich meine Recherche über Adele al-Nâis und Karîms Adoption beenden. Ich muss herausbekommen, wer diese Frau ist. Und auch, wo er sich jetzt befindet.«

»Hast du Kemal schon angerufen?«

»Noch nicht … Ich wüsste ja gar nicht, was ich ihm sagen sollte und wie ich es sage.«

Sabah hatte versichert, sie besitze keine Adresse von Adele al-Nâis. Nur die Telefonnummer eines Gynäkologen, die ihr Adele gegeben habe. Aber dort hob niemand mehr ab. Anscheinend war der Arzt verstorben und seine Praxis geschlossen. Maja hatte überall nach dem Namen der Frau geforscht, umsonst. Sogar ins Archiv der Zeitungen *al-Nahâr* und *al-Safîr* war sie gegangen und hatte die Lokalseiten nach Berichten über den Verkauf von Kindern während des Krieges durchforstet. Nichts hatte sie gefunden. Zwar entdeckte sie einige Meldungen über Säuglinge, die vor der Tür von Waisenhäusern, vor dem Lazaristenkloster und dem Makâssid-Krankenhaus abgelegt worden waren. Adoptionen wurden jedoch nirgends erwähnt. Im Islam gibt es keine Adoption. Und mit den libanesischen Gesetzen war sie nicht vertraut, sie wusste nicht, ob eine Adoption unabhängig von der Religionsgemeinschaft, zu der ein Kind oder eine Annahmefamilie gehörte, gestattet war.

»Ich fasse es immer noch nicht, dass Sabah wirklich das Kind verkauft hat«, sagte Sara.

»Kann denn so etwas überhaupt passieren, ohne dass die Presse davon Wind bekommt?«, überlegte Maja. »Da ist nichts über diese Frau, nicht mal über das Thema Kinderhandel! Wie ist das möglich? Ein Kind, das sich einfach in Luft auflöst, und keiner merkt etwas, wenn es aus dem Libanon verschwindet? Braucht es zur Adoption nicht einen Geburtsarzt, einen Anwalt oder Richter, wenigstens einen Pfarrer? Irgendeine kommunale Behörde, die seiner Ausreise aus dem Land zustimmt?«

»Vergiss nicht, es war Krieg«, wandte Sara ein. »Es war 1978, als Nûras Sohn den Libanon verliess, und du weisst selbst, in welcher Situation die Leute damals lebten.«

»Na schön, es war Krieg«, sagte Maja. »Aber was wird jetzt? Sollen wir mit dem Argument Krieg für immer und ewig die Klappe halten und uns ducken?«

Während der letzten beiden Wochen war Maja bei ihren Recherchen auf einige wenige Artikel über die Kriegszeit gestossen, die sich mit der Aufdeckung von bandenmässigem Kinderhandel befassten. Die Angaben darüber waren allerdings spärlich und nebulös, sie enthielten auch keine Namen von Bandenmitgliedern. Maja hatte diese Meldungen kopiert, um sie im Café zusammen mit Sara noch einmal durchzugehen.

War Adele al-Nâis etwa der Kopf einer solchen Bande?, fragte sich Sara, während ihr Maja jede Nachricht vorlas und dann an sie weiterreichte. Hatte sie Sabah hereingelegt? Vielleicht war Karîm nicht das erste Kind gewesen, das sie an sich genommen und verkauft hatte. Vielleicht hatte sie unter dem Vorwand gesetzlicher Auflagen, die erfüllt werden müssten, um das Kind ausser Landes zu bringen, der Adoptivfamilie horrende Summen abgeknöpft. Womöglich bestand die Bande nicht nur aus Adele und ihrem Ehemann, sondern es handelte sich um einen ganzen Ring. Wahrscheinlich gab es sogar eine Komplizenschaft mit Sicherheitsorganen und kriminellen Kräften, die gefälschte Papiere für das Kind beschafften. Wie sonst hätte man erlaubt, dass ein Säugling ohne Vater oder Mutter den Libanon verliess, ob nun per Flugzeug, über den Hafen Dschûnia oder den Grenzübergang al-Masnaa?

»Ich werde Kemal gleich anrufen«, sagte Maja. »Ich weiss, dass er am Wochenende nach Beirut kommt, aber ich kann nicht länger warten. Ich muss ihm wenigstens berichten, was ich bisher erreicht habe.«

Tatsächlich telefonierte sie mit Kemal, und sie erzählte ihm von Nûras letzten Tagebucheinträgen, von ihrem Gespräch mit Sabah und den Artikeln in der Lokalpresse.

»Karîm ist vermutlich nicht der Einzige, Kemal. Es könnten Hunderte oder noch mehr Kinder gewesen sein.

Wer die Mörder und Kidnapper waren, ist heute vergessen, genauso wie die Identität der Kriegsgewinnler, Typen in einer Grauzone zwischen Killern und Entführern. Die eigentliche Tragödie besteht nicht darin, dass sie unbekannt sind, sondern dass keiner etwas wissen will. Niemand will sich erinnern. Tot ist tot und weg ist weg. Wer hiergeblieben ist, hat sich entweder eine neue Geschichte ausgedacht oder hält seinen Mund. Zwischen Flugzeugen, Gräbern und Behörden ging die Wahrheit verloren. Irgendwo im Nirgendwo. Erfundene Erinnerung ist sinnlos, aber die Menschen klammern sich an Sinnlosigkeiten. Es fehlt ihnen an Mut. Ohne ihre erfundene Erinnerung würden sie nämlich erkennen, dass nichts als Leere in ihnen wohnt.«

Kemal sagte kein Wort. Was ihm Maja soeben berichtet hatte, war zu viel auf einmal gewesen. Karîm lebt, flüsterte sein Herz, er ist auf dieser Welt ... Er lebt!

»Kemal?«, fragte Maja, nur um sich zu vergewissern, dass er noch am Apparat war.

In seiner Phantasie sah er Nûra vor sich. Ausgestreckt lag sie am Strand, ihr Leib liess in seiner sanften Rundung die Schwangerschaft kaum erahnen ... Seine Hand umkrampfte den Hörer. »Ach, Maja ... wenn du wüsstest!« Betroffen, aus tiefstem Herzen drang seine Stimme zu ihr. Danach schwieg er wieder.

»Kemal ...«, sagte Maja noch einmal und drückte den Hörer fester an ihr Ohr. Sie vernahm seine Atemzüge.

Auch er horchte. Jetzt die Augen schliessen, dachte er, ihr lauschen, für immer und ewig. Sich dieser warmen Stimme hingeben, die aus Beirut zu ihm drang, und darüber einschlafen. Zurückkehren, in ebendiesem Augenblick, viele

Jahre zurück, in eine Zeit, bevor er aufgehört hatte, das Glück zu erjagen.

*

Als sie das Pressearchiv zum zweiten Mal besuchte, fand Maja in einigen 1993 und 1994 erschienenen Nummern Berichte über junge Europäerinnen und Europäer, die nach ihren leiblichen Eltern im Libanon geforscht hatten. Maja kopierte die Meldungen und ging damit zur Hamrastrasse, um sie in einem Café zu lesen.

In einem kleinen Artikel hiess es, ein junger Däne sei in Beirut eingetroffen, um nach seiner Familie zu suchen. Er habe versichert, seine Eltern seien Libanesen. Ein anderer Beitrag meldete, ein junges Mädchen aus Schweden sei aus dem gleichen Grund nach Beirut gereist. In beiden Fällen wurde kein Alter erwähnt. Der Däne auf dem Foto war schätzungsweise um die zwanzig. Maja rechnete nach: Der Sohn von Kemal und Nûra müsste jetzt sechzehn Jahre alt sein. Aber dieser junge Mann könnte genauso gut auch sechzehn sein und auf dem Foto nur älter wirken, überlegte sie. Eine dritte Nachricht betraf eine Gruppe junger Leute, die auf der Suche nach ihrer wahren Identität aus den Niederlanden gekommen waren. Maja musterte jeden Einzelnen auf dem Foto und prüfte seine Gesichtszüge, seine Haare. Bei einem der jungen Holländer blieb sie hängen und bildete sich ein, er wäre Karîm. Auf dem Babyfoto, das sie von ihm hatte, schien er freilich einen dicken Krausschopf zu haben. »Wennschon«, sagte sie zu Sara am Telefon. »Haare verändern sich, vielleicht ist er es trotzdem ...«

»Das ist doch alles Wahnsinn, du bist verrückt!«, antwortete Sara. »Nie würdest du ihn erkennen. Mit fünf Monaten wurde er aus dem Libanon geschleust, und jüngere Fotos von ihm gibt es nicht.«

Die meisten dieser jungen Leute kehrten wieder nach Europa zurück, nachdem sie die Hoffnung, einen Anhaltspunkt oder Lichtblick zu finden, verloren hatten. Sie waren mit Dokumenten angereist, die ihre europäischen Eltern für sie aufbewahrt hatten und die sie als Libanesen auswiesen. Sobald sie aber bei den Behörden Erkundigungen einzogen, stellte sich heraus, dass die Papiere unecht waren, ja dass die Fälschungen sogar von libanesischen Dienststellen stammten. Weder ihre eigenen Personalien noch die ihrer vermeintlichen biologischen Eltern waren irgendwo registriert. Und der Frauenarzt, dessen Name immer wieder auftauchte, war derselbe, den Maja vergeblich zu kontaktieren versuchte, nachdem sie seine Telefonnummer von Sabah erhalten hatte. Anfang 1990 war er verstorben.

Sicher gab es Hunderte solcher Kinder wie diese. Sie alle waren damals aus dem Libanon entführt worden.

*

Majas Handy klingelte. »Komm rüber!«, sagte Sara. »Wir essen zusammen Mittag, bevor du Schâdi von der Vorschule abholst.«

Als Maja das Café verliess, regnete es. Sie hielt ihre Handtasche über den Kopf und rannte zum Auto. Jetzt habe ich eine ganze Menge aufzuschreiben, dachte sie.

Es war der letzte Monat im Jahr. Die Hamrastrasse bereitete sich auf das Weihnachtsfest vor. Dieses Jahr sah die Dekoration viel schöner aus. Wie fröhlich die Hamra erschien, selbst bei strömendem Regen, als wäre hier nie ein Krieg durchgezogen. Als wäre er nur noch Erinnerung, verblasst und verweht. Maja hatte das Gefühl, sie könnte doch in Beirut bleiben und müsste nicht wieder emigrieren. Ihre Mutter hing an Schâdi, sie wollte auch nicht, dass sie noch einmal weggingen. Ausserdem bot ihr Sara eine bequeme Arbeit an, die nicht allzu viel Zeit beanspruchen würde. Flüchtig blitzte der Gedanke an Kemal in ihr auf, und warme Zuversicht durchströmte sie.

Sie verliess den Gehsteig, um die Strasse zu überqueren, drüben hatte sie ihr Auto geparkt. Plötzlich drei Jeeps, die in irrem Tempo heranrasten, ein einzelner Warnschuss, aus einem der Fenster abgefeuert. Ein Warlord, zum Abgeordneten, danach zum Minister aufgestiegen, kam mit seiner Eskorte angebraust. Aus den Wagenfenstern des Geleitzuges lautes Schreien, das den Weg zu räumen befahl. Fussgänger, die sich unter ihren Schirmen wegduckten. Fahrzeuge, die beflissen zur Seite wichen und die Strasse frei machten.

Maja rannte weiter und versuchte die Löcher im Pflaster zu überspringen, die der Regen in kleine Seen verwandelt hatte. Im nächsten Augenblick wurde sie von einem der Autos aus dem Konvoi erfasst. Ihr zierlicher Körper erhob sich wie ein Papierflieger in die Luft, dann stürzte er auf einen grossen, nassen Sandhaufen vor einem im Wiederaufbau befindlichen Gebäude. Sie spürte den heftigen Aufprall und gleichzeitig einen Schock, der ihr durch alle Glieder fuhr. Schmerzen in der Schulter, im Bein. Bilder, die verschwommen an ihr vorbeizogen. Trudelnde Schmetterlinge in matten Farben. Abgehackte Stimmen. Sie starrte umher ... Eine heisse Flüssigkeit, die über ihr Gesicht und ihren Hals lief. Sie wollte aufstehen ... ihren Körper bewegen. Es ging nicht. Danach wusste sie nichts mehr.

Später sagte man ihr, beim Transport im Krankenwagen habe sie unaufhörlich diese eine Frage gestellt: »Ist der Flughafen geöffnet?« Sie müsse mit Schâdi ausreisen, habe sie gestammelt. Sie wolle sich mit ihm retten. Dann sei sie bewusstlos geworden.

*

»Ich habe Nûra verloren, und ich möchte dich nicht auch verlieren.« Das sagte Kemal zu ihr, als er sie in der Klinik besuchte. Sara hatte ihn angerufen und über den Unfall benachrichtigt.

Maja öffnete das kleine Couvert in dem Blumenstrauss, den er mitgebracht hatte, und las:

> Maja,
> als ich Dich im Hotel vor meiner Tür sah, zögerte ich. Ich fühlte eine rätselhafte Angst. Vielleicht vor einem zweiten Verlust, den ich nicht die Kraft hätte zu ertragen. Ich spürte, dass Du in dem Moment, da Du ins Zimmer trittst, zugleich in mein Leben eintreten und es nie mehr verlassen würdest.

Als sie zu ihm aufsah, lugten ihre Augen wie zwei Vögelchen durch ein kleines Fenster in einem weissen Gefängnis aus Mull, der um ihren Kopf und ihren Hals gewickelt war. Der rechte Arm und beide Beine waren gebrochen und steckten in Gips.

»Ich bin bloss eine zufällige Heldin, es lag gar nicht in meiner Absicht«, spöttelte sie.

Er lächelte schweigend, dann sagte er: »Ich finde Karîm, Maja … wir werden ihn finden!«

Am Abend, als sie dalag, ausgestreckt auf ihrem Krankenhausbett, kritzelte sie mit der linken Hand den ersten Satz zu ihrem Roman: »Ich wusste nicht, dass wir selbst die Geschichte werden, die wir noch nicht erzählt haben.«

Paris, Frühling 2015

Nachwort

»Paris, Frühling 2015«. Unwillkürlich setzte Iman Humaidan diese Angabe unter die letzten Worte. Es war das erste Mal, dass sie einen Roman ausserhalb des Libanon beendete. Eine neue Erfahrung, in einer fremden Stadt zu schreiben, in einer Sprache, die niemand in der Nachbarschaft verstand. Doch gerade diese Umstände hatten die Arbeit intensiviert, und am Ende schien ihr, als sei dieser Ort Teil ihrer selbst geworden.

Ein halbes Jahr danach erlebt sie fassungslos die Terroranschläge auf ihre beiden Städte. Am 12. November trifft es Beirut mit den schlimmsten Attacken seit dem Ende des Bürgerkrieges vor einem Vierteljahrhundert, und tags darauf wird Paris von einer blutigen Attentatsserie erschüttert. In beiden Fällen bekennt sich der sogenannte Islamische Staat zu den Angriffen.

»Es sind die gleichen Anschläge, die gleichen Opfer«, schrieb sie in einer libanesischen Zeitung, »Menschen mit Geschichten und Lebensläufen und Kindern. Die Angst hier ist dieselbe wie die in Beirut. Trotzdem wollte ich am folgenden Morgen hinausgehen. Präsenz zeigen verscheucht die Angst, verdrängt den Tod.«*

Mit diesem Roman habe sich ein Kreis geschlossen, erklärt die Autorin: der Themenkreis Erinnerung in Konfrontation mit Krieg und Gewalt. Sie greift frühere Motive auf,

* Zitate stammen, soweit nicht anders angegeben, aus Artikeln oder Interviews von bzw. mit Iman Humaidan in: *al-Safīr,* Beirut, 20. und 27. November 2015, und *al-Mudun,* Beirut, 25. März 2016.

führt die Zeiten zusammen – Jahre des Wiederaufbaus aus *Andere Leben* und die des Bürgerkrieges aus *B wie Bleiben wie Beirut* oder jene aus ferneren Epochen und Generationen. *Fünfzig Gramm Paradies* vermittelt ein vielschichtiges Bild des Libanon und der Region, das weit über den Handlungsrahmen hinaus bedeutsam ist.

Endgültige Antworten auf die Frage nach den Ursachen des rund fünfzehnjährigen Bürgerkrieges kann es freilich nicht geben. Noch immer vermisst Iman Humaidan deren öffentliche Diskussion und Aufarbeitung in der libanesischen Gesellschaft, ja ihr scheint, als sollte mit den Trümmern zugleich die beklemmende Vergangenheit entsorgt werden.

Es sind vor allem die Gestalten der Frauen, die Erinnerung bewahren und verhindern, dass sie ignoriert oder vertuscht wird. Wie in ihren früheren Romanen erzählt die Autorin diskontinuierlich, innerer Logik gehorchend. Aus Biographien und Reflexionen entsteht eine beziehungsreiche Struktur, die der libanesische Dichter Abbas Beydoun fast ein wenig mit der Verschachtelung in *Tausendundeiner Nacht* vergleichen möchte. Jede dieser Geschichten sei Folge und Beginn einer anderen, bis sich alle Episoden letztlich zu einer zuversichtlichen Sinneinheit fügten. Dennoch liege wie eine dunkle Folie der Schatten des Bürgerkrieges darüber: »Man hat das Gefühl, dass er andauert und in den gegenwärtigen Kriegen der Region wieder auflebt.«*

Drei Frauen, verschieden nach Herkunft, Alter und Bildung, stehen im Mittelpunkt: die angehende libanesische

* Abbas Beydoun in: *al-Safīr,* 2. August 2016.

Schriftstellerin Maja, die einsame, halb analphabetische Kurdin Sabah und die engagierte syrische Journalistin Nûra. Aus der Berührung ihrer Lebenswege ergeben sich neue Ansätze und tiefgreifende Veränderungen. Wie manche andere Frauen im Roman sind sie Migrantinnen. So vielfältig die Gründe sein mögen, die sie zur Auswanderung zwangen, Iman Humaidan führt sie allesamt auf einen Nenner zurück: »Gewalt«. Ihre wechselnde Erscheinungsform könne nicht darüber hinwegtäuschen, dass neben den Brutalitäten des Krieges auch solche des Friedens existierten. Dieses »Doppelgesicht der Wirklichkeit« definiert sie als das »Zentrum des libanesischen Romans«.

In *Fünfzig Gramm Paradies* zerbrechen Biographien und zerreissen Handlungsstränge. Tod und Abschied zerstören die Erzählwelt. Nûra wird erschossen, ihre Schwester begeht Selbstmord. Maja begleitet ihren krebskranken Ehemann auf seinem letzten Weg zurück in den Libanon. Sabahs Liebster emigriert nach Deutschland, ihr Ehemann ist verschollen, und der kleine Karîm wird zur Adoption ins Ausland verkauft.

Aber zugleich werden neue Bindungen geknüpft. In dem Moment, als Maja aus Paris nach Beirut zurückkehrt, entsteht für sie ein ganzes Netzwerk aus Beziehungen, ein Auffangnetz aus feinen, haltbaren Fäden. Zufälle kommen hinzu. Maja findet in den Beiruter Ruinen einen verstaubten Koffer mit Briefen, einem Tagebuch und Fotos. Doch im Grunde ist es kein Zufall, denn Maja war seit langem auf der Suche, auch nach sich selbst. Um weiterzuleben, brauchte sie diesen letzten Anstoss: Vergewisserung durch die Vergangenheit.

Koffer stehen in Iman Humaidans Werk als eine wiederkehrende Metapher für Flucht, Fernweh und Aufbruch. Auch diesmal führt sie den Leser auf Reisen, an Schauplätze in Syrien, Frankreich und der Türkei, und ebenso durch die Zeiten, seien es Lebensabschnitte oder historische Epochen. Aber dieser alte Koffer bedeutet mehr: er wird zum eigentlichen Auslöser der Romanhandlung. Und er ist ein Symbol für Kontinuität, eine Schatztruhe mit Vermächtnissen. Stück für Stück rekonstruiert Maja die Biographien der ermordeten Syrerin Nûra und des türkischen Journalisten Kemal, den Nûra einst geliebt hatte, den sie selbst am Ende hoffnungsvoll lieben wird.

»Leben ist Trennung und Verlust.« Seufzend, ohne jemals zu resignieren, fasst Sabah ihre bitteren Erfahrungen mit der Fremde zusammen. Doch dann erklärt ein namenloser Zecher in irgendeiner Beiruter Bar: »Alles hängt mit allem zusammen.« Ein Schlüsselsatz, auch für das Zusammenleben der Völker im nahöstlichen Raum. Um diesen Schlüssel geht es der Autorin, wenn sie von den Schicksalen ethnischer Minderheiten berichtet. Da ist der kurdische Junge, der frühzeitig Unterdrückung erfahren muss; das armenische Mädchen, das dem Genozid entkommt und in Aleppo eine neue Familie findet; der Beiruter Jude, der vor den Kämpfen flüchtet und auswandert. Als einzige Alternative und als Zukunftsvision erscheint die Rückbesinnung auf eine lange, gemeinsame Kulturgeschichte des Voneinanderlernens und Miteinanderlebens.

Iman Humaidan betrachtet sich selbst als Migrantin. Ohne diese persönliche Exilerfahrung hätte sie den Roman nicht schreiben können, bekennt sie. In irgendeinem Moment spüre der fremde Schriftsteller, dass ihm kein anderer Ort bleibe als die Sprache. »Erst jetzt bin ich imstande, zu sagen, dass Schreiben mein Zuhause ist.« Darin wohne sie, unterwegs zwischen zwei Zügen, zwischen zwei Flugzeugen.

Hinter ihren Protagonisten zeichnen sich schemenhaft authentische Personen ab. Maja ähnelt in vielem der Autorin selbst: ihr Aufenthalt in Frankreich, das Interesse für Kino und Film, die Begeisterung für die Sängerin Asmahân, der beschwerliche Weg zur Schriftstellerin. Ähnlich verhält es sich mit Kemal Firat. Zum ersten Mal verleiht Iman Humaidan einer männlichen Gestalt eine eigene, konstruktive Stimme. Neben all den aggressiven Kämpfern, überforderten Machos und gewissenlosen Karrieristen schildert sie ihn als wahren Freund und zärtlichen Geliebten. Seine Beziehung zu Nûra ist aufrichtig, ihre Positionen sind einander ebenbürtig. »Ein Liebender, wie man ihn nicht oft in arabischen Romanen findet!«, schwärmt die im Pariser Exil lebende irakische Schriftstellerin Alia Mamduch.* Mit banger Spannung habe sie dieses Werk gelesen: »Ich fürchtete, Kemal könnte womöglich auch der Heimtücke zum Opfer fallen.«

Nach ihrer stets kritischen Auseinandersetzung mit patriarchalischen Strukturen gefragt, erwidert Iman Humaidan, dieses Bild des Mannes habe sich bereits im vorigen Roman *Andere Leben* relativiert, und vollkommen verändert erscheine es in diesem mit der Figur des Kemal Firat. »Er bedeutet so viel Liebe, so viel Vitalität, dass ich mir einen

* Alia Mamduch in: *al-Rijâd,* 5. März 2016. Ihre Romane *Mottenkugeln* und *Die Leidenschaft* erschienen 1998 resp. 2004 im Lenos Verlag.

solchen Menschen für mein Leben erträume! Ich entwarf einen wunderbaren Mann, und nun sage ich mir: Wäre er leibhaftig hier – ich würde ihn lieben.«

In diesen emotionalen Worten verbinden sich Werk und Biographie der Autorin. Noch einmal erwacht die tiefe Trauer um den verlorenen Freund, den türkischen Wissenschaftler Altan Gökalp*, der 2010 auf einer Südamerikareise an einem Herzinfarkt in ihren Armen verstorben war. Alle Träume und Projekte für eine gemeinsame Zukunft waren schlagartig zunichtegemacht. Fünf Jahre brauchte es, bis Iman Humaidan ihren Verlust in Literatur fassen konnte: »Ich übertrug sein Leben in den Roman.« Allein der Titel sei als eine Hommage an Altan Gökalp zu verstehen, und zahlreiche Details aus Kemal Firats Leben erinnerten an ihn, den »Humanisten« und »Kosmopoliten par excellence«. Aus Kemals liebevollen Briefen ertöne seine Stimme, und auch Nûras Tagebuchnotizen beruhten teilweise auf ihrem eigenen Nachruf zu einer Gedenkveranstaltung für Altan Gökalp zwei Monate nach seinem Tod.**

Fünfzig Gramm Paradies ist ein Roman in Pastell. Die Konturen von Realität und Fiktion verschwimmen, und im Erzählraum herrscht Gleichzeitigkeit, eine Zeitengleichheit von Gelebtem und Erinnertem, im Grossen wie im Kleinen und Kleinsten. Behutsam und nachdenklich klingen die

* Geb. 1942 in Izmir, gest. 2010 in Surinam, beigesetzt in Paris. Türkischer Literaturwissenschaftler, Turkologe und Sozialanthropologe, Forschungsdirektor beim französischen Centre national de la recherche scientifique (CNRS) und am Berliner Centre Marc Bloch, Mitglied des Wissenschaftskollegs zu Berlin. Übersetzer und Herausgeber türkischer Literatur, u.a. von Yaşar Kemal, mit dem er befreundet war.

** Diese Angaben fussen auf einem Brief von Iman Humaidan an die Übersetzerin vom 24. August 2016.

Worte, wenn es um Menschen in Bedrängnis geht, unnachgiebig prangern sie Brutalität und Zerstörung an. Hoffnung aber entsteht immer wieder neu – aus lebendiger Erinnerung. Iman Humaidan nennt es »mein Schreiben«.

Regina Karachouli,
Januar 2017

Zur Erleichterung der Aussprache arabischer Namen wurden in der Übersetzung betonte lange Silben mit einem Zirkumflex (^) versehen. Namen türkischer oder kurdischer Herkunft wurden dem neuen türkischen Alphabet entsprechend transkribiert.

IMAN HUMAIDAN IM LENOS VERLAG

Wilde Maulbeeren
Roman aus dem Libanon
Aus dem Arabischen von Kristina Stock
127 Seiten, broschiert
ISBN 978 3 85787 701 8
Lenos Pocket 101

»Voller Melancholie und Sinnlichkeit webt Iman Humaidan einen dichten Kokon, der den Leser in die beengte, archaische Welt des drusischen Libanon der fünfziger Jahre führt.«
LiteraturNachrichten

B wie Bleiben wie Beirut
Roman aus dem Libanon
Aus dem Arabischen von Hartmut Fähndrich
224 Seiten, broschiert
ISBN 978 3 85787 748 3
Lenos Pocket 148

»*B wie Bleiben wie Beirut* zeichnet die Spuren nach, die der Krieg in den Menschen hinterlassen hat. Im Originaltitel steht das B auch für *beit* (arabisch: Haus). Ein Haus, das mit seinem Mikrokosmos als Bild für das ganze Land gelesen werden kann, als Bild auch für die beschädigte und prekär gewordene Heimat.«
Neue Zürcher Zeitung

IMAN HUMAIDAN IM LENOS VERLAG

Andere Leben
Roman aus dem Libanon
Aus dem Arabischen von Regina Karachouli
188 Seiten, broschiert
ISBN 978 3 85787 790 2
Lenos Pocket 190

»In ihrem Buch entwirft Humaidan auf leidenschaftliche Art und Weise das Bild einer traumatisierten Nachkriegsgeneration und schreibt damit ein Stück libanesischer Zeitgeschichte.«
zenith

Mamdouh Azzam
Wie ein ferner Herzschlag
Roman aus Syrien
Aus dem Arabischen von Regina Karachouli
167 Seiten, gebunden, mit Schutzumschlag
ISBN 978 3 85787 458 1

»Nicht nur weil Ehrenmord weit über die Grenzen dieser religiösen Minderheit in Syrien [– der Drusen –] hinaus vorkommt, sondern auch dank Azzams literarischer Fähigkeiten gewinnt dieser Roman universale Bedeutung.«
NZZ am Sonntag